KB270807

시 읊으며 거닐었네

⑧ 서정천리

박대우 글 · 오용길 그림

차례

<사문수간>

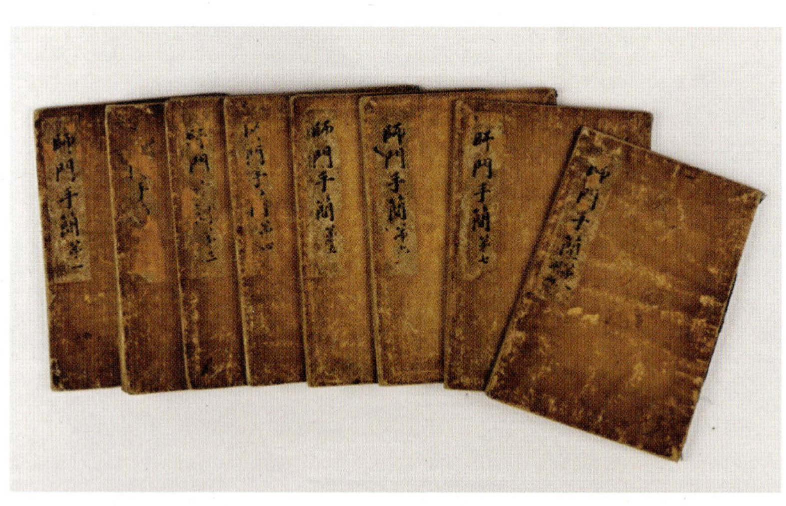

《사문수간師門手簡》은 월천月川 조목趙穆이 그의 나이 27세인 1550년부터 李子가 세상을 떠나기 전인 1570년까지 스승의 간찰 113통을 수습하고 장첩粧帖하여 李子의 후손에게 전해서 도산서원 광명실光明室에 보관하고 있었다.

무신년(1728)에 일으킨 무신난의 60주년인 무신년(1788)을 맞이하여 영남의 사림에서는 이인좌의 난이 일어났을 때, 경상도에서 기병한 의병들에 대한 기록을 모은 《무신창의록》을 작성하였다.

소수疏首 이진동은 《무신창의록》을 들고 상경하여 8월부터 대궐 문 앞에 꿇어 엎드려 상소를 올렸으나, 노론이 장악한 승정원은 상소를 받아들이지 않았다.

11월에야 경희궁으로 거동하던 정조正祖가 시전 상공인들의 질고를 묻기 위해 어가御駕를 잠시 세운 틈을 타서 상소문과 《무신창의록》을 올리는데 성공했다.

정조正祖는 창의록을 밤새워 다 읽은 다음 《무신창의록》의 간행과 대상자들의 포상을 명하였다. 그리고 도산서원에서 도산과陶山科를 보이라고 지시하였다.

1792년(정조 16)에 각신 이만수를 보내서 도산서원에서 치제하게 한 뒤에 선생을 추모하는 뜻에서 그곳에서 과거시험을 치르게 하였다.

대과大科는 3년마다 열리는 식년시式年試와 특별한 경우에 열리는 별시別試도 서울에서만 열렸었다.

정조는 문순공 李子의 학덕을 기리고 영남선비의 사기를 높여주기 위해, 도산서원 진도문進道門 안뜰에서 대과 별시를 보게 했다.

도산별과에 1만여 명의 유생이 몰렸고 이 중 7,228명이 응시하였다. 별시는 서원 앞 넓은 백사장에서 치러졌다.

제출된 시권試券은 3,632장이었다. 각신 이만수가 들고 간 시권試券을 정조가 직접 채점해 1등과 2등에게는 대과 1·2차 시험을 면제하고 33명만 임금 앞에서 치르는 전시殿試의 특전을 부여했다.

도산과陶山科를 마치고 각신 이만수李晩秀가 시권試券과 함께《사문수간師門手簡》을 정조正祖에게 올렸다. 정조正祖는《사문수간》을 읽은 후 편지첩 뒤에 독후감을 썼다.

"서첩은 모두 여덟 권이지만 선정先正께서 마음을 바로잡던 세밀함과 학문을 강론하던 절실함과 처신하며 남을 대하시던 방법과 사양하시며 수락하시며 취하고 주는 절도가 이 평범한 편지 안에 대략 갖추어져 있다."

1796년 7월, 정조는 李子의 9대 봉사손 이지순李志淳을 평안도 영유현 현령縣令에 임명하였다. 이지순은 가묘家廟에 봉안했던 李子의 사판祠版을 평안도 영유현 관아로 모서가게 되었다.

나비의 작은 날갯짓처럼 미세한 변화, 작은 차이, 사소한 사건이 추후 예상하지 못한 엄청난 결과나 파장으로 이어지게 되는 현상을 나비효과(butterfly effect)라고 한다.

영남 선비들의 60년 한을 풀어준 것은 250년 전의《사문수간師門手簡》에서 말미암았다.

李子는 소윤·대윤의 정치적 대립과 김안로 일파가 권력을 전횡하는 것을 목격하고, 나라를 걱정하는 마음을 은근히 기구祈求한 詩 〈해바라기〔葵花〕〉를 지었다.

사물마다 천지의 정기 아닌 것이 있으랴만,
한 덩이 정성 두루 얻어 너는 어여뻐라.
장맛비 연일 내려도 싫어하는 기색 없이,
오직 드높은 곳을 향해 뜻을 다해 영글도다.

物物誰非天地精(물물수비천지정)
憐渠偏得一團誠(연거편득일단성)
莫嫌近日連陰雨(막혐근일련음우)
唯向高高盡意傾(유향고고진의경)

1. 해바라기
葵花

이숙헌李叔獻은 병신년(1536, 중종 31) 12월 26일에 관동關東 북평촌에서 태어났다. 그의 본관은 경기 풍덕부 덕수현으로 그의 아버지 이원수李元秀는 사헌부 감찰을 지냈으나, 승진을 위해 당숙인 이기李芑의 문하에 출입하였다.

어머니 평산 申씨는 고려 공신 신숭겸의 후손인 신명화의 5녀 중 둘째 딸로서 자질과 천품이 아주 뛰어나 예禮에 익숙하고 詩에 밝았으며, 여자의 법도를 모르는 것이 없었다.

숙헌이 태어날 때에 어머니 申씨의 꿈에 용龍이 아이를 감싸 품안에 넣어주는 것을 보았으므로, 어렸을 때 이름을 현룡見龍이라 하였다. 나면서부터 남달리 영리하고 뛰어나서 말을 배우면서 바로 글을 알았다고 한다.

그는 일찍이 13세에 진사 초시에 합격되었으며, 문장이 날마다 진취하여 신동神童이라고 칭찬이 자자하였다.

16세 때 휴암休庵 백인걸白仁傑의 문하에서 수학하면서 우계牛溪 성혼成渾을 만나서 평생의 친구가 되었다.

어린 시절 외가인 강릉에서 자랐으나 6살 때 본가인 경기도 파주시 파평면 율곡리로 옮겨 살게 되면서 그의 호를 '율곡'이라 하였다.

16세에 어머니 사임당 申씨의 상喪을 당하여 3년 동안 여묘살이 하였으며, 18세에 관례를 하였다. 그때에 막 상복을 벗었으나 애모哀慕를 이기지 못한데다, 서모庶母 권씨의 술주정과 괴롭힘으로 방황하였다.

하루는 봉은사에 가서 불서佛書를 읽고 '생사의 설'에 깊이 감명받아서 금강산으로 들어가 마가연摩訶衍에서 석담石潭이라는 법명으로 승려가 되었다.

금강산에 들어갈 때 친구들에게 이별하면서 말하기를,

"글[文]은 배워서 능할 수 없으나 기氣는 길러서 이룰 수 있다. 이 氣란 것은 사람마다 똑같이 타고난 것으로서, 잘 기르면 마음에 의해 부릴 수 있지만, 잘 기르지 못하면 마음이 氣에 부림을 당하게 된다. 氣가 마음에 의해 부려지면 몸에 주재主宰하는 바가 있어서 성현도 될 수 있지만, 마음이 氣에 부림을 당하게 되면 칠정七情을 통솔할 수 없어 어리석고 미친 사람이 됨을 면할 수 없다.

공자께서 말씀하시기를, '지혜로운 사람은 물을 즐기고, 어진 사람은 산을 즐긴다.' 하였는데, 어질고 지혜로운 사람으로서 氣를 기르려면 산과 물을 놔두고 어디에서 찾을 것인가."

절에 들어가 침식도 잊어가며 열심히 계율을 지키고 선정禪定을 닦았다.

한참 지난 후 홀연히 생각하기를, '불씨佛氏(부처님)가 그 제자에게, 생각을 더하지도 덜하지도 말라고 경계한 것은 무슨 뜻인가. 화두話頭를 두고 거기에 매달려 공부하게 하는데, 또 그 사람이 미리 이런 뜻을 알면 선禪 공부가 알뜰하고 전일하지 못할까 염려하여 금법禁法을 만들어서 속이는 것이다.'

학설의 잘못된 것을 깨달아서 그 학문을 다 버리고 유도儒道에 전심專心하면서 스스로 경계하는 글을 지어, 한결같이 성현을 표준으로 삼아 경敬과 의義를 지니고 아는 것을 실천하여, 스승의 가르침 없이도 스스로 그 미묘한 것을 얻었다.

한번은 배우는 사람들에게 말하기를, "내가 어릴 때에 쓸데없이 선가禪家의 돈오법頓悟法이 도道에 들어가는 매우 빠르고 묘한 법이라고 생각하여, '만상萬象이 하나로 돌아가는데, 그 하나는 결국 어디로 돌아가는 것인가.' 하는 것을 화두로 삼아 생각해 보았지만, 결국 깨닫지 못하다가 돌이켜 구해보고는 그제야 그것이 참된 학설이 아님을 알았다."

불교의 무념 무욕이 자신의 기질과는 맞지 않다고 판단한 그는 1년 만에 금강산 마가연을 떠나 환속하였다.

그는 율곡 이이李珥, 자字는 숙헌叔獻이다. 그 후 허목, 윤휴, 윤선도는 이율곡을 학자의 탈을 쓴 스님이라고 공격했다.

1558년 2월 6일, 23세의 이이李珥가 李子를 뵈었다.

성주에서 강릉으로 가는 길에 예안을 지나면서 장인 성주 목사 노경린盧慶麟의 인도로 계상서당에 찾아왔다.

떠나기 전날 밤 두 사람은 마주앉았다.

"스승님께 묻겠습니다." 침묵 끝에 율곡이 입을 열었다.

"주자가 말씀하시기를, '정함(定)'과 '고요함(靜)', '편안함(安)'들은 학문하는 데 필수적 요소라 하였습니다. 주자는 '마음이 편안한 이후라야 능히 생각할 수 있다.'라며 안회만이 실천할 수 있다 하였습니다. 하오면 소인과 같은 사람은 학문에 정진할 수 없다는 뜻이 아니겠습니까."

李子는 율곡이 아직도 자신의 마음을 평안하다고 느끼지 못하고 불안하게 여기고 있음을 직감하였다.

"주자께서 말씀하신 것은 그대가 의심한 바와 같소. 그러나 주자의 말씀은 어떤 사람의 학문이 낮고 깊은 정도에 따라서 달라지는 것이 아니라, '평안한 뒤에 능히 사려할 수 있다.'라고 말할 수 있는 것이오. 조잡한 쪽으로 말하면 보통 사람이라도 힘써 나아갈 수 있고, 그 정밀한 것의 극치로 말한다면 큰 선비가 아니고서는 진실로 얻은 바가 있을 수 없다는 이야기인 것이오. 안회가 아니면 명덕明德을 밝힐 수 없다는 주자의 말씀이 사실이라면 나와 같은 노마駑馬는 어찌 학문에 정진할 수 있겠소. 아니 그렇소이까. 허허 허허허허."

율곡도 따라 웃었다. 한동안 말없이 찻잔을 기울이던 율곡이 거경과 궁리는 같은 지 별개의 것인 지 궁금하였다.

스승 李子는 율곡의 질정에 은근히 미소를 지으면서, 궁리와 거경은 비록 수미首尾 관계에 있지만 각기 독립된 공부이므로 두 가지를 병행해 나가는 방법으로 공부해야 할 것이고 이치를 깊이 연구하는 일은 실천으로 체험해야 비로소 참 앎이 된다고 설명하였다.

"거경과 궁리는 마치 물가에서 자기 스스로 물을 마시는 격과 같아서 누구라도 마음을 전일하게 하면 참됨을 얻을 수 있게 되지요."

스승은 젊은 율곡이 범상하지 않음을 한눈에 간파했다.

'13세 진사 신동神童, 그대 이름 따른 헛된 선비가 아님을 알겠네. 始知名下無虛士(시지명하무허사), 그대는 뛰어난 재주에 나이 아직 어리니 바른길로 나서면 성취를 어찌 가늠하지 않겠소. 다만 더욱 원대하기를 기약할 일이지.'

李子는 소문대로 그가 수재임을 간파하였다.

"알곡은 쭉정이가 익어가는 것을 용납하지 않고 먼지들은 깨끗한 거울을 두고 보지 못한다오. 지나친 시구들은 반드시 깎아내고 각자 열심히 공부와 친할 일이네."

비가 오는 바람에 율곡은 계상에서 3일간을 머물다가 떠나게 되었는데, 사흘째 되는 아침에 비가 눈으로 바뀌어 서설瑞雪이 흩날렸다. 율곡은 강릉 외가로 갈 준비를 서둘렀다. 말 위에서 스승에게 詩를 읊었다.

溪分洙泗派　공자와 맹자의 학문으로부터 흘러나와
峰秀武夷山　무이산 주자에게서 빼어난 봉우리 이루었네.
活計經千卷　살림이라고는 경전 천 권 뿐이요,
生涯屋數間　사는 집은 두어 칸 뿐일세.

襟懷開霽月　가슴에 품은 회포 비 갠 뒤의 달 같고,

談笑止狂瀾　하시는 말씀 세찬 물결 그치게 하네.

小子求聞道　저는 도를 구해 들으려는 데 있지,

非偸半日閑　반나절도 한가로이 보내려는 게 아니오이다.

58세의 대학자의 화운和韻은 23세의 젊은 제자를 전송하는 스승의 자애로움이었다. 삶의 성숙과 학문의 길은 멀고 멀다는 것, 자만하지 말고 노력하라는 당부를 잊지 않았다.

스승은 시험 삼아 이이에게 詩를 짓게 하였고, 자신도 증별시 贈別詩 7首「李秀才(珥字叔(獻)見訪溪上雨留三日」,「李秀才(珥字叔獻)見訪溪上雨留三日(本七首一首見內集四首見〈外集〉」,「贈李叔獻四首」를 지어서 그에게 주었다. 특히 李子는 이 증별시에서 이이李珥의 학문에 더욱 힘을 써서 대성하기를 기약하는 대신, 자신을 과도하게 칭찬한 詩「過禮安謁退溪李先生(滉)仍停一律」는 없애 줄 것을 부탁하였다.

病我牢關不見春　병든 몸이 이곳에 갇혀 봄맞이 못했는데

公來披豁醒心神　그대 와서 내 정신을 상쾌하게 해 주었소.

始知名下無虛士　명성 아래 헛된 선비가 없음을 알겠으니

堪愧年前闕敬身　일찍이 내 먼저 찾지 못해서 부끄럽네.

佳穀莫容稊熟美　잘 자란 벼논에 피 같은 잡초 없고,
遊塵不許鏡磨新　갈고 닦은 거울에는 티가 끼지 못하는 법.
過情詩語須刪去　정에 지나치는 말일랑 모두 빼어버리고,
努力功夫各自親　학문 연마에 노력에 서로서로 정진하세.

스승은 자신을 과도하게 칭찬하는 말로 가득 찬 이 詩에 차운 次韻하지 않았다. 이이李珥가 가르침을 청하자, 한참 동안 묵묵히 있다가 말하기를,

"마음가짐은 자신을 속이지 않는 것이 귀하고, 조정에서는 일 만들기를 좋아함을 경계해야 한다."고 하였다. 또 이이李珥가 사화詞華를 지나치게 숭상한다는 말을 들은 적이 있어서, 이를 억제하려고 그와 별도로 詩를 수창酬唱하지 않는 대신, 학문과 인생에 대해서 서로 이야기를 나누었다.

율곡은 李子를 도산陶山에 가 뵙고, 주일무적主一無適·응접사물應接事物의 요령을 물었다. 그 후 서찰을 주고받으며 거경居敬·궁리窮理와 《중용中庸》·《대학大學》의 집주輯註와 〈성학십도聖學十圖〉 등의 학설을 변론하였다.

이숙헌李叔獻 이珥에게 답하다.〔答李叔獻 珥○戊午〕

「지난달에 김자후金子厚의 하인이 돌아오는 편에 편지를 받고 북평에 잘 도착하신 것과 학문이 점점 나아감을 알게 되어, 답답하던 회포가 시원스레 풀렸습니다. 돌아가는 인편을 만나지 못하여 회답을 제때에 드리지 못하였더니, 자후가 돌아오는 편에 또 편지와 시詩를 보내주시고, 겸하여 아무것도 모르는 이 사람에게 문의하시는 말씀까지 보냈으니, 감사하고 부끄럽기 그지없습니다. 나는 벽촌에서 지내다 보니 벗이 적어 함께 학문할 사람이 없습니다. 병중에 책을 보다가 때로 생각에 맞는 곳이 있으나, 본받아 몸소 실천하는 데 이르면 더러 서로 모순되는 곳도 많습니다. 나이는 많고 힘은 부족하며, 또 사방에서 벗을 얻어 도움도 받지 못해 항상 그대에게 기대하고 있는데, 두 통의 편지에서 약석藥石은 주지 않고 도리어 귀머거리에게서 청력을 빌리려 하는 것은 무슨 까닭입니까? 두렵고 조심스러워서 감히 뜻을 받들 수 없습니다만, 아무 말씀드리지 않는 것도 서로 사귀는 도리가 아니므로, 끝내 감히 진심을 숨기지는 못하겠습니다.

먼젓번 편지에서 과거에 제대로 못 배운 것을 깊이 한탄하였는데, 그대는 지금 약관의 나이인데도 남보다 그렇게 뛰어나니 제대로 못 배웠다고 할 수 없을 텐데도 그렇게 말한 것은, 어찌 배운 바가 어긋나서 배우지 않은 것과 같다고 여겨서가 아니겠습니까. 과거의 잘못을 깨닫고 고치기를 생각하며, 또 궁리窮理와 거경居敬하는 실제에 종사할 줄 알고 있으니, 허물을 고치는 데 용감하고 도道에 향하는 데 간절하여 그 방향을 그르치지 않았다고 말할 수 있습니다.

성인聖人의 시대는 멀고 성인의 말씀은 사라져서, 이단異端이 참된 이치를 어지럽히게 되었으므로, 옛날에 총명하고 재주 있고 걸출한 인사人士로서 처음부터 끝까지 이단에 미혹되어 빠진 자들이야 본래 논평할 가치도 없지만, 처음에는 정도正道를 지키다가 마지막에 사도邪道에 빠진 자도 있고, 중립을 취해 양쪽 다 옳다고 한 자도 있으며, 겉으로는 배척하는 체하면서 속으로는 찬양하는 자도 있으니, 그들이 이단에 빠져들어감이 정도의 차이는 있을망정, 하늘을 속이고 성인을 무시하며 인의仁義를 가로막는 죄는 똑같습니다.

오직 정백자程伯子·장횡거張橫渠·주회암朱晦菴 같은 선생들만이, 처음에는 조금 드나듦이 없지 않은 것 같지만 곧 그 잘못을 깨달았던 것입니다.

아, 천하의 큰 지혜와 대단한 용기가 아니면, 그 누가 능히 홍수 같은 탁류를 벗어나 참된 근원으로 돌아올 수 있겠습니까. 지난날 남들이, 그대가 불교서적을 읽고 꽤 중독되었다고 하는 말을 듣고 오랫동안 애석하게 여겼었는데, 일전에 나를 찾아와 그 사실을 숨기지 않고 그 잘못을 말하였으며, 이제 두 번 온 편지의 뜻이 또 이러함을 보니, 나는 그대가 도에 함께 나아갈 수 있음을 알겠습니다.

두려운 것은, 새로 맛 들이려는 것은 달지 않고 익숙한 곳은 잊기 어려운 법이라서, 오곡五穀의 열매가 여물기 전에 가라지와 피가 먼저 익지나 않을까 하는 것입니다. 이러한 일을 모면하려면 역시 다른 곳에서 찾기를 기다릴 것이 없습니다. 오직 궁리·거경의 공부에 충분히 노력하면 되는 것인데, 이 두 가지를 하는 방법은 《대학》에 나와있고, 장구章句에서 밝혔으며, 《혹문或問》에서 자세하게 말해놓았습니다. (…)

두 번째 편지에서 물어온 것은 별지別紙에 대강 적었습니다. 모두 양해하여 살피시기 바라며 이만 줄입니다.

〈별지〉

주자朱子가 말하기를, "안정된 뒤에 능히 생각하는 것은 안자顔子가 아니면 할 수 없다."고 한 데 대해서는, 진실로 그대가 의심하는 바와 같습니다. 그러나 성인의 말은 위로도 통하고 아래로도 통하며, 정수精粹한 것과 조잡粗雜한 것이 구비되어 있어서, 그 사람의 학문의 깊이에 따라 모두 도움을 받을 수 있는 것입니다. "안정한 뒤에 능히 생각한다."는 것은, 조잡한 수준에서 말하면 중인中人 이하라도 힘써 나아갈 수 있지만, 정수의 극치에서 말한다면 대현大賢 이상이 아니면 진실로 능히 할 수 없는 바가 있습니다.

주자의 이 말은 바로 그 극치에서 말한 것일 뿐입니다. 만약 이것을 구실 삼아 스스로 포기하는 자가 있다면, 그 사람의 식견과 취향은 이미 함께 도道를 의논할 가치가 없는 것입니다. 어찌 그 사람이 구실 삼는 것을 근심하여 우리의 설說을 낮추어 나아갈 필요가 있겠습니까. 구실을 삼는다고 한두 마디는 조금이라도 이러한 뜻을 가졌다면 요순堯舜의 도에 함께 들어갈 수 없다는 것입니다.

일이 없을 때에는 마음을 보존하고 성性을 길러서 늘 깨어 있을 뿐이고, 강습하고 응접할 때가 되면 의리를 생각하고 헤아린다는 것은, 원래 이렇게 해야만 하는 것입니다. 대체로 의리를 생각하기 시작하면 마음은 이미 움직여서 벌써 정靜할 때의 분야에 속하지 않기 때문입니다.

그러나 이 뜻이 분명하여 알기 어렵지 않은 것 같은데 사람들이 참으로 아는 이가 드물기 때문에, 정한 때에 생각하지 않는다는 것을 곧 멀고 아득하고 적막한 상태로 인식하고, 동動할 때 생각하고 헤아린다는 것을 또 정신없이 외물外物을 쫓아가서 도무지 의리義理 위에 있지 않는 것으로 생각합니다. 그 때문에 이름은 학문을 한다고 하나 끝내 학문에서 힘을 얻지 못하게 되는 것입니다. 오직 경敬을 위주로 하는 공부만이 동과 정을 관통하여 거의 용공用工하는 데 그르침이 없을 것입니다. (…)

사물의 이치를 그 근본에 따라 논하면, 원래 지선이 아닌 것이 없으나, 선이 있으면 악이 있고 옳은 것이 있으면 그른 것이 있는 것도 필연적인 현상입니다. 그러므로 무릇 격물하고 궁리하는 까닭은, 시비와 선악을 연구하여 밝혀서 버리거나 취하려는 것뿐입니다.

이것이 상채上蔡가 옳은 것을 찾는 것으로 격물을 논한 이유입니다. 이제 "사물의 이치가 지선하지 않은 것이 없으니, 어찌 일찍이 옳지 않은 것이 있겠는가."라고 하면서 이것으로 온공의 "옳은 것을 배운다."는 설을 비방하니, 이와 같이 이치를 논한다면 장차 한쪽으로 치우치게 되어 안과 밖이 일치하는 학문이 되지 못할까 염려됩니다.

다리를 베는 것[割股할고]에 대한 견해는 선유先儒들이 다 논의하였습니다. "절박함이 극도에 달해 더 이상 다른 사람에게서 취할 수 없게 되어 혹 부득이하게 권도權道로 처리를 하는 수가 있다."고 한 것은 아마 이외에 다시 다른 도리가 없다면 차라리 제 몸을 손상해서라도 어버이의 목숨을 구제하는 것 또한 자식 된 자의 지극히 애통한 심정이어서일 것입니다.

그러나 결과적으로 사람들에게 이것을 효도라고 가르칠 수는 없습니다. 그 때문에 주자는 단지 "효도에 가깝다."고만 하고 지선이라고는 하지 않은 것입니다. 대체로 일이 어쩔 수 없는 곳에 이르러 만족할 만한 좋은 도리가 없으면 부득이 차선을 택하여 따르는 것이 이른바 권도인데, 그런 시점에서만 써야 하는 것입니다. 그러나 더욱 살펴서 처리해야지 그렇지 않으면 혹 괴이하고 편벽되어 도를 어지럽히는 죄에 이르게 될 것입니다.

그대가 논한 바, "하나를 주장하여 옮겨감이 없고 온갖 변화에 대응한다." 하는 뜻은 매우 좋습니다. 주자朱子의 "상대에 따라 대응하며 이 마음에는 원래 아무 사물도 있지 않다."라는 말과, 방씨方氏의 "속이 비었어도 주재가 있다."고 한 말을 인용한 것은 더욱 적확합니다.

그러나 오직 이 이치는 알기가 어려운 것이 아니라 행하기가 어려운 것이며, 행하는 것이 어려운 것이 아니라 참됨을 쌓고 오래 힘쓰기가 더욱 어려운 것입니다. 이 점이 노쇠하고 졸렬한 내가 심히 두려워하는 바이며, 또한 그대를 위하여도 두려워하지 않을 수 없는 것입니다.

중용독법中庸讀法의 주석에서 물재勿齋 정씨程氏가 운운한 데 대해 보낸 편지에서 이 설이 온당하지 못하다고 하였는데, 그렇다면 정靜한 때의 공부는 어떤 일입니까? 당초에 순舜이 인심人心 도심道心을 말한 것은 모두 이발已發한 곳에 나아가 말한 것입니다. 그러므로 정일精一과 집중執中은 다 그 발한 것으로 인하여 힘쓰는 일이며, 정靜한 때의 공부에 대해서는 언급하지 않았습니다.

이제 마땅히 본설本說에 의거하여 강구하고 실행할 것이지, 어찌 억지로 없는 것을 가져다 쓸데없는 말을 보태어 원래의 설과 합하여 하나의 공부로 만들어서야 되겠습니까. 이것이 이른바 "밖에서 끌어온 의리義理를 많이 삽입하여 본문本文의 바른 뜻을 어지럽게 한다."는 것으로서, 독서하는 데 가장 병통이 되므로 주문朱門에서 깊이 경계한 것입니다.

만약 보내온 설대로라면 공자가 말하지 않은 것을 맹자가 말하였고, 맹자가 말하지 않은 것을 정자·주자가 말한 것이 많은데, 이제 뒤에 나온 설을 가지고 매양 앞의 성현들이 말하지 않은 곳에 끌어 붙여서 뭉뚱그려 하나의 설로 만들어 구비되도록 하는 것이 어떻게 괜찮겠습니까.」

《심경心經》에 대한 질문에 답하다.

왕노재王魯齋의 〈인심도심도설人心道心圖說〉에 "정正 자와 사私 자는 모두 밖에 나타난 것이다." 하였는데, 그의 생각은 이 두 '심心'이란 글자가 모두 이발已發한 것으로 말하였기 때문에 밖에 나타난 것이라고 하였을 뿐입니다.

이 구절은 이해할 수 있지만 그 아래에 이어서 "그러므로 인심人心은 인욕人欲이라고 말할 수 없다." 한 것은 이해할 수 없는 대목입니다. 대체로 이 도설에는 설명할 수도 없고 깨달을 수도 없는 부분이 많습니다. 이곳의 벗들과 함께 감정勘定하여 꼭 보아야 할 것은 아니라고 결론지었습니다.

성정심의性情心意에 대하여, "성性이 발發하여 정情이 되고, 심心이 발하여 의意가 된다."고 한 그대의 설은 물론 옳습니다. 대체로 이렇게 명칭과 이치를 분속分屬시키는 문제는 의리를 강구해 밝혀서 매우 정밀한 곳에 이르렀을 때 각각 그 뜻의 실마리가 서로 유사한 것과 맥락의 유래를 미루어 따져서 '무엇은 무엇이 되어야 하고, 무엇은 무엇에 속해야 한다.'고 해야 합니다. 만약 한번 여기에 속하면 단연코 다른 것과는 서로 간섭하거나 작용하지 않는다고 한다면, 이것은 바보 앞에서 꿈 이야기를 하는 격입니다.

1564년 7월 28일 생원生員과 진사進士를 명정전明政殿 뜰에서 방방放榜하였는데, 생원 제1등은 이이李珥이고, 진사 제1등은 조원趙瑗이었다. 그해 8월 24일 문무과文武科 전시殿試를 보여 생원生員 이이李珥 등 33인과, 내금위內禁衛 한계남韓繼男 등 28인을 뽑아서 이이李珥를 호조 좌랑戶曹佐郎으로 삼았다.

사신史臣이 논하였다. 이이는 사람됨이 총명 민첩하였고 박학 강기博學强記하였으며 글도 잘 지어 명성이 일찍부터 드러났었다. 한 해에 연이어 사마시司馬試와 문과文科의 두 시험에 장원으로 뽑히자 세상 사람들이 영광스럽게 생각하였다.

다만 소년 시절에 아버지의 첩妾에게 시달림을 당하여 집에서 나가 산사山寺를 전전하며 붙어 살다가 오랜 기간이 지나서야 돌아왔다. '머리를 깎고 중이 되었었다.'고 하였다.

前身定是金時習　전신은 바로 김시습이었는데
今世仍爲賈浪仙　금세는 가도賈島가 되었구나.

이이李珥가 출사하던 1564년 당시, 李子는 고향 마을 도산에서 강학하고 《태극도설》, 《심경후서》, 《주자후설》 등을 집필하고 있었다.

1565년 12월 26일, 명종明宗이 李子를 가선대부·동지중추부사에 임명하고 특명을 내려 불렀다.

"내가 불민하여 현자를 좋아하는 성의가 없었던 것 같다. 전부터 여러 번 불렀는데 늙고 병들었다는 이유로 사양하고 있으니 내 마음이 편치 않다. 경은 나의 지극한 마음을 알아주어 역말을 타고 올라오라."

이때 사신史臣이 논하였다. 이황은 기질이 순수하고 학문이 정명해 성현의 글을 깊이 연구했고 천인天人의 이치에 통달했다. 그가 이로써 배양한 바가 깊었기 때문에 세상에 나와 시험함에 청백을 스스로 지켰고 불의를 행하지 않아 사람들이 모두 그의 풍모를 선망했다. 급류처럼 어지러운 세태에서 용감히 물러나 임간林間에서 소요하였다. (…)

지난 무오년 간에 여러 번 소명이 있었는데, 이황은 다섯 가지의 알맞지 않은 이유를 들어 사양했으나 상의 교지가 준엄해 깊이 잘못이라고 하니, 이황은 부득이 부름에 나아갔지만 그의 본뜻은 아니었다. 그가 올라올 때 사람들은 모두 '간관이 되지 않으면 반드시 논사論思의 장이 될 것이다.'라고 했는데, 끝내 왕명이 내려졌다는 말이 들리지 않았다. 이황이 비록 그가 배운 바를 한번 진언하고자 하나, 구중궁궐에 깊이 앉아 한 번도 불러보지 않는 데야 어찌할 것인가. 군덕의 성취와 사풍의 진작을 바라고자 한다는 것 또한 어렵지 않은가.

현인賢人이라고 불러놓고 어질지 않은 사람으로 대우하니, 이황이 종신토록 조정에 나아오지 않은 이유였다.

1566년 6월 15일, 李子를 거듭 불러도 오지 않자, 명종은 독서당에 선온宣醞을 한 다음, '초현불지탄招賢不至歎'이란 시제詩題를 주고 독서당 관원들에게 율시 1首씩을 지어서 올리게 하였다.

그해 10월 8일, 명종의 소명을 받고 상경한 남명 조식曺植이 이항李恒을 찾아가서 만났다. 이때 이항李恒이 말하기를,

"경호景浩(李子의 字)는 문장을 통해 들어갔으니, 그 학문은 그릇된 것이다." 조식曺植이 받아서 말하기를,

"그의 학문은 그대와 내가 알 수가 없다. 그대는 궁각弓角이나 논했을 뿐이고, 나는 강경講經이나 논했을 뿐이니, 어찌 경호의 학문의 깊이에 대해서 논할 수 있겠는가."

그러자 방안에 가득한 이항의 제자들이 조식의 말을 좋아하지 않으면서, 몹시 편치 않은 기색이었다고 한다.

1567년 6월 12일, 부르는 명령에 따라 67세의 李子는 서울을 향해 길을 떠났다. 17일 비가 오는 가운데 죽령을 넘어 단양에 도착하였다. 단양에서 당시 이곳에 이배되어 와 있던 김난상金鸞祥을 20년 만에 만나 그간의 회포를 나눈 다음 객관으로 돌아와 시 3首를 지어서 그에게 주었다.

雲容浩浩雨浪浪　구름 잔뜩 끼고 비는 죽죽 쏟아질 제
盡日軒窓攬別腸　종일 창가 앉았으매 이별 간장 요동치네.
好待龜城重握手　구성에서 만나 서로 손잡기를 기약하니
中秋月色正如霜　중추가절 달빛 마치 서리 같은 밤이리라.

　6월 22일, 충주에서 배를 타고 서울로 올라갈 때, 괴산에 정배 와 있던 노수신이 詩를 보내왔기에 차운하여 그에게 부치자, 노수신이 다시 차운한 시를 보내왔다.

〈퇴계의 행차에 부치다〔寄退溪行軒〕〉
雲幕隨流水　장막 친 배는 흐르는 강물을 따라가는데
煙扉掩峽墟　연기 낀 삽짝은 골짝 마을에 닫혀 있네.
神仙不易得　신선이 되는 건 쉬 얻을 수 없거니와
人世固多虞　인간 세상은 진실로 우환이 많고말고.

〈노수신에게 부치다〔惟新次盧募悔見寄〕〉
促召加新命　새 관직 임명하여 재촉해 부르신지라
扶行出舊墟　지팡이에 의지해 고향 집을 출발했는데
衝炎多疾病　더위를 무릅쓰니 아픈 데는 많아지고
歷險備艱虞　험한 길 가노라니 어려움도 하 많구려.

旅館淹留日　여관에 오래 머물던 날에
親朋勞問書　친구가 위문의 서신을 전해왔네.
焉能辨何象　내 어찌 무슨 징후를 분변할 수 있으랴
自不免霑濡　스스로 성덕 입는 걸 면치 못할 뿐일세.

《소재집穌齋集》에서 한국고전번역원 | 임정기 (역) | 2020

1567년 6월 25일, 李子가 도성에 들어갔다. 서소문 밖 건천동 우사에 있으려고 하였으나 앞으로의 일을 생각할 때 맏손자 안도와 함께 있는 것이 좋을 것 같아서 죽전동(을지로 장교동)에 있는 안도의 장인 댁에 가서 있었다.

1567년 6월 28일, 명종이 승하昇遐하였다. 왕의 휘諱는 환峘, 字는 대양對陽. 중종의 둘째 아들이고 인종의 이모제異母弟이며, 재위在位 23년에 수壽는 34세였다.

명종은 위독한 중에도 李子가 도성에 들어왔다는 말을 듣고 그를 한번 만나면 병이 나을 것 같다는 말을 하였다.

그러나 李子가 도성에 들어온 지 사흘 만에 승하하였기 때문에 미처 사은숙배도 드리지 못하였다.

李子는 명종이 승하하였다는 소식을 듣고 조사모에 흑각대를 하고 대궐에 나아가 곡을 하였다.

李子는 도성에 있는 동안 내내 소식素食을 하였다. 병중이라 문인門人들과 자제들이 걱정이 되어 종권할 것을 청하였으나 듣지 않다가, 지탱할 수 없게 되어서야 7~8일간 종권하였고 고향에 돌아올 때 병이 낫기 시작하자 다시 졸곡 때까지 소식素食하였다.

7월 4일, 대행대왕행장수찬청의 당상이 되어 명종의 행장 '명종대왕행장'을 지었다. 명종의 행장을 짓기 위해《승정원일기》

를 살펴보니, 명종이 어진 사람을 좋아한 일과 李子를 누차 불러올리려 했던 사실이 상세히 기록되어 있었다.

"나는 명종의 행장을 지을 수 없습니다."

대신들이 의논하여 이 사실들을 빼고 짓도록 하였다.

명종의 행장 끝에 명종이 인종의 처족인 대윤大尹 일파 중에서 죄를 입거나 귀양 간 사람들을 모두 추은하거나 신설, 방환한 사실을 기록하였다. 이는 훌륭한 일이므로 역사에 기록해서 후세에 전하지 않을 수 없다고 하였다.

명종 대왕의 병이 매우 위중하였다. 후계자가 정해지지 않은 상태에서 왕이 하성군에게 병시중에 참여하도록 하였었다.

영의정 이준경이 인순왕후께 대계大計를 정할 것을 청하니,

"을축년에 결정한 대로 하려 한다."

하성군河城君이 근정전에서 즉위하였다. 중종의 손자이며, 덕흥대원군 이초李岧의 셋째 아드님이다.

백관百官들이 하성군에게 예절을 갖출 것을 청하였으나, 사양하며 상차에 나오지 않았다. 왕비 역시 두세 번 권한 다음에야 하례를 받고 왕대비王大妃로 하였다. 그날, 왕의 유모가 옥교屋轎를 타고 들어와 무슨 간청이 있었는데, 왕은 그것을 들어주지 않았을 뿐만 아니라 옥교를 타고 온 것을 책하여 유모가 집으로 돌아갈 때는 걸어서 갔다.

1567년 7월 17일, 17세의 선조宣祖가 근정전에서 즉위하였다.

사형수 이하를 대사면하고 모든 것을 법제에 따랐다.
우선, 너무 많았던 환관宦官 수를 줄이도록 하였다.

왕은 '일월오악도日月五嶽圖' 앞에 묵묵히 앉아있었다. 왕의
절대 권력을 상징하는 '일월오악도'는 백두산·묘향산·금강
산·계룡산·지리산과 붉은 해와 흰 달, 붉은 소나무, 계곡폭포
수, 강의 파도, 그리고 그림 가운데 왕이 앉을 때 비로소 완전한
그림이 되는 화중화畵中畵이다. '일월王악도'인 셈이다.

나광현, 일월오악도, 세기 하이텍 所藏, 2015

8월 1일 李子는 예조판서로 사은한 다음 사면시켜 줄 것을 청하는 글을 두 차례나 올렸으나,

"경卿의 현덕함을 들은 지 오래된다. 만약 지금 신정新政을 행하는데 경이 출사出仕하지 않는다면, 내가 어찌 안심할 수 있겠는가. 사양하지 말라."

8월 2일부터 예조판서 면직을 청하는 사장辭狀을 세 번째 사장을 올렸다. 이이李珥가 사퇴를 간곡하게 만류하였으나, 李子는 물러날 뜻을 굽히지 않고, "도리상 어려운 점은 있지만, 물러나지 않을 수 없다."고 하였다.

李子는 이미 고향의 매화를 떠올리고 있었기 때문이다.

'待公歸去發天香 공이 돌아오거든 천향을 피우리라'

마침내 해직된 다음날 하직 인사도 않고 고향으로 떠나버리자, 당시 명종의 산릉山陵 일이 끝나지 않은 때라서 비난하는 자도 있었다. 해바라기[葵花]의 경양傾陽을 흔히 임금을 향한 신하에 비유한다. 화려한 해바라기가 눈 속에서 향기를 피우는 고고孤高한 매혼梅魂을 어찌 느낄 수 있었을까.

기대승이 그에 관하여 서신으로 물었을 때, "옛 군자君子들은 진퇴進退를 분명히 했다. 관수官守를 잃으면 당장 떠났다. 자신의 의義가 실현될 수 없게 되었을 경우, 물러가야만 비로소 그 義에 위배됨이 없을 것이기 때문이 아니겠는가."

李子는 을사·정미사화 때, 소윤·대윤, 김안로·이기李芑 일
파에게 수난 당하는 해바라기〔葵花〕들을 위무하는 詩를 지었다.

莫嫌近日連陰雨　장맛비 연일 내려도 싫어하는 기색 없이,
唯向高高盡意傾　드높은 곳을 향해 뜻을 다해 영글도다.

李子를 대유大儒로서 어린 선조宣祖를 도와 태평성대를 이루
어줄 것을 바랐으나, 李子는 자신은 이미 경제經濟의 재주가 아
니라 하였으나, 눈 속의 고절한 매화가 태양을 향해 치닫는 해
바라기와 함께 할 수는 없었을 것이다.

8월 10일, 예조판서에서 해직이 되자 곧바로 고향으로 돌아
갔다. 돌아가는 길에 단양에서 김난상을 다시 만났다. 그는 아
직도 그의 고향 영주로 돌아가지 못하고 있었다.

10월 13일, 선조는 李子를 용양위 대호군 겸 동지경연·춘추
관사에 임명하고 다시 불러올렸다.

"국가가 잘 다스려지고 못 다스려지는 것은 임금의 덕에 있
고, 임금의 덕이 성취되는 것은 현인을 존경하고 학문을 강구하
는 데 있다. 마땅히 경연에 입시해야 할 사람이 멀리 있으니 의
당 가까이 와있도록 하여 경연을 맡아보게 하는 것이 가할 것이
다. 경이 내려갔는데도 내 마침 황황망극한 중에 있어서 미처
살피지 못하였노라.

신정의 처음에 침체된 사람들을 모두 발탁하여 쓸 것인데, 하물며 어진 재상이야 말할 필요가 있겠는가. 경은 역말을 타고 빨리 올라오도록 하라."

이때, 을사년 찬축竄逐되었던 백인걸·노수신·황박·김난상·유희춘·민기문·이담·이진·이원록이 유배지에서 풀려나 신정에 다시 등용되었다.

12월 20일, 명나라의 사신을 응접하는 일이 급하였기 때문에 제술관으로 올라오기를 재촉하는 선조의 명령이 내렸다.

선조 1년(1568) 6월 25일, 다시 상경 길에 올랐다.

7월 18일, 이른 아침에 충주를 출발하여 배가 광나루에 도착하였을 때, 큰 비바람이 몰아쳐서 파도가 거세게 일어나 배가 거의 전복될 지경이었다. 배에 타고 있던 사람들은 모두 놀랍고 두려워 어찌할 바를 몰랐으나, 李子는 신색神色을 바꾸지 않은 채 태연하였다. 이는 마치 큰 광풍이 일어나며 물결이 배에 부딪쳐 들어와도 주무시던 예수의 일과 같았다.

7월 19일, 도성에 들어오자 사람들이 서울 장안이 모두 이이상李貳相께서 오신다고 환영하였다. 이상貳相은 종1품 의정부 찬성사의 약칭 또는 의정부의 좌·우찬성의 통칭이다.

사대부들이 李子를 만나러 찾아와서 그들을 접견하느라 쉴

틈이 없었으니, 마치 오늘날의 인기 아이돌(Idol) 같았다.

李子가 선조에게 6조목의 상소를 올렸다.

"첫째, 계통을 중히 하여 인효仁孝를 온전히 하소서. 선왕의 뜻을 계승하시는 데 있어 그 인효의 도리를 다하지 않을까 하는 근심은 없습니다.

그러나 마음은 소반의 물을 엎지르지 않는 것보다 지키기 어렵고, 착함은 바람 앞에 촛불보다 보전하기 어려운 것이오니, 훗날 귀와 눈을 막고 가리는 것이 잡다하게 널려있고, 사랑과 증오의 요망스럽고 현혹됨이 함께 생겨서, 날이 가고 달이 갈수록 사업은 대수롭지 않게 되고, 심정은 거기에 습관이 되면 종묘를 모시는 마음이 태만하게 되고, 마땅히 높일 바를 깎고 마땅히 깎을 바를 높이게 되는 데 점점 익어지는 일이 어떻게 반드시 없을 것이라고 보증하겠습니까.

둘째, 참소하고 이간하는 것을 막아서 양궁을 친하게 하소서. 대궐 안에는 능글맞은 간인과 늙고 남을 속이는 무리들이 아직도 다 없어지지 않고 있으니 이것은 비단, '여윈 돼지가 아직 꾸물거리는 것' 같은 정도가 아니옵니다.

셋째, 성학을 독실하게 하시어 정치의 근본으로 세우소서. 《대학》의 격물치지格物致知와 성의정심誠意正心, 《중용》의 명선성신明善誠身이 그것입니다.

넷째, 도덕과 학술道術을 밝혀서 인심을 바르게 하소서.

만일 불행히 주상께서 도에 뜻을 두시는 마음이 조금이라도 처음과 같지 아니하다면, 이 여러 종류의 사람들이 반드시 우하고 함께 덤비어 온갖 방법으로 뚫고 들어올 것이고, 한번 그 안에 들어가면 곧 저들에게 동화될 것입니다.

다섯째는 심복心腹에게 맡기셔서 이목耳目을 통하게 하소서. 보필할 수 있는 현인을 구하지 아니하고 아첨하고 뜻에 맞추어 주는 자를 구하여 그 사사로운 욕심을 수행할 것을 도모하시면, 그 인물은 간사하여 정치를 문란하게나 역적으로 권력을 마음대로 하려는 자일 것입니다.

여섯째, 성심으로 몸을 닦고 살펴서 하늘의 사랑을 받게 하소서. 옛것만 지키고 상도常道만 따르는 신하들을 믿는다면, 지극한 태평 정치를 분발해 일으키는 데 방해가 될 것이며, 편벽되이 일을 좋아하는 사람에게 맡긴다면 분란을 도발해 내게 될 것이옵니다. 아전이나 노복들은 공납품을 이리떼처럼 뜯어먹으면서도, 관청 창고를 도둑질하고, 진포鎭浦의 장수들은 호랑이처럼 군졸을 삼키면서도, 이웃과 일가에까지 독을 부립니다. 흉년의 기근이 극심하건만 구휼할 방책이 없으니 도적이 떼로 일어날까 두렵사오며, 변방 방비가 허술한데 남북으로 틈이 벌어지니 오랑캐들이 줄지어 침입할까 염려되옵니다.”

선조는 "6조목은 참으로 천고의 격언이며 당금의 급선무이다. 내 비록 하찮은 인품이지만 어찌 가슴에 지니지 않을 수 있겠는가."

성호 이익은《성호사설》에 수록된〈퇴계선견退溪先見〉에,

「퇴계 선생은 황중거에게 답한 편지에 "남북의 큰 환란이 아침이 아니면 저녁에 곧 닥칠 터인데, 우리의 방비를 돌아보면 믿을 만한 것이 하나도 없으니 산림의 즐거움인들 지킬 수 있겠는가? 이 때문에 혼자서 매우 걱정한다." 하였다.

조야朝野가 편안한 때를 당하여 선생이 홀로 이런 말을 하였으니, 모두들 반드시 오활한 선비가 으레 하는 말이라고 했을 것이다. 그러나 40년이 못되어 임진왜란이 있었고, 인묘仁廟 초에 이르러서는 국세國勢가 무너진 집·새는 배와 같아서 곧 망할 지경이었는데도 마침내 도탄塗炭에 빠질 것을 깨닫지 못하였다. 이제 생각하여 보면 퇴계의 우탄憂歎이 필경 모두 들어맞았다.」

12월 두 번 세 번 사면해 줄 것을 청하였으나, 허락되지 않았다. 이이李珥는 李子에게 낙향하지 말라고 권유하였다.

"개혁하지 않는다면 장차 나라 구실을 하지 못하게 될 것"이라면서 "대궐문을 드나들지 않더라도 서울에 계시는 것만으로도 선비들의 기개가 배가 되고 나라가 잘 다스려질 것."

李子는 선조에게 《성학십도》와 箚子 '성학십도차(병도)'를 올렸다. 《성학십도》의 첫째는 태극도, 둘째는 서명도요, 셋째는 소학도, 넷째는 대학도, 다섯째는 백록동규도白鹿洞規圖, 여섯째는 심통성정도心統性情圖, 일곱째는 인설도仁說圖, 여덟째는 심학도心學圖, 아홉째는 경재잠도敬齋箴圖, 열째는 숙흥야매잠도夙興夜寐箴圖이었다.

임금이 이르기를, "배우는 데 매우 절실한 것이다."

《성학십도》의 병풍을 만들어 들이게 하였다.

선조 2년(1569) 3월, 겸대한 직함까지 모두 체차해 줄 것과 치사하고 시골로 갈 것을 빌었으나 허락되지 않았다.

대궐에 들어가서 성은에 감사하고, 야대청夜對廳에 입대하여 물러갈 것을 빌어서 비로소 허락되다.

"경이 이제 돌아간다면 말하고 싶은 것이 있지 않겠는가?"

"옛사람이 말하기를, '태평한 세상을 걱정하고 밝은 임금을 위태로이 여긴다.' 하였사옵니다. 대개 밝은 임금은 남보다 뛰어난 자질이 있고, 태평한 세상에는 걱정할 만한 방비가 없는 것이옵니다. 남보다 뛰어난 자질이 있으면 혼자만의 지혜로써 세상을 주무르며, 여러 신하들을 가벼이 여기는 마음이 있게 되고, 걱정할 만한 방비가 없으며 교만하고 사치한 마음이 생기게 되오니, 이것은 두려워할 만한 일이옵니다.

지금 세상도 비록 태평하다고 할 수는 있겠으나, 남북에 모두 분쟁의 조짐이 있고, 백성들은 살기에 쪼들리며 나라의 창고는 텅 비었사오니, 나라가 나라꼴이 못 되어 갑자기 사변이라도 생기면 토담처럼 무너지고 기왓장처럼 흩어질 형세가 없지 아니하오니, 걱정할 만한 일이 없다고 말할 수가 없사옵니다.

성상의 자질은 고명하셔서 신하들의 재주나 지혜가 성상의 뜻을 만족시킬 수 없으므로, 혼자만의 지혜로 세상을 주무르는 조짐이 없지 아니하오니, 그것이 식자들이 미리 근심하고 있는 것이옵니다.

이른바, '높이 오른 용은 후회할 것이 있다.'는 것이옵니다. 임금이 아랫사람과 함께 마음과 덕을 같이하지 아니하면 용이 구름을 만나지 못한 것과 같아서, 비록 그 변화를 신령스럽게 하여 혜택을 만물에 입히고자 하나 될 수 있겠습니까?

일에 혹시라도 그릇된 것이 있으면, 마치 배를 끌고 물을 거슬러 올라가다가 한번 손을 놓는 날이면 흐름을 따라 내려가다가 풍파를 만나서 뒤집히는 것과 같사옵니다.

신이 전일에 올린 〈성학십도〉는 신의 사사로운 뜻으로 만든 것이 아니옵고, 모두 옛 현인들의 손에서 나온 것이오며, 그중에 한두 가지의 그림만 신이 보충하였을 뿐이옵니다.

공부하는 방법은, 전날 올린 차자에도 사思·학學 자로 주장을 삼았사온데, 이로써 사색하시면 얻으시는 것이 더욱 깊으셔서 사업에 발휘되는 것을 알 수 있을 것이오니, 소신이 마지막으로 충성하려는 생각에서 아뢰는 정성이옵니다."

"다시 더 할 말은 없는가?"

"우리 조상들은 심후한 은택을 끼쳐 그 공덕이 우뚝합니다. 다만 사림의 화禍가 중엽에 일어났는데, 폐조 연산군 때의 무오사화와 갑자사화는 말할 필요도 없고 중종 때는 기묘사화로 현인과 군자들이 모두 큰 죄를 입었습니다.

이로부터 正과 邪가 뒤섞이면서 간사한 사람들이 득세하자, 사사로운 원한을 갚을 때는 반드시 '기묘己卯의 여습餘習'이라고 하면서 사림의 화가 연달아 일어났으니, 예로부터 그 禍가 이보다 더한 때는 없었습니다.

신이 이미 지나간 일을 말씀드리는 것은 이것을 장래의 큰 경계로 삼고자 하려는 것입니다. 예로부터 임금이 첫 정치는 청명하고 바른 사람이 등용되어, 임금이 허물이 있으면 간하고, 잘못이 있으면 다투게 되니, 임금은 반드시 싫고 귀찮은 마음이 생기게 됩니다. 이럴 때 간사한 자들이 기회를 틈타 임금의 비위를 맞추게 되면, 임금은 마음속으로 이러한 사람을 등용한다면 내가 하고자 하는 것이 내 뜻대로 안 되는 것이 없을 것이라고 생각하게 될 것입니다. 이로부터 임금은 소인과 하나가 되어 바른 사람도 손쓸 곳이 없게 되고, 그런 연후에는 간신들이 득세하여 패거리를 불러 모아 어떤 짓이든 못하는 것이 없게 되는 것입니다.

지금은 정치를 처음 시작하는 때라서 간쟁諫諍이 있으면, 모두 뜻을 굽혀 받아들여서 큰 과오가 없을 것입니다.

그러나 오래되어 성상의 마음이 바뀌시면, 지금과 같을 수 있으리란 보장을 할 수 있겠습니까? 이렇게 되면, 正과 邪는 그 세력이 나뉘게 될 것이고, 반드시 간사한 사람이 이겨서 처음 행하신 정치와는 크게 달라질 것입니다.

임금의 몸은 하나인데 그 일은 두 사람이 한 것처럼 달라지는 것은, 처음에는 군자와 합하다가 끝내는 소인과 합하기 때문입니다. 성상께서는 이 점을 크게 경계하셔서 착한 사람들을 보호하여, 그들이 소인들의 모함에 빠지지 않게 한다면, 이는 종사宗社와 백성의 복입니다. 신이 경계하여 아뢰고자 하는 것은 이보다 더 큰 것이 없습니다.”

“그대가 아뢴 말을 마땅히 경계로 삼겠노라. 경은 조정의 신하들 중 천거할 만한 사람은 없는가?”

“지금 대신의 지위에 있는 사람은 모두 청렴하고 신중하며, 육경六卿도 사특한 사람이 없습니다. 수상首相은 위태롭고 불안

한 때에 목소리나 얼굴빛을 바꾸지 않은 채 나라를 태산처럼 편
안한 곳에 올려놓았으니, 참으로 들보와 주춧돌과 같은 신하입
니다. 의지하고 중히 여길 사람으로는 이보다 나은 사람은 없습
니다.”

“학문하는 사람 중에 아뢸만한 자가 있지 않은가? 어려워하
지 말고 말하는 것이 옳을 것이다.”

“그 일은 말씀드리기 어렵습니다. 학문에 뜻을 둔 사람이 어
디 한두 사람뿐이겠습니까. 어떤 이가 정자程子에게 묻기를 ‘문
인門人들 중에 누가 학문의 도道를 얻었는가?’ 하자, ‘얻은 사람
이 있다는 것은 쉽게 말할 수 없다.’ 하였습니다.

그 당시에 많은 사람이 있었는데도 쉽게 말할 수 없었는데,
신이 상을 기만하면서까지 아뢸 수 있겠습니까.

기대승이 이학理學에 통달한 선비입니다. 다만 그는 수렴 공
부收斂工夫가 부족한 것이 미진한 점인데, 소신이 평상시에 이
점을 부족하게 여겨서 좀 더 공부하라고 권면하였습니다. 그러
나 이러한 유자儒者도 얻기가 쉽지 않습니다.”

선조가 李子에게 이르기를, “저번에 홍문관이 남곤南袞의 관
작을 추탈할 것을 논계했는데, 선조先祖 때에 있었던 일이어서
소급하여 치죄하기는 어려울 듯하다.”

李子가 아뢰기를, “기묘년 사화는 남곤·심정의 간모奸謀에

연유한 것으로 끝내는 중종의 누累가 되었으니 그 죄는 하늘에 사무친다고 할 수 있습니다. 상께서 선조의 대신이기 때문에 관작을 추탈하기가 미안하다고 하신 그 뜻도 매우 옳고 공론이 관작을 추탈할 것을 계청한 그 말도 옳습니다.”

“양편 모두가 옳다고 하는데, 그중 어느 편이 더 옳은가?”

“남곤의 죄악은 매우 중대하기 때문에 관작을 삭탈시켜야만 사림들이 시원스럽게 여길 것이니, 조광조를 포상 추중하고 남곤을 추죄한다면 시비가 분명해질 것입니다.”

李子는 무오사화, 기묘사화를 사림이 화를 당한 사건으로 규정하였다. 李子의 역사 인식은 당시 젊은 사류들과 공유했을 뿐 아니라, 주자학을 뿌리내리게 하였다는 점에서 당시 학자들 중 누구도 이의를 제기할 수 없을 정도였다.

율곡은 경오년(1570, 선조 3)에 홍문관 교리에 제수되었다.

율곡의 스승 백인걸白仁傑이 상소하기를,

“을사년과 기유년에 누명陋名을 쓴 억울한 사람들의 죄를 씻어 주옵소서.”

을사년(1545) 열두 살의 어린 명종이 즉위하자, 윤원형의 누이인 문정왕후가 수렴청정하면서 윤임을 비롯한 대윤 세력을 숙청하였다. 그 과정에서 사림士林 계열의 인물들까지도 많이 희생되었다. 의정부와 삼사三司에서 동시에 논계論啓하였으나,

여전히 위훈僞勳이라고 거론하지는 않았었다. 위훈僞勳이란 거짓 공훈으로 을사사화를 일으켜 녹훈된 위사공신僞社功臣 정순붕·이기李芑·임백령·허자·홍언필·윤인경 등을 지칭한다.

율곡이 말하기를, "명분을 바로 세우는 것은 정사의 근본인데, 명분이 바르지 않은 것으로 위훈보다 더한 게 없습니다."

조정에서는 율곡의 변론이 지나쳤다고 보는 의견이 많았지만, 다른 사람의 의론을 배척하고 시종일관 흔들리지 않았다.

정승의 물망에 오른 백인걸의 인물평을 요구받은 율곡은 한 마디로 "氣高學荒" 氣가 세고 학문이 거칠다는 것이었다.

백인걸은 기묘사화로 사림이 화를 당하자 금강산에 은거하였고, 문정왕후의 수렴청정에 반대하여 파직 당하였으며, 동서 분당의 폐단을 지적하고 청백리로 녹선 된 올곧은 선비이다.

기사년(1569, 선조 2) 9월 25일, 상을 모시고 한담閑談 중에 을사년의 일에 미치자, 이준경이 아뢰기를,

"위사衛社할 당시 선사善士로서 더러 연좌되어 죽은 자가 있는데 그 상처가 아직 아물지 않았습니다."

마침 그 자리에 있던 이이李珥가 아뢰기를,

"대신의 말이 어째서 어물어물하며 분명하지 않습니까. 위사衛社란 것은 위훈僞勳으로서 그때 죄진 사람은 모두가 착한 선비입니다. 인종께서 승하하신 후 중종의 적자嫡子는 단지 명종

한 분뿐인데, 천명과 인심이 어찌 다른 사람에게 돌아갈 데가 있었겠습니까. 간흉姦凶들이 천공天功을 탐내어 사림士林을 쳐 죽이고 위훈에 등록하여, 신인神人이 분노憤怒한 지가 오래되었습니다. 지금 성상께서 정사를 베푸시는 초기에, 마땅히 그 위훈을 삭제하시고 명분을 바르게 세우시어 국시國是를 정하는 일을 늦추어서는 안 됩니다." 이준경이 다시 아뢰기를,

"이 일은 선조先朝에서 해놓은 것이라 고칠 수 없습니다."

이에 율곡이 강경하게 주장하였다.

"그렇지 않습니다. 명종께서 어린 나이로 즉위하셔서 간흉들의 속임수에 엄폐됨을 면하지 못했지만, 지금은 하늘에 계신 신령께서도 그 간악함을 통조洞照하셨을 것입니다. 아무리 선조先朝의 일이라 해도 어찌 고치지 못할 이유가 있겠습니까."

"어진 사람을 쓰는 것이 진실로 좋기는 하나, 일에 경험이 없는 사람이 그 일을 하면서 너무 지나칠까 염려가 된다."

선조宣祖가 신중하게 일렀으나, 율곡이 다시 아뢰었다.

"지금 꼭 해야 할 것은 공도公道를 넓히는 것보다 급한 것이 없습니다. 요즘 들어 대간臺諫이 아뢴 바가 궁궐의 내수사內需司에 관계되는 일이면 전하께서 막아버리셨습니다. 臣같이 어리석은 사람이 어디 있겠습니까마는 어리석은 자라도 어쩌다가 제대로 아는 것이 있으니, 들을 만한 것이 있을 것입니다."

1570년 12월 1일, 숭정대부崇政大夫 판중추부사判中樞府事 이황李滉이 졸卒 하였다. 〈율곡이 퇴계退溪 선생을 곡하다.〉

良玉精金稟氣純　옥과 정제 금처럼 타고난 기질이 순수함이여
眞源分派自關閩　참된 근원은 관민에서 갈려 나왔구나.
民希上下同流澤　백성들은 위아래로 덕택 입기를 바랐는데
迹作山林獨善身　종적은 산림에서 독선하는 몸이 되었네.

虎逝龍亡人事變　호랑이 가고 용도 없어 사람의 일 변했는데
瀾回路闢簡編新　물결 돌리고 길 여신 저서가 새롭구나.
南天渺渺幽明隔　남쪽 하늘 아득히 저승과 이승이 갈렸으니
淚盡腸摧西海濱　서해 물가에서 눈물 마르고 창자 끊어지
　　　　　　　　도다.

　왕도의 교육을 받지 못한 채 17세의 어린 나이에 갑자기 왕위에 오른 선조에게 李子가 바친 《성학십도》는 그의 학문을 심혈을 기울여 집대성한 것이다.

　성학聖學이란 성인聖人이 되기 위한 학문이란 뜻으로 널리 쓰였지만, 그 배움의 주체가 제왕인 경우에는 군주도 성인이 되어야 훌륭한 정치를 펼 수 있다는 의미에서 왕이 배워야 할 학문으로 이해되기도 하였다.

　李子는 《성학십도》의 '소학도'와 '대학도'에서 경敬이란 마음을 주재하는 것이며 성학의 시작과 끝이 되는 만사의 근본이라고 강조하였고, '백록동규도'와 '심학도'에서 心은 이성인 性과 감정인 情을 포괄하여 수양을 통해 나쁜 氣를 극복하거나 情을 조절하는 심성론을 중시하였다.

　결국 정치에서 가장 중요한 것은 왕의 마음이며, 이를 올바로 유지하기 위해서는 敬을 기본으로 해야 한다고 강조하고 있다.

율곡 이이李珥의 《성학집요》는 1575(선조 8)년에 편찬하여 왕에게 바친 것으로 8권으로 구성되어 있다. 李子의 《성학십도》와 마찬가지로 왕을 대상으로 성학을 권면하는 내용이며, 1권에는 진차, 서, 통설, 2~4권까지는 수기修己, 5권은 정가正家, 6~7권은 위정爲政, 8권은 성현도통聖賢道統으로 이루어져 있다.

〈진차進箚〉에 의하면, 제왕의 학문에 있어서 수양을 통해 기질을 변화시키는 가장 절실하고 제왕의 정치에 있어서는 정성을 다해 어진 신하를 대하는 임금의 자질을 갖추도록 하기 위해 바친다고 하였다. 이를 요약하면 다음과 같다.

《성학집요聖學輯要》는 제왕帝王의 학문하는 본말本末과, 정치의 선후先後와, 덕을 밝히는 실효實效와, 백성을 새롭게 하는 실적實跡에 대해 큰 틀을 잡아놓았습니다.

제왕의 학문은 기질氣質을 바꾸는 것보다 절실한 것이 없고, 제왕의 정치는 정성을 다해 어진 이를 등용하는 것보다 우선하는 것이 없을 것입니다. (…)

전하께서는 부인과 내관을 엄격하게 대하시어 조금도 정에 연연하는 생각은 없으십니다. 그러나 언관言官들이 편애하여 비호한다고 지적하면 갑자기 고함을 질러 도리어 편애하여 비호하는 뜻을 보이십니다. 또 언관들이 고집하신다고 나무라면

문득 더 완강히 거절하여 도리어 고집하는 뜻을 보이십니다.

자고로, 군신이 서로 마음을 알지 못하면서 공적을 이루었다는 말은 들어본 적이 없습니다. 전하께서는 반드시, 믿을 만한 충성스러운 대신에게 보좌하는 중임重任을 맡기시어, 간하면 수용하고 계책을 따라주시어, 처음과 끝을 한결같이 하소서. 또 학문에 밝고 행실이 조촐한 이를 가려서 경연에 두고, 언제라도 출입할 수 있게 해서 항상 좌우에서 모시면서 마음을 다해 임금의 뜻을 열어서 이 시대의 선비들이 모두 흥기興起할 뜻을 품게 하소서. 숨어 있는 어진 이까지도 역시 지성至誠으로 불러내고, 재능을 고려하여 벼슬을 주되 반드시 제 역할을 다할 수 있는 곳에 두시고, 끝끝내 불러오지 못하는 이도 표창하고 장려하여 그 높은 뜻을 이루어주소서.

군자는 믿는 바가 있어서 정성을 다하여 재능을 펼 것이며, 소인은 두려워하는 바가 있어서 얼굴빛을 고쳐 착한 것을 좇게 될 것이니, 정기正氣가 자라고 국맥國脈이 튼튼해지며 기강紀綱이 진작되고 선정善政이 행해져서, 제왕의 다스림을 이루신다면 이보다 다행함이 없겠사옵니다.

臣이 지금 엮은 책을 바치면서 다른 군더더기 말씀을 드리는 게 옳지 않습니다마는, 그래도 이와 같이 말씀드리는 것은 진실로 전하께서 기질을 고치시려는 노력이 없거나, 정성을 미루어

어진 이를 등용하는 실상이 없다면, 이 책을 바치더라도 헛말로 돌아가고 말 것이기 때문입니다.

어리석고 망령된 것을 용서하시고 인자하게 살피시어 받아주시옵소서. 재결해 주소서.[取進止]

맨 앞 〈통설通說〉에서 성현의 말씀을 횡橫으로 말하기도 하고, 종縱으로 말하기도 하고 체體와 용用을 총괄하였다.

마지막 〈성현도통聖賢道統〉은 성리학적인 관점에서 공자, 증자曾子, 자사子思, 맹자, 주자周子·정자程子·장자張子의 행적을 본보기로 삼았다.

《대학》에서 수기치인으로 제시한 격물·치지·성의·정심·수신·제가·치국·평천하 8조목을 단계별로 학문의 내용과 정치의 순서를 설정했다. 선비들이 지향했던 이상적 군자상을 군주에게 적용하였다.

율곡 이이李珥는 《성학집요聖學輯要》의 〈수기修己〉편에서, 옛 성현들은 理와 氣는 하나면서 둘이고 둘이면서 하나라고 하였는데, 정자程子는 "器는 道이고 도는 기이다." 주자周子는 "理는 理이고 氣는 氣로서 서로 뒤섞을 수 없다."라 하였다.

理는 형체가 없고 氣는 형체가 있어서, 理는 통하고 氣는 국한된다고 하였다. 또 理는 움직이지 않지만 氣는 움직이기 때문에 氣는 발하고 理는 거기 올라탄다고 한다.

형체도 없고 움직이지도 않으면서 형체가 있고 움직이는 것의 주인이 되는 것은 바로 理이며, 형체가 있고 움직이면서 형체가 없고 움직이지 않는 것의 바탕[器]이 되는 것은 바로 氣라고 하였다.

李子는 인간의 심성心性은 순선무악純善無惡한 것이라 하여 理에 절대적 가치를 부여하면서, 우주는 氣이며 마음도 氣이므로 도덕적으로 善과 惡이 함께 있음을 주장하였다.

李子는 고봉과의 논쟁에서 고봉이 '理·氣를 갈라서 나누어 놓을 수 없는 것(理氣不相離)'을 주장하자, 氣에 대한 理의 우월성, 理의 능동성能動性과 주재성主宰性을 강조하여,

"사단四端은 理가 발함에 氣가 따르고, 칠정七情은 氣가 발함에 理가 탄다. (四端理之發 七情氣之發)"고 하여, 理·氣의 불리不離를 강조하였다.

율곡 이이李珥는 〈성호원에게 답함[答成浩原 壬申]〉에서,

"발하는 것은 氣이고 발하게 하는 소이所以는 理이니, 氣가 아니면 발할 수 없고 理가 아니면 발하게 할 것이 없다.[發之者氣也 所以發者理也 非氣則不能發 非理則無所發]"

理·氣의 상호 역할 관계를 이기불상리理氣不相離·이기불상잡理氣不相雜의 관계라고 하였다.

李子의 《성학십도》와 이이李珥의 《성학집요聖學輯要》는 훈척 정치의 사화士禍 시대를 끝내고 사림 정치가 새로이 시작되는 시점에서, 왕도를 미처 익히지 못한 젊은 선조宣祖에게 성인의 학문을 배워서 훌륭한 정치를 펼 수 있도록 권면하는 뜻으로 두 사람의 철학과 정치사상이 각각 담겨 있다.

선조는 즉위 당시 미혼이었으니, 외척 세력이 존재하지 않는 가운데 사림 계열의 인사들은 조정에 대폭 진출할 수 있었다.

삼공三公 이하가 윤원형과 이기에게 모함·적몰당한 이들의 원통함을 풀어주는 신원을 청하자, 선조가 하명하였다.

"을사년 이후에 죄를 받은 사람으로 괴산에 이배移配된 급제 노수신은 학문이 깊은 경지에 이르렀고, 은진에 이배된 유희춘은 학문이 해박하며, 단양에 이배된 김난상은 학행이 크게 갖추어졌으니, 경연에서 권강勸講하게 하면 반드시 보익輔益이 있을 것이다. 장단長湍에 이배된 한주와 광주廣州에 이배된 이진李震 등은 재주와 학식이 있고 어질고 착한 사람이니 대간이나 시종侍從의 직임에 채울 만하다. 그러니 방면하여 직첩을 도로 주고 서용할 것을 의금부義禁府에 내리라."

심의겸沈義謙은 그의 외숙 이량李樑으로부터 화를 입게 되자, 이량을 탄핵하며 권세와 간계를 배척하는 등 사림의 입장을 옹호하는 데 힘썼으나, 도리어 왕의 외척으로 일을 꾸민다는 오해를 받기도 하였다.

심의겸이 사인舍人이 되어 공사公事로 영상 윤원형의 집에 갔었는데, 서실書室로 인도하여 들어가니, 그 방 가운데에 침구寢具가 많이 있는 것을 보고 누가 자는 곳이냐고 물었더니, 그중 하나는 김효원金孝元의 침구이었다.

김종직金宗直 계통의 신진 세력인 효원이 장원급제하고 전랑銓郎이 되었다. 의겸이 마침 공석公席에서 곁의 사람에게 말하기를, "이는 윤정승 집에서 훈도訓導하던 사람이다."

그 말이 사우士友들 사이에 전파되었다.

효원이 의겸을 흠잡아 말하기를, "심沈은 성질이 거칠고 어리석어 중하게 쓸 수 없다." 하고, 의겸의 아우 심충겸沈忠謙이 급제하여 전랑에 천망되자 효원이 저지하면서,

"외척外戚을 진출시키는 데, 이처럼 하는 것은 마땅치 않다."

충겸을 두둔하는 자들은 "충겸은 하자도 없고 전랑에 합당치 못한 사람이 아닌데도, 효원이 그르다."

효원을 두둔하는 자들은 "효원은 국가를 위함이지 사사로운 뜻이 있는 것은 아니다."

효원이 사간이 되자, 대사간 허엽許曄은 효원을 추거주었기 때문에 나이가 젊은 사류들은 허엽을 종주宗主로 삼았다.

박순朴淳은 명망이 있었으나 선배였던 까닭에 사람들 중에는

간혹 '의겸의 당黨'이라 지적하였다. 박순이 옥사를 제대로 다스리지 못했다는 것으로 허엽과 김효원이 추고할 것을 청하자, 사람들은 효원이 의겸의 세력을 고단하게 하려고 한다고 하였다.

정철·신응시가 허엽 등을 탄핵하여 체직시키기를 부제학 이이李珥에게 권유하였으나, "이것은 허대간許大諫의 의논이 중도中道를 지나친 것일 뿐 반드시 효원이 몰래 주장한 것은 아닐 것이니, 옥당이 조사하여 탄핵할 일이 아니다. 월권하여 남을 논할 수 없는 것이다." 그러나 두 사람은 그렇게 여기지 않고, 이이李珥를 그르다고 하였다.

이로부터 사림의 선배와 후배가 서로 화합하지 못하여 당파를 나누는 조짐이 있게 되었다.

젊은 사류는 강경한 입장에서 적극적인 개혁을 주장하면서 김효원의 전랑 추천을 반대한 심의겸을 용납하려는 점에 대해 불만이었다. 심의겸이 전날에 사림계 인사들을 보호하려 한 사실이 있기는 하나, 그가 척신 출신이므로 그를 받아들이면 척신 정치의 잔재를 청산할 수 없다는 입장이었다.

정치적 결단 및 시국관의 차이로 일어난 이러한 사림 내의 대립은 끝내 젊은 사류를 중심으로 한 동인東人과 전배前輩 중심의 서인西人으로 분열하게 되었다.

류성룡은 "당론黨論이 일어난 것은 전랑銓郞의 천거에서 시작되어 대신을 추감推勘하자는 데서 걷잡을 수 없이 터진 것으로서, 각박한 풍속이 경조輕躁하여 서로 선동한 것이지, 두 사람이 각자 당黨을 만들어 알력이 생긴 데서 이루어진 것은 아니다."

기묘년(1579, 선조 12), 이이李珥가 당파를 없앨 것을 상소하였다. "심의겸이 김효원의 젊었을 때 잘못을 잊지 않고 여러 번 청직淸職에 선발될 물망에 오른 것을 방해하다가, 김효원의 명성이 날로 성해지자 마침내 이것을 누르지 못하게 된 것입니다. 김효원도 심의겸의 과실을 의논하여 말하기를, '그는 어리석고 기질이 거칠어 등용할 수 없다.' 하였습니다.

심의겸이 김효원을 비방한 것이 애초에 원수진 일이 있어서 그러한 것이 아니었고, 다만 악을 미워하는 마음을 고집하여 변통할 줄을 모른 탓이었습니다.

말을 지어내는 이들은 동東·서西의 설을 만들어내어서, 공사公私와 득실을 막론하고 다만 심의겸을 편드는 이를 서인西人이라 하고, 김효원을 편드는 이를 동인東人이라 하여, 조정의 벼슬아치들은 용렬한 사람이 아니면 모두 동인·서인으로 지목하는 속으로 들어가게 된 것입니다.

조정은 전하의 조정이며, 관작官爵은 국가의 공기公器이니,

마땅히 공론公論으로써 한때의 인재를 모두 등용해야 할 것인데, 심의겸과 김효원 두 사람의 시비의 분별이 무슨 큰 관계가 있어서 이것으로 거조를 정합니까. 하물며 국시를 정하는 데는 더욱 구설口舌로 다투어서는 안 됩니다.

조신朝臣들에게 하교하시어 동인·서인의 구별을 씻어버리고 다시는 구별하지 말도록 하시며, 오직 어질고 재주 있는 사람이면 등용하여 조정을 함께 한 선비들이 모두 한마음으로 나라를 위하고 다시는 의심하고 막힘이 없도록 하시며, 조정의 기강을 정숙하게 하시고, 혹시 자기의 의견만을 편벽되게 주장하여 공의公議를 좇지 않는 자가 있으면 제재하여 누르시며, 혹시 꼭 분쟁을 일으켜 말을 만들고 일을 만들려는 자가 있으면 배척하여 멀리하소서.”

동인은 李子와 조식曺植의 문인들이었으나, 이이李珥가 직접 참여하게 되면서 학연성을 높였으니, 이이李珥의 상소가 탕평책이기보다 오히려 동서분당東西分黨의 시발점이 아닐까?

李子는 23세의 젊은 이이李珥에게 “마음가짐은 자신을 속이지 않는 것이 귀하고, 조정에서는 일 만들기를 좋아함을 경계해야 한다.”고 하였었다.

이이李珥는 자신의 말이 쓰이지 않자 스스로 나라에는 공이 없고 학문에는 해로움이 있다고 생각하였다.

계유년에 조정에 들어오고서부터 경經·전傳·자子·사史에서 널리 채집하여 3년 만에 《성학집요聖學輯要》를 편집하여 李子의 《성학십도》처럼 선조에게 바쳤다.

우계 성혼은 李子의 理氣호발설을 지지하여, 이이李珥의 기발이승일도설에 맞서서 두 사람은 6년간 논설을 벌였다.

이이李珥는 〈성호원에게 답함答成浩原 壬申〉에서,

"노선생(李子를 가리킴)이 돌아가시기 전에 제가 이 말을 듣고 마음속으로 그르다는 것을 알았으나 나이가 젊고 공부가 얕으므로 감히 질문하여 그 귀일점歸一點을 찾지 못했는데, 늘 이 것을 상기할 때마다 가슴 아프게 여겼습니다.

저의 설이 너무 모나다고 한 것은 형의 말이 과연 당연하니 심심한 사과를 합니다. (…)

만약 도리로써 서로 변론한다면 꼴 베고 나무하는 사람에게도 물을 수 있고 광언狂言도 택할 수 있으므로, 저도 입을 놀릴 수 있었던 것입니다.

도리로써 구하지 않고 강약强弱으로만 본다면 한 퇴계가 열 이이李珥를 이길 수 있는데, 면재 황간黃榦(宋나라 학자)이 도와준다면야 말할 것이 있겠습니까. 이는 여러 호랑이가 한 마리 양을 잡는 것과 같은 격입니다."

선조가 이이李珥에게 물었다 "사림에서 이 난세를 치유할 수 있는 인물로 성혼을 천거하는데 경의 생각은 어떤가?"

성혼과 이이李珥는 휴암 백인걸의 문하에 동문수학하면서, 살아도 같이 살고 죽어도 같이 죽자고 동심일체의 교우였다.

"성혼이 재지가 출중한지는 신도 알 수 없으나, 그의 도량이면 능히 중책을 쓸 것이오니 어찌 나라를 다스리지 못하겠습니까. 다만 성혼이 오더라도 폐정弊政을 고치지 않는다면 역시 어찌할 수 없을 것입니다."

"경과 성혼을 비교하면 어떤가?"

"재주는 소신이 성혼보다 좀 나으나 수신과 학문의 힘씀에 있어서는 성혼에 미치지 못합니다."

이이李珥는 사사로운 우정보다 의리義理를 우선했을까?

"자네가 추천한 李 아무개라는 인간이 왜 그 모양인가?"

영의정 이준경이 휴암에게 역정을 내기도 하였다.

어느 해, 선조宣祖가 이이李珥에게 물었다.

"경은 짐을 어떻게 생각하는가?"

"전하께서는 선한 의지를 가지고 계시니 학문에 힘쓰고 노력하면 현주賢主가 될 수 있습니다."

"짐이 어떤 사람을 등용하면 좋을까?"

"전하에게 충성을 다짐하는 사람은 되도록 피하고 자기 일에 충성을 다짐하는 사람을 가까이 하십시오. 충성을 다짐하는 자는 전하를 배신할 가능성이 있지만, 자기 일에 충성을 다하는 사람은 전하를 결코 배신하지 않을 것입니다."

이이李珥는 원로대신들로부터 미움을 사 오국소인誤國小人이라고 지탄받았으나, 그는 명분이나 형식에 얽매이지 않았다.

이이李珥는 구도장원九度壯元 천재, 빼어난 경세가, 주기설의 종장宗匠이다.

갑신년(1584) 1월 14일, 이이李珥는 향년 49세의 나이로 비교적 일찍 별세하였다. 선조는 "나라 위해 온 힘을 다했으니 경卿이야 무엇이 슬플 것이 있겠는가만 큰물 가운데서 노를 잃었으니 나는 못내 슬퍼하노라."

'이이李珥가 만약 살아있었다면, 왜란을 어떻게 타개했을까?'

역사歷史는 가정이 없으나, 그는 빼어난 경세가이니까…

갑오년(1594), 우계 성혼과 류성룡은 '주화오국主和誤國'이라는 불명예스런 비난을 받아 스스로 은퇴하였다. 남해안에 진을 치고 버티고 있는 왜군을 퇴각시키기 위해 명나라가 심유경을 보내어 강화교섭을 하자, 선조는 강화를 반대하였다.

류성룡은 강화 반대 분위기를 따르면서, 명의 군사적 지원을 유지할 수 있는 타협점을 찾아내려고 하였다. 견제와 회유로 관계를 유지하려는 류성룡의 기미책羈縻策이 명분을 중시하는 이들로부터 나라를 그르친 정책으로 비난받았다.

二年飄泊干戈際　　두 해 동안 전란 속에 떠다니느라
萬計悠悠頭雪白　　온갖 계책 지루하여 머리만 희었네.
衰淚無端數行下　　서러운 두어 줄기 눈물 끝없이 흘리며
起向危欄瞻北極　　아스라한 난간 기대고 북극만 바라보네.

오용길, 화성의 겨울(서북각루와 서일치), 135×100cm, 화선지에 수묵담채, 2014

임진왜란 이후 정인홍을 중심으로 한 북인 세력은 광해군을 옹립하면서 권력을 장악하였다. 인조반정과 병자호란에 의해 대북 정권이 물러나고 서인西人이 정권을 잡았으며, 송시열의 도움으로 국왕에 오른 효종은 북벌정책을 추진하였다.

숙종은 왕권을 강화하기 위해 외척인 김석주를 끌어들여 송시열의 서인 정권을 무너뜨리고 남인 정권을 성립시켰다.

예송논쟁으로 당파끼리 엎치락뒤치락하는 환국을 거치면서, 서인은 노·소론이 대립하였고 남인은 윤휴, 허목許穆 등의 청남淸南과 비교적 온건한 허적許積, 권대운權大運 등의 탁남濁南으로 분열하였다.

희빈 장씨가 낳은 왕자(후일의 경종)에 대한 세자 책봉 문제가 빌미가 되어 기사환국으로 남인 정권이 다시 들어섰다. 1694년 남옥濫獄이 문제되고 폐출되었던 인현왕후의 복위를 계기로 남인은 정계에서 완전히 거세되었다. 그 대신 이미 노론·소론으로 분열되어 있던 서인이 재집권하는 갑술환국으로 연속적인 변화가 있었다.

노론·소론 사이의 불안한 연정聯政 형태가 지속되다가 다시 1716년 노론 일색의 정권이 갖춰지면서 소론에 대한 정치적 박해가 나타났다.

이탈리아 피렌체 공화국의 정치가 니콜로 마키아벨리(Niccolò Machiavelli)는 16세기 당시 집권한 군주 로렌초 디 피에로 데 메디치(Lorenzo di Piero de' Medici)에게 바치는 서한문《군주론(De Principatibus)》은 마이아벨리가 공직을 얻고자 메디치가 군주에게 바쳤으나, 자신이 원하던 10인 위원회 서기장에 다른 사람이 임명되자 낙담하여 세상을 떠났다.

李子는 어린 선조에게 《성학십도》를 바치고 고향으로 돌아가 생을 마감했다. 같은 시대에 살았던 마키아벨리의 군주론은 조선의 성학聖學과 비교해 볼 필요가 있다.

《군주론》 제2장의 세습군주론에서, 현 군주의 혈통에 의한 세습은 신민들에게 당연한 것으로 익숙해져 있기 때문에 옛 질서를 무시하지 않으면서 형세를 관망하기만 하면 언제나 자신의 왕권을 유지해 나갈 수 있다고 하였다.

그러나 인간은 어떻게 사는 것과 어떻게 살아가야 하는 가는 다르다. 선한 사람은 선하지 않은 사람들 사이에서 패퇴하기 때문에 왕권을 보존하기 위해서는 선하지 않은 방법이라도 필요하다면 써야 하며, 악덕으로 간주하는 행위들이 오히려 미덕이 될 수 있다고 한다. 군주가 자비로운 것은 결코 나쁘지 않지만, 소수의 개인을 희생시키고 큰 해악을 방지하는 것이므로 군주는 자신이 가혹하다는 평판에 전혀 개의해서는 안 된다.

군주는 사랑받는 동시에 경외의 대상이 되는 것이 가장 바람직하지만, 양자를 동시에 이루기 힘들다면 사랑받기보다는 두려움의 대상이 되는 것이 군주에게는 훨씬 안전하고 한다.

바람직한 군주는 신의를 지키면서 정직한 삶을 영위하는 것이지만, 적대적 관계에서 군주가 살아남기 위해서는 필요하다면 사악하고 비인간적인 방법도 마다해서는 안 된다고 하면서 사자의 힘과 여우의 책략으로 자신을 위협하는 늑대들을 물리칠 수 있어야 한다.

군주에게 신의란 그것이 자신의 이익과 합치될 때 지킬 가치가 있는 것이며, 상대방 역시 언제나 그것을 성실히 이행하리라고 믿을 수 없기 때문에 여우를 가장 잘 모방하는 자만이 최대의 성공을 거두게 되는 것이다. 전통적 미덕과 악덕 간의 이러한 전도 관계는 단지 신의信義의 문제에만 한정되지 않으며 거의 모든 덕성들의 경우에도 확대·적용될 수 있는 것이다.

《군주론》 18장에서, 군주가 미덕들을 실제로 가져야 할 필요는 없으나, 그것을 가진 것처럼 보이도록 하는 것은 중요하다.

미덕들을 지니고 언제나 실천에 옮기는 것은 오히려 그 자신에게 해가 될 것이다. 스스로를 자비롭고 신의가 있으며 인간적일 뿐 아니라 정직하고 신심이 돈독한 사람으로 비치도록 하는 것은 유용하나 필요시에는 그 반대로 행위할 수 있어야만 한다.

군주가 권력을 유지하기 위해서 신의를 깨뜨리거나 가혹하고 비인간적인 행동을 하지 않을 수 없기 때문에 자신이 언제나 선한 방식으로 행위 하기란 불가능하다는 사실을 인식하는 것이 매우 중요하다.

그러므로 운명과 상황 변화에 따라서 어느 쪽으로든 자신의 행동 방향을 바꿀 수 있는 준비를 갖추어야 하며, 가능한 올바르게 행동하도록 노력해야 하겠지만 필요할 때는 사악한 방법도 사용할 수 있어야 한다고 하였다.

李子와 이이李珥는 왕에게 敬을 중심으로 왕도정치를 펼칠 것을 기대하면서 《성학십도》와 《성학집요》를 바쳤다.

특히 李子는 선조에게 〈6조목의 상소〔六條疏〕〉를 바치면서,

"성리학을 정치의 근본으로 세우소서. 그리고 인심人心은 위태하고 도심道心은 은미하니 오직 그 중中을 잡으소서."

성학聖學을 격물치지格物致知와 성의정심誠意正心, 명선明善 성신誠身을 근본으로 치국평천하治國平天下를 권장하였다.

세종은 즉위 교서에서, "태조께서 하늘을 공경하고 백성을 사랑하며, 나라 안팎이 평안하고 창고가 가득하며, 문치文治는 융성하고 무위武威는 떨치었다." 하였다.

세습왕조인 조선의 왕은 민심을 천심이라 하여 민본 중심의 성리학적 도덕정치를 당위當爲로 여겼으며, 왕의 사후에 업적을 평가하여 조祖, 종宗, 군君을 표시하였는데, 패륜으로 민심을 그르친 연산군과 광해군과 같이 폐위 당한 왕들은 왕자 시절의 호칭이었던 군君을 그대로 썼다.

연산군은 어머니 폐비 윤씨의 추송 문제로 사화를 일으키고 백성의 재산을 수탈하였으며, 후궁 태생의 광해군은 영창대군과 인목왕후를 폐모살제廢母殺弟한 폐주로서 왕위 계승을 도운 대북파를 중용하자 반대파인 인조반정의 빌미가 되었다.

세조는 계유정난을 일으켜 어린 조카 단종을 폐위하고 왕위를 찬탈하였으며, 인조는 반정으로 이복 백부인 광해군을 폐위시키고 소현세자빈을 사사賜死하였다.

세조와 인조의 도덕성 결여는 연산과 광해와 다를 바 없으나, 반정 주체 세력들이 자신들의 정당성을 인정받기 위해 위상을 높여준 것이다. 성왕패구成王敗寇란 말이 있듯이, 반정에 성공하면 충신이요 실패하면 역적이 되었다.

태종 14년, 정부 조직을 개편하면서 태종에게 계목을 올려서,

"의정부에서 군국의 중요한 일을 의논하여 아뢰도록 하소서."

"모든 일이 내 한 몸에 모이면 진실로 재결裁決하기가 어렵겠으니, 육조六曹로 하여금 서무庶務를 분장分掌하도록 하라."

　의정부에 영부사領府事 1인, 판부사判府事 2인, 동판부사同判府事 2인, 사인舍人을 그대로 두고, 참찬參贊 1인, 지부사知府事 2인, 참지부사參知府事 2인을 파罷하였다. 검상 조례사檢詳條例司를 파하여 예조禮曹에 병합하였다.

　세종 때 과거시험의 책문策問에 "의정부와 승정원의 역할에 대한 의견이 분분하다. 이를 해결할 대책을 말해보아라."

　이 때 신숙주와 성삼문이 함께 과거시험을 보았다.

　신숙주는 "왕의 전횡을 막기 위해서 반드시 의정부를 거치게 하고 왕의 비서실인 승정원을 견제해야 합니다."

　성삼문은 "왕이 직접 결제하고, 의정부가 마음대로 결정하지 못하게 경계해야 하며, 정권은 군주의 권한이기 때문에 하루라도 남에게 빌려줄 수 없습니다."

　백성의 입장에서는 왕권과 臣권의 조화는 합리적인 해결책일 수 있다. 그러나 세습 왕조에서 왕권은 양보할 수 없는 절대권력이었다.

　마키아벨리의 《군주론》은 왕의 입장에서 권력을 유지하기 위한 최선의 통치 방법을 제시한 것이다.

　숙종은 병자호란 때 인조가 당한 삼전도의 굴욕과 현종 때 예송 논쟁으로 강해진 신권을 줄이기 위한 정책을 추진했다.

　상평통보 통용, 대동법 시행, 서얼 등용, 《신동국여지승람》

등의 서적 간행, 양전 사업 등으로 사회 경제 문화를 발전시켰고, 울릉도와 독도에서 왜인을 쫓아내고 우리 영토로 확정하였으며, 북한산성, 평양성, 안주성을 축조하고 5군영체제를 확립하여 전란 복구와 국방에 힘썼다.

숙종은 무엇보다 왕권을 강화하기 위하여 용사출척권用捨黜陟權을 행사하여 경신환국庚申換局, 기사환국, 갑술환국甲戌換局 등 환국換局으로 정권을 교체하고, 붕당 내의 대립을 촉발시켜 군주에 대한 충성을 유도하였다.

《군주론》에서 바람직한 군주는 신의를 지키면서 정직한 삶을 영위하는 것이지만, 군주가 살아남기 위해서는 사자의 힘과 여우의 책략으로 자신을 위협하는 늑대들을 물리칠 수 있어야 한다고 하였다. 숙종은 이를 충실히 이행하여 사자의 힘과 여우의 책략으로 왕권을 위협하는 늑대들(붕당)을 물리친 것이다.

숙종은 왕으로서 신민에 대한 신의란 자신의 이익과 합치될 때 지킬 가치가 있는 것이며, 민비와 희빈 장씨에 대한 폐비와 복권을 상황에 따라 감탄고토甘呑苦吐, 토사구팽兎死狗烹을 손바닥 뒤집듯 여반장如反掌이었다.

숙종은 인현왕후를 폐위하였으며, 수빈 최씨를 인원왕비에 책봉하였다. 이는 영조의 왕위 계승에 불만을 품은 세력들이 영조에 반기를 들고 이인좌의 난을 일으키는 계기가 되었다.

숙종 연간에 살았던 이명익은 청량산 안중암에서 책을 읽었다. 안중암은 송재 할아버지가 책을 읽었던 곳이다.

'安中寺裏洪黃我 안중사에 洪과 黃과 그리고 내가 있었다.'

안중암에서 송재 이우李堣와 함께 공부한 洪은 홍귀달의 아들 언충彦忠이며, 黃은 황희 정승의 현손 맹헌孟獻이다.

청량산은 이명익의 선조 이자수李子脩가 송안군松安君에 봉군奉君되면서 봉산封山으로 받은 것이어서 '오가산吾家山'이라 하였다. 마땅한 스승이나 학교가 없었던 당시에 청량산은 학교나 다름없었다.

서책을 펼치면 젊고 귀여운 아내가 책 속에 어른거렸다.

'하룻밤만 자고 오면 공부가 잘 될 것 같다.'

머리가 어지러워 도저히 공부가 안될 지경에 이르자, 고향집에 다녀오기로 맘먹고 산을 내려갔다.

청량산에서 20여 리의 산길을 한달음에 내려와 땀으로 범벅이 된 얼굴을 손으로 훔치면서 산모롱이를 돌아드니 별빛이 총총한 고향 마을이 밤 안갯속에 잠들어 있었다.

안마당에 들어서니, 안방 창문에 베틀에 앉은 아내의 모습이 호롱불 빛에 그림자 되어 흔들리고, '철거덕, 탁' 방안에서 베틀소리가 새어 나왔다.

명익은 만면에 반가운 표정을 짓고 방문을 열었다.

"부인, 나왔소."

"야심한 밤에 어인 일이오니까?"

부인은 베틀에 앉은 채 돌아보지도 않고 냉랭하게 말했다.

"부인이 보고 싶어서 잠시 다니러 왔소."

"서방님, 어서 돌아가십시오."

베틀에 앉은 권씨 부인은 단호하였다.

"내일 새벽에 일찍 돌아가겠소."

명익은 방문 앞에 서서 아내가 자신을 맞아주기를 기다렸다. 그러자 권씨 부인은 베틀의 날실을 가위로 싹둑 잘랐다.

"선비의 각오가 무너지면, 이 베처럼 쓸모없게 됩니다."

난감해진 명익은 조용히 방문을 닫고 돌아섰다.

청년 명익은 고향집에 다녀온 후 글공부에 빠져들었다. 잠을 견디기 위해 냉수를 이마에 적시어서 잠을 깨우기도 하고, 머리카락을 공중에 매어달고 밤새워 공부하였다. 다른 이들도 명익의 본을 보고 밤을 새웠지만 이틀이 못가서 병이 났다.

어려서부터 총명하여 한 자를 배우면 열 자를 깨우쳐 신동이라 일컬었던 명익은 공부에 집중한 결과 실력이 일취월장하여 불과 2년 만에 사서삼경을 통달하자, 도산서원의 유생들은 송재 가문을 잇는 가장 훌륭한 선비라고 칭찬하였다.

명익은 李子의 숙부이신 송재 이우李堣의 현손玄孫이다. 그는
송재 할아버지가 자손들을 위해 지으신 '외영당畏影堂' 詩를 외
우면서 신기독愼其獨의 자세로 몸가짐을 바르게 다졌다.

有我卽有形　내가 있으니 형체가 있고

影分形爲兩　그림자는 형체에서 둘이 된다.

陰陽處隱見　어두우면 숨고 밝으면 나타나고

動靜不相放　움직이고 그침에 놓지 않는다.

日用百爲多　날마다 품행이 백가지도 된다

一一輒效倣　하나하나 곧 본받아야 한다.

臨之在左右　어디서고 좌우를 떠나지 않아

驀然難可罔　가만히 속일 수 없다.

所愼豈止獨　삼갈 바가 어찌 혼자뿐이랴,

屋漏猶朗晃　방구석도 오히려 환하다.

顧爾心惕若　너를 보는 내 마음 두렵구나

內省而存養　내심을 반성해서 성품을 다져

我語爾黙識　내 말을 너는 소리 없이 아니

我身爾虛象　내 몸은 너의 허상일 따름

周旋一堂中　한방에서 돌아다니면서

終日吾所仰　너는 종일 내가 우러러 본다.

　　1617년(광해군 9)년 온혜리에서 태어난 이명익李溟翼은 32세 되던 해에 별시문과에 급제하여, 승정원의 검열, 설서에서 관직을 시작하여 예문관 대교와 세자시강원 설서, 예문관 감찰, 사간원 사간을 거처, 1676년(숙종 2년) 7월 28일 승정원 승지承政院 承旨에서 충청도 감사가 되어 공주 감영에 부임하여 빈오한 관리를 엄단하고 군기를 바로잡아 절도사의 횡포를 규탄하였다.

　　충청도는 옛날 온조溫祚의 나라로서 서쪽은 큰 바다에 접해 있고 동쪽은 험준한 고개에 막혀있는데, 4주, 1부, 49군현으로 편성되어 있다. 토지가 비옥하고 저수지가 많아 물을 대서 농사를 짓고 부자가 많다. 고려 때의 순문사巡問使를 그대로 유지하다가 관제를 정할 때에 관찰사로 고쳤다. 그 후에 국가에 일이 많아 순찰사를 겸하였다.

　　이명익은 지방의 특산물로 바치던 공물의 폐해를 없애기 위하여 특산물 대신 쌀로 통일하여 바치게 한 대동법의 실시를 놓고 김육, 김좌명, 김홍욱, 이원익 등의 찬성파와 안방준, 김집, 송시열 등의 반대파가 서로 의견이 팽팽히 맞서게 됨으로써 대동법의 본질이 아니라 파당의 명분 대결로 발전하였다.

　　이명익은 충청도 관찰사로서 전국에서 가장 먼저 대동법을 실시하여 대동미의 운반에 성공함으로써 전국적으로 확산시키는 계기가 되었다. 그러나 경신환국으로 영의정인 허적을 비롯한 남인들이 일시에 도륙 당하고 서인의 거두 송시열이 귀양살이에서 풀려나왔다. 경신환국은 서인이 남인에게 빼앗긴 실권을 다시 찾았다는 것을 의미한다. 이후 조선의 정국은 사실상 송시열을 필두로 한 서인들의 세상이 되었다.

이명익은 '사대사간겸진시폐辭大司諫兼陳時弊'의 소疏를 올렸다.

「수십 년 이래로 인심이 어지러이 다투고 시비가 전도되어 조정에서는 오직 모함을 일삼고 백성의 일을 염려하지 않습니다. 백성에게 무겁게 부과하는 자를 어진 목민관이라 하고, 세금 독촉을 급하게 하는 자를 유능한 아전이라 하며, 형벌이 몹시 혹독한 자를 일을 잘 처리한다고 하고, 백성을 침탈하여 윗사람을 잘 섬기는 자를 공무를 잘 받든다고 합니다.

이 때문에 백성들이 설령 힘을 다해 봉납하더라도 모두 여러 해의 모곡으로 돌아가 버려서 마침내 수령을 살찌우는 용도가 됩니다. 360 고을 중에 자상하고 화락한 수령은 몇 명 없고 세금을 수탈하는 수령이 대부분입니다.

과조科條를 분명하게 세워 엄히 금령을 시행하여 만일 혹시라도 일로 인해 적발되는 자가 있으면 청탁한 자와 특혜를 베푼 자를 모두 무거운 법률로 처벌하여 폐단을 막는다면 백성들이 매우 다행스러울 것입니다.

감사를 먼저 가려 뽑아 수령을 바로잡고 관방을 감독하여 바로잡아 염치를 면려한다면 재앙이 바뀌어 상서가 되고 화가 바뀌어 복이 될 것이니, 다만 조치措置 중의 한 일이지만 그 대본大本은 전하의 마음에 있습니다.」

수령과 관찰사 등이 청백리는 적고 탐관오리들이 많아 백성들을 착취하므로 감사나 수령을 단속하고 부세를 가볍게 하여 나라의 환란에 대비해야 한다는 '사대사간겸진시폐'의 소疏가 표면적인 이유지만 실제는 정의롭지 못한 정치 현실에서 은퇴할 목적이었다.

'덧없는 인생이다. 헛되고 헛되도다.'

이명익은 이미 오래 전부터 '깊은 산골의 한 오두막에서 종제인 백홍의 편지'를 보고 즐기던 중에 제자 안연이 시골에서 안빈낙도 하던 것을 상상하며 사모한 「희견종제백홍서」를 읊으며, 자신의 거취에 대해 고민해오다가 경신환국을 맞게 되자 미련 없이 귀향을 결심하게 되었다.

그가 자신의 호를 반초당反招堂으로 정한 것은 위진남북조시대 문인 초은招隱이 은거했으나 임금의 부름에 나갔다는 중국의 고사를 빗대어서, 자신은 초은과는 반대로 임금의 부름에 응하지 않겠다는 뜻으로 반초당反招堂을 당호로 정하였다.

南山之中桂樹秋風 남산에서 계수나무 가을바람에 흔들리고
雲冥濛下有寒棲老翁 짙은 구름 아래 쓸쓸히 지내는 늙은이
但抱明月甘長終 밝은 달을 품고 오래도록 누리다 죽으리
人間雖樂此心與誰同 인간세상 즐겁다 해도 누가 함께하리.

1680년 통정대부 이명익은 죽령에 오르자 사인교에서 내렸다. 가마꾼들의 몰아쉬는 숨소리에 그들을 잠시 쉬게 할 요량이기도 하지만, 다시는 한양에 돌아갈 수 없는 마지막 길이기에 남다른 감회가 발길을 멈추게 하였을 것이다.

이명익이 가마에서 내리는 순간, 단성 골짜기에서 소백산으로 불어 오르는 세찬 북풍에 진사립眞絲笠이 벗겨지자 백발이 흩날렸다. 6척 장신의 장대한 기골에 상대방의 심중을 꿰뚫는 듯한 눈빛은 고희를 바라보는 노인이라고 믿기지 않을 정도로 정정하였다.

이 길은 고향에서 한양을 오고 가는 길이기도 하지만 왕의 실록을 기록하고 보관하는 사간이었던 때 두 차례에 걸쳐 태백산 사고와 오대산 사고에 실록을 봉안하고 오던 길이요, 단양나루까지 경상도의 대동미를 나르던 그 길이다.

그는 승정원에서 승지와 대사간이 되어 왕을 가까이 모시면서 언로의 기강을 세웠고, 외직인 충청도 관찰사로 나가 지방의

특산물을 곡물로 바치는 대동법을 실시하면서 세곡의 수송을 단양나루에서 선편으로 청풍, 충주, 여주, 양평, 두물머리를 지나서 한양까지 운송하였다.

정묘년에서 병자년까지 10여 년에 걸친 호란과 인조반정, 이괄의 난 등 전쟁을 피해 떠돌다가 어느 산골짜기에서 굶어죽은 백성이 수십만이었고, 북벌을 놓고 벌이는 당쟁과 임금의 복상 문제로 칼날을 휘두르는 각 당파의 명분 싸움은 그칠 날이 없었다.

남인의 이명익이 같은 세상을 살아야 했던 서인의 거두 송시열과의 대립은 그를 피곤하게 함을 넘어서 말 한마디에 생사가 걸린 살얼음판을 걷는 나날들이었다.

갑인년에 임금의 왕비 복상 기간을 정하면서 남인과 서인이 서로 다투게 되자, 현종이 남인의 주장을 들어주어서 남인이 예송에서 승리하게 됨으로써 축출되었던 남인들이 다시 조정에 돌아오게 되었고, 송시열과 서인들은 귀양가거나 축출되었다. 갑인예송 이후 정권을 잡은 남인이었지만 숙종의 신임을 얻지 못했다. 그것은 청남淸南·탁남濁南으로 갈라져 저희들끼리 싸웠기 때문이다.

경신년(1680, 숙종 6) 3월 19일, 숙종은 영의정인 허적에게 그의 조부 허잠의 연시연(시호 추증 잔치)을 축하해서 안석과 지팡이를 내리고 또 1등 음악을 내려주었다.

맑은 하늘에 갑자기 천둥 번개가 치고 소나기와 우박이 내렸다. 숙종은 친절하게도 궁중에서 쓰는 용봉차일龍鳳遮日(기름칠한 천막)을 보내려고 하였다.

"연시연에 용봉차일을 보내주어라."

"영상 댁에서 이미 용봉차일을 가져갔사옵니다."

"무엇이라고? 짐의 허락도 없이 군사용품을 몰래 빼내?"

숙종은 허적의 행동이 불쾌하였다. 숙종은 허적의 집을 염탐하게 하였더니, 남인은 다 모였으나 서인은 김만기, 신여철 등 몇 사람뿐이었다.

"못돼먹은 남인 놈들……."

숙종은 남인이 못마땅하던 차에 허적의 차일 유용과 그의 서자 허견의 비행으로 분노하였다. 허적을 파직하고 철원에 귀양 갔던 김수항을 불러들여서 영의정을 삼고, 조정의 요직을 모두 서인으로 바꾸었다.

이 사건을 경신년庚申年에 서인이 빼앗겼던 정권을 도로 찾았다는 의미로 '경신환국庚申換局'이라 하고, 남인 일파가 정치적으로 대거 실각한 '경신대출척庚申大黜陟'이라고도 한다.

서인이 정국을 주도하게 되면서, 남인의 벼슬길은 사실상 막혔다. 우수한 인재의 등용을 강제로 막고 서인들의 일당 독재로 왕권이 침탈당하면서 조선의 정치 질서가 무너지고 사회가 혼란하면서 조선이란 한 거대한 국가가 점차 침몰해 갔다.

경신환국庚申換局, 그것은 맑은 날에 날벼락이었다. 영의정 허적이 왕의 허락 없이 궁중의 차일을 차용하였다고 하여, '1인지하 만인지상'의 영의정의 관작을 삭탈하였다. 영의정 허적을 비롯한 남인들이 이 사건으로 일시에 도륙 당하자, 명익은 날개가 찢기고 팔다리가 잘린 듯한 아픔을 참을 수 없었다.

남인·북인·노론·소론으로 갈라진 4색 당파의 거센 탁류 속에서 살아온 참으로 다사다난했던 일생이었다. 당파의 아귀다툼에서 숱한 모함과 비난에서 구사일생의 삶은 오직 도탄에 빠진 백성을 구하고자 하는 그의 정의로운 생각이 모두를 감동시킬 수 있었기 때문이었다.

이명익은 남으로 향해 돌아서서 영풍 땅을 내려다보았다. 소백의 능선을 배산으로 삼아 풍기, 안정, 영천榮川(영주)의 너른 들판이 풍요롭고 소백산 깊숙이 자리 잡은 대찰 부석사와 소수서원이 진주처럼 귀하고 소중하였다.

죽령은 영남과 충청을 가르는 소백산맥의 큰 고개이다.

이명익은 한양을 오고갈 때 죽령에 올라서면, 멀리 바라봄에 청산이 서북쪽에서 지느러미를 묶고 눈썹을 검게 칠하여 누웠다 일어나니 곧 소백산이요, 산이 나뉘어져 남으로 튀어나와 뭉쳐지고 벗기어 잘라져 척추가 되는 것은 죽령이고, 구름이 걷히고 안개의 장막이 나타나서 은은히 하늘 끝에서 보이는 것은 학가산이다.

용개가 동쪽에서 우뚝 솟고 문수산이 북을 누르는데 양 산을 끼고 중간에 웅거한 것은 태백이다.

經來山水說關東	산수를 구경해 보면 관동이라 일컫고
太白連南地勢窮	태백산맥이 남으로 이어져 지세가 끝나네.
中有孤城當面目	관동의 면목 갖춘 고성이 사이에 있으니
晴波碧巘四邊空	맑은 물결 푸른 산에 사방이 텅 비었네.

송재의 詩 '환수정環水亭'를 읊었다. 환수정은 봉화 내성에 살았던 류숭조柳崇祖의 정자이다. 진일재眞一齋 류숭조는 18년 동안의 벼슬을 성균관에서 보내면서 성균관 대사성을 지냈다.

조광조 등 신진 유림을 배출시켰으며, 성리학의 학풍을 크게 북돋우었다. 특히 천문·역상曆象에 통달해 자신이 손수 혼천의를 만들었고, 그의 《칠서언해》 언해의 효시가 되었다.

이명익은 충청도관찰사로 대동법을 전국에서 처음 시작할 때 충청도의 세곡稅穀뿐 아니라 경상도 북부지역의 안동, 영천, 예천, 봉화, 문경 등 67읍의 세곡을 서로 전하여 옮겨서 단양 나루에서 가흥창까지 운송하였다. 그 당시 황소에 길마를 메우고 양쪽에 벼 한 섬씩을 싣고 마치 차마고도의 마방馬幫들의 야크 행렬처럼 죽령을 힘겹게 넘었다.

당시 정권은 탁남이 장악하였다. 탁남의 대표자인 허적은 오도도체찰사五道都體察使가 되어 군권을 장악하였다.

숙종은 남인 세력이 지나치게 강해지자 다시 김석주를 시켜 남인을 몰아내고 서인 정권을 세웠다. 이것이 경신환국庚申換局이다. 경신환국으로 허적과 윤휴를 비롯하여 많은 남인 인사들이 목숨을 잃었다. 반면 김석주는 병권을 장악하였다.

숙종은 남인 세력을 완전히 제거하기 위해 김익훈 등을 시켜 역모 사건을 일으키도록 하였다. 이와 같이 지나친 처사는 서인 세력 내에서도 반발을 불러일으켰는데, 송시열이 김익훈을 두둔하자 이를 지지하는 세력과 비판하는 세력으로 갈라졌다. 이것은 노론과 소론이 분립하게 되는 하나의 계기가 되었다.

송시열, 김석주가 주도하는 서인 정권은 장희빈이 낳은 아이의 원자 책봉 문제로 숙종에 반발하다가 다시 축출되었다.

숙종은 인현왕후 민씨를 폐위하고 송시열을 사사하였으니

이를 '기사환국己巳換局'이라고 한다. 숙종은 다시 5년 뒤 '갑술환국甲戌換局'을 단행하여 서인 정권을 회복시켰다.

숙종은 노론과 소론의 대립을 적절히 이용하여 정국을 이끌어 갔다. 말년에는 노론으로 의견이 기울었으나 세자의 보호를 명분으로 소론이 집결하고, 이에 대해 연잉군延礽君을 중심으로 노론이 집결하자 새로운 당쟁의 불씨가 되었다.

이명익 대감은 진사립을 고쳐 쓰고 옷깃을 여민 뒤 북향 4배하고 엎드렸다. 대감은 고개를 뒤로 젖히고 눈을 지그시 뜨고 북쪽 하늘을 응시했다.

금수산의 높고 낮은 산봉우리 뒤로 저녁노을이 붉게 물들고 있었다. 마치 당나라 적인걸狄仁傑이 태항산太行山을 넘어가던 중에 흰 구름이 외로이 떠가는 남쪽 하늘을 바라보면서 "吾親所居 在此雲下…" 하였다.

이명익은 저녁노을에 아름답게 빛나는 구름을 보면서,

'우리 어버이가 계신 곳은 저 구름 아래인데….'

南天白雲遠　　　남쪽 하늘에 백운이 멀고

北闕寸心驅　　　북쪽 대궐로 촌심이 내달리네.

湘潭千里泣愆尤　천 리 먼 변방에서 잘못 탓해 울자니

戀闕思親欲白頭　대궐 그립고 어머니 생각에 머리 세려하네.

1914년 이명익의 8대손 교춘教春이 《반초당 문집》을 엮으면서 봉화 유곡酉谷의 권상익權相翊에게 발문跋文을 부탁하였다.

"우리 선조의 저술이 거의 다 흩어져버려서 세대가 흘러 버린 지금에 와서 수집한 것이 겨우 열에 한두 편 뿐 입니다. 그렇지만 아주 없어져 버려서 후대에 전해지지 않으면 안 되겠다 싶었습니다. 그대가 편차編次를 정해주고 그 김에 말미에다 기록을 붙여주셨으면 합니다."

「대저 공은 총명하고 빼어난 재주와 넓고 굳세고 방정한 자품을 가지고 미수眉叟 허목許穆·남파南坡 홍우원洪宇遠 등 여러 이름난 공들과 함께 절차탁마하였는데, 명행明行을 갈고 닦아 덕기德器를 성취하여 늠름하게 사대부의 모범이 된 점으로 말하면 가학家學을 통해 바르게 물든 것을 부인할 수 없다. 그는 조적朝籍에 이름을 올린 40년 동안 출입과 진퇴를 거듭하며 험난한 벼슬길을 오래도록 거치면서 충성스럽고 밝고 의리를 고집하여 시종 조금도 변치 않았다.

은대銀臺(승정원)에 들어가고 미원薇垣(사간원)의 장관이 되어서는 청류淸流를 끌어주고 탁류濁流를 배격하여 풍채가 늠름하였다. 외직으로 나가 왕정을 두루 펴고 백성을 기르는 소임에 부응해서는 탐묵貪墨한 자들을 내쫓고 고달픈 백성을 소생시켰으니, 부임했다 떠난 곳마다 선정善政을 그리워하였다.

만일 조정에서 오래도록 머물면서 그 뜻을 행하게 했더라면 그 성적聲績이 미치는 곳이 어찌 더욱 빛나고 드러나지 않았겠는가. 돌아보건대 조정의 국면이 누차 변하여 마치 둥근 장부와 네모난 구멍처럼 맞지 않았기에 남산南山과 총계叢桂를 읊으며 아주 떠나버린 분들의 자취를 홀연히 사모하였으니, 어찌 맑은 조정의 유감遺憾이자 후인의 불행이 아니겠는가.

공의 시문詩文은 장엄하고 중후하며 시상詩想이 깊어서 옛날의 風과 騷의 맛을 얻었고, 소장疏章과 여러 작품은 모두 사리事理를 적절히 가리키며 여유 있고 알맞으니 모두 이른바 인의仁義의 발로이자 德을 지닌 분의 말이라는 것이다.」

공의 8대손 교춘教春은 1788년 《무신창의록》을 정조에게 전달하고 〈만인소萬人疏〉를 올린 소수疏首 이진동李鎭東의 현손玄孫으로 선조先祖의 뒤를 이어서 도산서원 훈도訓導로서 동학東學과 일제日帝의 사문난적斯文亂賊과 맞서 싸웠으나 3·1운동이 한창이던 1919년 봄 스페인 독감에서 회복하지 못하고 향년 43세로 그가 살았던 예안군 서면 구룡곡九龍谷 뒷산 일출암日出庵 아래 청량산이 바라보이는 유좌酉坐에 영면永眠하였다.

발문을 지은 성재省齋 권상익權相翊은 김흥락金興洛의 문인으로 1919년 3·1운동이 일어나자 김창숙金昌淑 등 유림 137명과 파리강화회의에 대한독립을 청원하는 장서長書에 서명하였다.

《숙종인현왕후가례도감의궤》 반차도는 1681년(숙종 7) 5월
에 숙종이 인현왕후를 맞는 과정을 기록한 반차도이다. 왕비가
별궁에서 친영의식을 치른 후 동뢰연을 위해 대궐로 나아가는
행렬의 반차를 그린 것이다.

《국조오례의》에 따라 왕비 의장기와 의장물 55자루와 주장
20개를 갖추었다. 왕비 연 뒤에 동·서반 수가 행렬에서도 4품
이상 관원은 금관조복을 입고 앞서가고 그 뒤에 5품 이하의 관
원들이 흑단령을 입고 뒤따르고 있다.

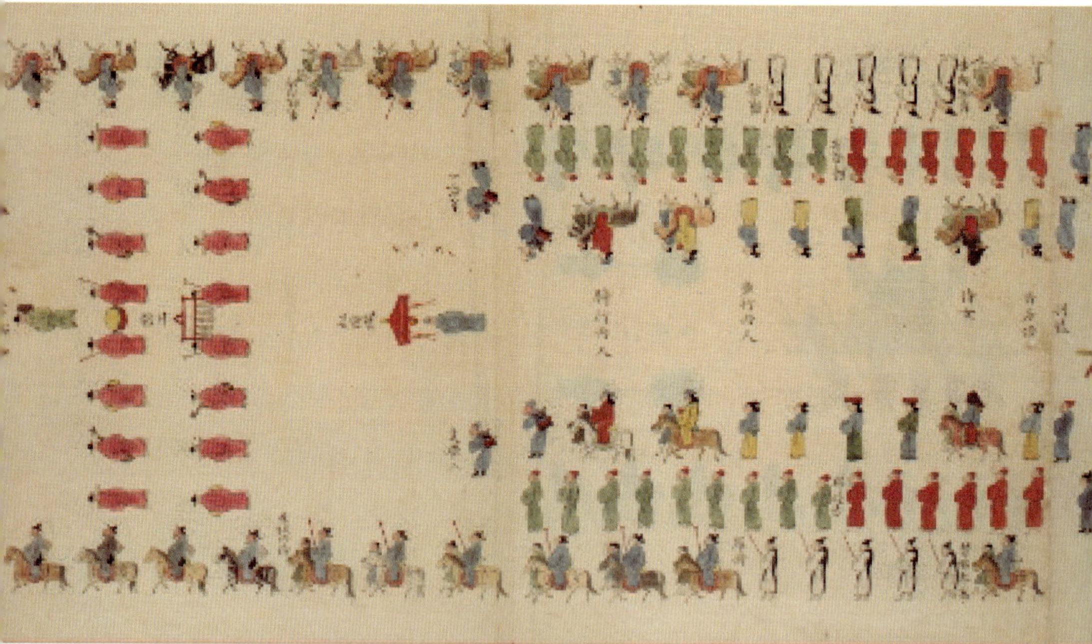

《숙종인현왕후가례도감의궤》 반차도, 국립중앙박물관 소장

2. 기사여열
己巳餘孼

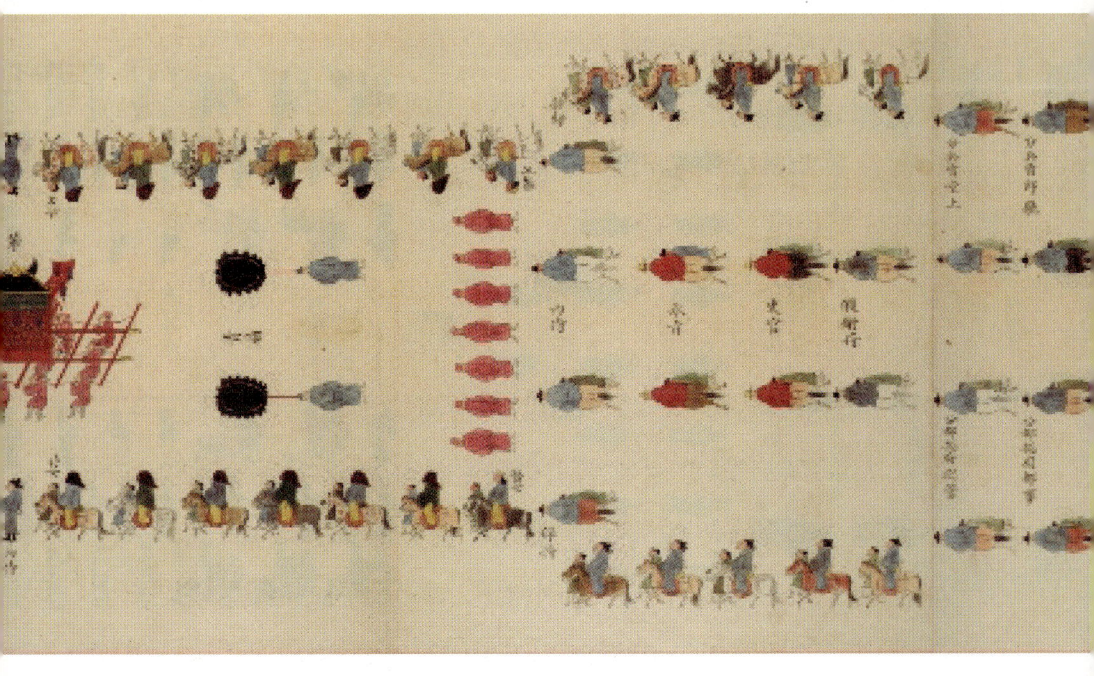

　1681년 5월 13일, 숙종과 그의 두 번째 왕비 인현왕후의 가례가 창덕궁 통명전에서 거행하였다. 한 해전 10월에 숙종의 정비 인경왕후仁敬王后가 승하하고 다음 해 3월부터 계비 선택에 들어갔다.

　1681년 1월, 영의정 김수항金壽恒을 도제조로 하는 가례도감이 설치되었다. 3월 12일부터 초간택을 시작으로 3월 18일 재간택, 3월 26일 최종 간택에서 서인의 핵심세력이자 병조판서인 민유중의 딸이 낙점되었다. 당시 숙종은 21세, 인현왕후仁顯王后는 15세였다.

　4월 13일, 신부의 집에 청혼서를 보내는 납채, 4월 20일 신부 집에 예물을 보내는 납폐, 4월 25일 가례의 일자를 알리는 고기, 5월 2일 신부를 왕비로 책봉하는 책비는 모두 창덕궁 인정전에서 치렀다.

　5월 13일, 신부의 집에서 신부를 데리고 오는 친영은 어의동 별궁에서, 왕비와 함께 술과 음식을 나누는 동뢰를 창덕궁 통명전에서 거행하였다. 가례가 끝나고 가례도감에서는 행사를 총정리하여 1책으로 된 의궤를 편찬하였다.

　《숙종인현왕후가례도감의궤肅宗仁顯王后嘉禮都監儀軌》에 수록된 반차도는 왕비가 별궁에서 친영 의식을 치른 후 동뢰연을 위해 대궐로 나아가는 행렬의 반차를 그린 것이다.

《국조오례의》에 규정된 대로 왕비 의장기와 의장물 55자루와 주장 20개를 갖추었다. 백택기를 위시한 왕비 의장 55자루가 반차도에 전부 그려져 있다. 왕비의 의장마인 보마寶馬와 음악이 왕비의 예궐 행렬에 편성되었고, 왕비 연 뒤에 승지·사관 등 근신近臣, 동·서반 등 관원의 수가 행렬이 추가되어 왕비의 행렬에 대한 예모가 한층 갖추어졌다. 행렬에 참여한 관원들 중 요여 4부 뒤에 선 집사 4인과 연 뒤에 선 도감 관원들은 모두 예복인 붉은색 금관조복金冠朝服을 갖추고 있어 의례의 격식이 대폭 갖추어진 것을 알 수 있다. 동·서반 수가 행렬에서도 4품 이상 관원은 금관조복을 입고 앞서가고 그 뒤에 5품 이하의 관원들이 흑단령을 입고 뒤따르고 있다. 의장과 행악, 수가 행렬이 새로 추가됨에 따라 반차도의 면수가 18면으로 늘었다.

숙종은 효종의 손자이며, 현종의 적사嫡嗣이다. 현종이 승하하고, 13살의 어린 나이로 보위에 올랐다. 45년 10개월을 재위하여 역대 왕 중에서 재위 기간이 영조 다음으로 두 번째이며, 향년 57세로 여섯 번째 장수하였다.

숙종 치제 기간은 왜란과 호란의 전후 민생혼란과 지구상의 냉해(소빙기) 영향으로 생산량이 저하되면서 전국적으로 굶어 죽는 백성들이 속출했다.

안주의 유민流民 임오금林吾金이 그 아내에게 이르기를,

"먹을 곡식이 없으니 사는 것이 죽는 것만 못하다." 스스로 목매어 죽었다. 이 해에 양서兩西에 더욱 혹심한 흉년이 들고, 안주·숙천 등 몇 고을은 거의 적지赤地가 되어 죽는 자가 서로 잇달았는데도, 수령守令이 숨기고 아뢰지 않았다.

숙종은 흉년을 염려하는 비망기備忘記를 내렸다.

"임금은 백성을 하늘로 삼고, 백성은 먹는 것을 하늘로 삼는데, 팔로八路(전국적으로)가 흉년이 들어 대명大命이 멈추려 하고, 백성이 기한飢寒을 괴로워하며 스스로 목매어 죽기까지 하였으니, 고孤는 더욱 당황하고 놀라 근심 걱정을 견디지 못하여 먹고 쉬는 것이 편치 않다.

각도의 감사와 병사로 하여금 나의 지극한 뜻을 체념體念하게 하여, 우리 적자赤子로 하여금 죽어서 구렁을 메우는 근심을 면할 수 있게 하는 것이 고孤가 지극히 바라는 바다. 이 뜻으로 승지承旨가 내 대신 글을 지어 즉시 분부하라."

숙종은 즉위한 그해에 효종의 국상에 효종의 계모이자 인조의 계비였던 자의대비 조씨의 복상을 윤휴 등 남인은 삼년복을 주장하였고, 송시열은 효종이 차남이므로 기년복(1년복)을 주장하자, 남인은 송시열이 종통을 구별하려 한다고 공격했다.

효종 왕비 인선왕후의 국상에 시어머니 자의대비慈懿大妃(趙

대비)가 입을 상복을 남인 허목 등의 기년설(만 1년설)을 지지하고 대공설(9개월설)을 주장하는 서인을 배척하여 남인은 복제의 오례誤禮와 종통을 문란시킨 죄를 물어 송시열과 김수홍 등 서인의 핵심 인사들을 탄핵하여 유배 보냈고, 갑인예송으로 인조반정 이후 50여 년 만에 정국이 개편되었다.

1680년에 허견 등이 복선군을 추대하려던 음모가 발각되자 남인들을 축출하고 서인들을 등용시켰다. 서인의 김석주가 떳떳하지 못한 수법으로 남인의 박멸을 기도하자, 소장파에서 이를 비난 하면서, 서인이 노·소론으로 분열하게 되었다.

인현왕후를 중심으로 하는 서인과 희빈 장씨를 중심으로 하는 남인이 대립하였다. 장희빈의 가계는 대대로 역관 가문으로서 재력도 좋았으며, 정치적으로는 남인과 유대가 있었다.

장희빈의 조부인 장응인은 역관으로서 중국어에 능하였고, 종숙부인 장현張炫은 소현세자를 따라 심양에 가서 6년을 머물었으며, 귀국해서 당상관이 되어서는 역관의 우두머리로 40년간 30차례 북경을 다니며 국사를 도맡아 주선하였다.

장현은 '나라 안의 부자'라고 불렸으며, 품계가 종일품 숭록대부까지 올라가기도 하였지만, 남인계 인물과의 친분을 이유로 경신환국 때 역모에 연루되어 형벌을 받고 유배되었다.

나인內人 장옥경이 숙종의 시선을 끌기 시작한 것은 인경왕후가 사망한 이후부터였다. 둘의 관계를 눈치 챈 숙종의 어머니 명성왕후는 숙종의 관계를 우려하며 장옥경을 궁 밖으로 쫓아 냈다.

1681년(숙종 7), 인현왕후는 명성왕후에게 총애를 입은 궁녀를 여염집에 두는 것은 미안한 일이니 궁으로 불러들이도록 해 줄 것을 청하였으나, 명성왕후는 그녀의 자질이 좋지 않은데, 주상이 찜을 받게 된다면 국가의 화가 크게 미칠 수 있는 일이라며 허락하지 않았다.

명성왕후가 사망하자 인현왕후는 숙종에게 다시 장씨의 일을 아뢰고, 장렬왕후 조씨 역시 왕에게 권장함으로써 장옥경은 다시 궁으로 돌아올 수 있는 기회를 잡게 되었다.

1688년(숙종 14), 나인 장옥경이 왕자 윤昀을 낳았다. 숙종은 왕자가 출생한 지 석 달도 채 되지 않은 시점에 새로 태어난 왕자를 원자元子로서 명호를 정하려 하니, 대간들이 서두르지 말고 몇 년을 기다릴 것을 청하였지만, 장씨의 소생을 원자로 책봉하고, 장씨를 희빈禧嬪으로 승격시켰다.

남인이 기사환국으로 남인의 집권과 궤를 같이하여 희빈에서 왕비로 승경하였다. 남인의 음모론과 숙빈 최씨에 대한 독살설이 불거짐에 따라 숙종은 심경의 변화를 일으켜 남인을 축출하고, 서인을 다시 등용하는 갑술환국을 단행했다.

남인들은 기사환국 때보다 훨씬 많은 수가 처벌받았으며, 남
인들은 정치적으로 완전히 몰락하여 두 번 다시 정국의 주도권
을 잡지 못하게 되었다.

인현왕후는 다시 복원되었고, 희빈의 오빠 장희재를 중심으
로 한 장씨 집안에서는 서인 타도를 위한 음모가 자작극으로 밝
혀졌고, 인현왕후 사망 이후 숙종은 희빈 장씨 처소인 취선당에
신당을 차려서 굿을 한 것을 죄를 물어서 종사를 위하고 세자를
위하여 자진할 것을 명하였다.

"신당神堂을 궐闕 안에다 설치하고 기도하였으니, 이것이 어
떠한 요역妖逆인가? 신자臣子가 되어서 조금도 내전內殿을 위하
는 마음이 없으니, 어찌 감히 이럴 수 있단 말인가?"

인현왕후를 무고했다는 혐의를 받은 장희빈은 사사賜死되고,
장희빈의 몰락은 남인의 몰락과 궤를 같이하는 것이었다.

이후 장희빈의 소생인 세자(후의 경종)를 지지하는 소론 계
열과 노론 측에 가까웠던 숙빈 최씨의 소생인 연잉군(영조)을
지지하는 노론 계열 간의 갈등이 시작되었다.

병술년(1706, 숙종 32) 5월 29일, 유생 임부林溥가 간언하다
가 죄를 얻어 형제가 함께 죽임을 당하였다.

감히 진실을 말하는 자가 없었는데, 이잠李潛이 홀로 소장을
올리려 하니, 집안사람들이 말렸다. 이잠은 의연히 말했다.

"우리 집안이 대대로 은혜를 입은 것이 일반 백성들과는 다르다. 더구나 본분을 넘어선다는 혐의는 작고 위망을 구제하는 의리는 크다. 300년 종사宗社를 위해 이 한 몸을 바치는 것이니, 내가 무엇을 아끼겠는가."

병술년(1706, 숙종 32) 9월 17일, 이잠李潛이 상소하였다.

"지난 무진년에 원자가 탄생하였으므로, 장자를 세운다는 《춘추》의 의리를 좇아 예禮로서 유교諭敎를 거행해야 할 것인데, 스스로 선비라는 송시열이 걸핏하면 《춘추》의 의리를 인용하면서 오히려 여기에 대하여 우선 천천히 하자는 말을 한 것은 무엇 때문입니까?

장희재의 아내를, 김춘택이 간음하고 왕래가 긴밀하였던 것이 그 자색이 요염하여 그러하였겠습니까? 김춘택의 당류가 은근히 세자와 맞서서 은혜를 팔고 복을 바란다는 말을 하여 지극히 패역悖逆하니, 명의라 할 수 있겠습니까? (…)

김춘택의 음흉한 꾀가 이미 윤순명의 입에서 나왔으면, 김창집의 차자와 여필중의 공초에 '기호嗜好'·'모해謀害'라는 차이가 조금 있더라도 그 대의大意를 밝히면 본디 다를 것이 없을 것입니다. 그러니 간교하고 음험하게 말을 지어낸 자취와 숨기고 속인 정상이 분명하여 엄폐할 수 없습니다. (…)

위란危亂을 꾸미고 선동하는 계책이 아님이 없었는데, 그 귀결처를 요약하면 좌우전후가 모두 춘궁에게 칼날을 들이대는 것이었습니다.

장희재의 아내가 갑자기 죽은 것도 의심스러우나, 김춘택이 위란을 모의한 죄는 다시 신문하기를 기다리지 않고도 곧바로 감정勘定할 수 있으나, 석 달 동안 국청鞫廳을 설치하고서도 임창·박규서는 흉소凶疏 화응和應하였는데도 버려두고 신문하지 않았고, 김춘택은 세자를 위해하려고 꾀하였는데도 늦게서야 나문하기를 청하였습니다. (…)

김창집이 스스로 상소한 것은 용서할 만하나, 이이명으로 말하자면 죽어도 뉘우칠 줄 모르니, 어찌 이른바 호종怙終이라는 것이 아니겠습니까?

바라옵건대, 전하께서는 그 우두머리는 죽이고 나머지에게는 죄를 묻지 마시며 옛 허물을 씻어 스스로 새로워질 수 있게 하소서. 그러면 종사가 다행하겠습니다.”

임금이 비망기를 내려 이르기를,

“이잠의 소를 보건대, 조정에 있는 신하들을 죄다 악역惡逆의 죄로 돌렸는데, 생각을 만들어낸 것이 음흉하고 쓴 것이 말이 망측하니, 결코 한 사람이 스스로 한 짓이 아니다. 이런데도 엄히 국문鞫問하여 정상을 알아내 쾌히 전형典刑을 바로잡지 않으면, 그 장래의 폐단은 마침내 나라를 망하게 하고야 말 것이다. 이잠을 곧 친국親鞫하겠다.”

이날 밤 임금이 인정문仁政門에 나아가 전좌殿坐하고 국문鞫問에 참여하는 신하들이 차례로 입시入侍하였다.

“이잠李潛이 춘궁春宮에게 칼날을 들이댄다는 따위의 말을 방자하게 쓰기까지 하여, 조정朝廷 사람들을 모두 망측한 죄로 몰아넣는 것이 마치 고변서告變書와 같으니, 내가 통렬하게 다스리지 않는다면, 장차 나라는 나라답지 않고 조정은 조정답지 않게 될 것이므로, 내가 바야흐로 친국하려 한다.”

이잠이 율시律詩 한 수를 지어 결연한 뜻을 드러냈다.

孤雲不動日分明	고운은 움직이지 않고 태양은 분명한데
禁漏遲遲禁樹平	금루는 더디고 궁중의 나무는 평화롭네.
九虎司門靈鎖邃	삼엄한 대궐문은 굳게 잠겨 구중궁궐 깊으니
玉樓高處儻通誠	옥루 높은 곳의 임금께 혹 정성이 통할는지.

이잠은 형신을 받고도 끝내 자신의 주장을 굽히지 않았다.

이잠 사후 1년이 지난 후 수찬 김세흠金世欽이 상소하여,

“이잠은 전하를 위해 말하고 동궁을 위해 죽으며 그 몸을 돌아보지 않았으니 죽어도 썩지 않을 것입니다.”

남구만南九萬의 손자 남극관南克寬은 그의 《몽예집夢囈集》에 이잠의 일을 논평하고 그를 찬贊하였다.

"이모李某 선생은 동방의 위대한 선비이다. 흉도凶徒의 괴수를 참하기를 청한 상소는 명의名義의 실상을 분석하고 소인배의 복장을 파헤쳤는데, 어찌 과격하게 남의 잘못을 들추어내는 초야의 비천한 무리에게 비하겠는가."

雍容鼎鑊　정확에 들어서도 담담하였으며
笑傲桵樏　주리를 틀리고도 껄껄 웃었으니
下燭汙池　혼탁한 세상 아래로 굽어보면
烝豕于于　온통 돼지들만 득실거리겠지.

이잠은 16세 때 진사로 합격하지만, 재주만 뛰어나고 덕이 부족할까 염려하여 그의 아버지 이하진李夏鎭은 경계하였다.

"큰 그릇은 일찍 이루어지는 것을 꺼린다."

그 후 1680년(숙종 6)에 일어난 경신대출척으로 병조참판을 역임한 아버지가 평안도 운산으로 유배되고, 그곳에서 운명하자 이잠은 22세의 젊은 나이로 과거를 완전히 포기하였다.

부친의 사후 안산安山에 은거해 있던 계모 안동 권씨를 문안을 드리고 막냇동생 이익의 학업을 지도하는 것 이외 하는 일

없이 방외의 삶을 살던 그는 경상도 유생인 임부가 김춘택의 처벌과 국정쇄신을 건의하는 상소를 올려 귀양가자, 평소 노론계 김춘택의 행위에 강한 불만을 느꼈던 그는 김춘택이 희빈 장씨의 소생인 원자元子 윤昀(경종)의 세자 책봉을 미루는 것이 원자를 제거하고 연잉군延礽君(영조)을 후사로 삼기 위한 것이라고 여겼다.

이잠의 상소는 당시 국정을 장악하고 있던 노론계의 거센 반발과 숙종의 진노를 일으켜 참혹한 국문을 받아서 향년 47세의 나이로 생을 마감하였다.

이잠李潛의 형은 이해李瀣이며, 동생은 실학자 성호星湖 이익李瀷이다. 이잠의 형제와 李子 형제들의 휘諱가 같았다.

성호 이익은 둘째 형 이잠의 사건을 계기로 과거에 응할 뜻을 접고 평생을 첨성리에 칩거하였다. 바다에 가까운 그 고장에는 성호星湖라는 호수가 있어서 이익의 호도 여기에 연유되었고, 이익의 전장田莊도 성호장星湖莊이라 일컬어졌다.

이잠의 일이 있던 그해 겨울에 성호의 재종질 이국휴의 집에 도적이 들어 모친을 살해하려는 것을 이국휴가 몸으로 막아내었다. 이 일로 이국휴는 사후 정려旌閭를 받았다.

성호 이익의 〈함경咸卿에 대한 만사〉 함경은 이국휴의 字이다.

有兄有兄昔死國　형이여 형이여 예전에 나라 위해 죽었나니
天寒歲暮風凓洌　추운 세밑에 바람이 세차게 불었었지.
我時西奔避世憂　나는 당시 세상 우환 피해 서쪽으로 갔는데
歸道雪阻盈十尺　돌아오는 길 눈이 열 자나 쌓여 길 막혔네.

'형이여 형이여' 묘은 이잠이다.

君今厭世我咄嗟　네가 이제 세상을 떠나 나는 탄식하노니
卷與彛倫掩窀穸　이륜까지 거두어 땅속에 묻고 말았구나.

鶺鴒原頭有餘淚　척령의 언덕에서 흘리고 남은 눈물로
慟哭靑山撫遺躅　청산에서 통곡하며 남긴 자취 돌아본다.

　숙종의 건강이 악화되어 가는 와중에도 세자를 연잉군(영조)으로 바꾸려는 노론과 경종을 지키려는 소론이 끊임없이 싸웠다. 노론의 공격에도 불구하고 숙종이 세상을 떠날 때까지 세자의 자리는 여전히 그대로였다.

　경종에게 후사後嗣가 없었으나 경종의 정통성 자체는 큰 문제가 없었고, 경종 본인도 매우 신중하고 조심스럽게 처신했다. 희빈 장씨의 친아들이어서 세자 교체는 정작 명분도 마땅치 않았다.

　숙종은 노론 이이명을 불러 독대獨對했다. 사관史官 없이 신하를 만나는 것은 관례상 불법이었다. 왕의 임종이 임박한 시점의 독대는 엄청난 오해를 불러일으킬 수 있기 때문이다.

　숙종과 이이명의 '정유독대丁酉獨對'는 결국 경종 치세 기간 정쟁의 씨앗을 제공했고, 당사자인 이이명은 왕 세제世弟의 대리청정이 실패하자, 1721년(경종 1), 주모자 김창집 등과 함께 관작을 삭탈당하고 남해에 유배되었다가 사사賜死되었다.

　숙종이 경덕궁의 융복전隆福殿에서 승하하고, 엿새 후 경종이 숭정문에서 즉위하였다.

"금등金縢의 열쇠를 열어서 오직 복서卜筮의 조짐에 해로움이 없기를 바랐으나, 옥궤玉几에서 유명遺命을 내리시니 몽령夢齡의 증험 없음을 차마 말할 수 있으리요. 어찌 어좌에 앉아서 옥새玉璽를 받는 의식을 편안히 거행할 수 있겠는가?"

생모 장희빈에게 작호를 줄 것을 청한 조중우를 삼수부에 유배하였고, 왕대비가 연잉군을 세워 세제世弟로 삼았다.

경기와 호서에 재해와 흉년이 들자, 특별히 상부常賦를 감해 주고, 서읍西邑이 조폐凋弊하였다 하여 3년 동안 전조田租를 감면減免해 주었다.

경종은 가뭄이 계속되자 사직단社稷壇에 나아가 뜨거운 햇볕에서 기도祈禱하였다. 밤새도록 노천露天에서 빌었으며, 그래도 여전히 비가 오지 않자, '가뭄의 기운이 매우 심하니 이 마음이 타고 지지는 것 같다. 날을 가리지 말고 다시 교단郊壇에 나아가 비를 빌도록 하라.' 신하들이 간하였으나 듣지 않고 비가 내린 뒤에야 그만두었다. 당시 가뭄과 재해의 연속은 조선뿐 아니라 지구 전체의 소빙하기小氷河期의 영향이었다.

노론은 세제의 대리청정을 건의하였고, 소론은 노론의 불순한 의도를 지적하였으나, 경종은 입장 표명을 하지 않았다.

1721년(경종 1), 김일경의 소疏로 연잉군을 지지하던 노론의 4대신 김창집, 이이명, 이건명, 조태채와 50여 명의 고관들이 사형당하고 그 일족이 유배, 투옥되는 등 연잉군은 커다란 지지 세력을 잃었다.

1722년(경종 2), 김창집 등 노론 4대신이 실각하여 유배되고 소론정권이 들어서자, 경종을 시해하려는 모의가 있었다는 목호룡의 고변이 터지면서 공론을 모아 환국을 시도하여 노론 세력을 불충不忠과 반역으로 몰았다.

신임사화로 소론 강경파가 정국을 주도하였으나 경종은 병약했고, 경종 비 선의왕후는 비밀리에 사람을 시켜 다른 종친의 아들 중에 양자로 삼아 후사를 이으려고 하였다. 소론의 위협 속에서 노론은 연잉군을 적극적으로 지지하였고, 경종의 비호 아래 왕세제의 자리를 유지하였다.

1724년(경종 4년), 경종은 소화불량과 설사 등으로 제대로 식사를 못할 정도로 상태가 좋지 않았다. 저녁에 게장과 감을 먹고는 갑작스럽게 상태가 악화되어 24일에는 의식불명 상태에 빠진다. 어의 이공윤이 반대했지만 세제의 강권에 경종에게 인삼과 부자를 처방하였다. 이후 병이 악화되어 결국 8월 25일 창경궁 환취정에서 승하하였다. 경종의 석연치 않은 죽음을 두고 영조 즉위 초에 경종 독살설이 유포되었다.

경종이 갑작스럽게 사망하자, 병사가 아닌 독살 당한 것이라는 음모론이 단의왕후의 남동생 심유현 등 소론 과격파를 통해 돌기 시작했다. 소론 과격파는 연잉군이 어의의 경고를 무시하고 올린 인삼, 부자를 먹은 뒤 경종이 사망한 점을 주목해 연잉군이 경종을 독살했다고 주장했다.

이는 이인좌의 난과 나주괘서 사건 때도 언급되면서 영조의 재위 기간 내내 당파들의 정통성 시비가 되었다.

1724년 8월 30일, 경종 대왕이 보위 4년 만에 승하昇遐하고, 영조가 창덕궁 인정문에서 면복冕服 차림으로 욕위褥位에 올라 교서教書를 반포頒布하였다.

"왕은 말하노라. 하늘이 어찌 차마 이런 재앙을 내리는가? 거듭 큰 상喪을 만났는데, 나라에는 임금이 없을 수 없으므로 억지로 군하群下의 청을 따랐노라.

조종祖宗을 계승하여 신민臣民의 주인이 되었으나 보잘것없는 몸이 감당하기 어려움을 어찌하겠는가? 환규桓圭를 잡고서 오동잎[桐葉]의 희롱을 생각하였고, 법전法殿에 임해서 동기간同氣間에 쓸쓸함을 슬퍼하노라.

높은 지위에 오르니 두려움이 마음을 놀라게 하고, 정치는 시작을 잘해야 할 기회를 당했고, 허물과 수치를 깨끗이 씻어내기 위하여, 이에 함께 살기 위한 인덕仁德을 베푸노라.

이달 30일 새벽 이전부터 사죄死罪 이하는 모두 사면赦免하고, 관직官職이 있는 자는 각각 한 자급資級을 올려주되 당하관

으로 최고 자급인 자궁자資窮者는 친족에게 대가代加하게 한
다.

아! 편안하고 위태로움과 다스려지고 혼란스러운 계기가 처
음 시작에 있지 않음이 없으니, 협력하여 도와주어 유지할 수
있는 힘은 오직 여러 신하에게 기대하노라.”

영조가 즉위했을 당시, 집권한 노론의 서슬에 밀려 소론 세
력이 크게 위축되었다. 소론 세력들은 경종의 의문사에 강한
의혹을 제기했고, 영조가 경종을 독살했다는 인식이 차츰 확산
되었다.

영조가 즉위한 지 4년이 되던 무신년(1728) 3월 15일 경종의
죽음으로 정치적인 기반을 위협받게 된 이인좌·김영해·정희
량·박필현·심유현 등이 주동이 되어 밀풍군 탄坦을 추대하여
반란을 일으켰다. 모든 군사들은 경종을 애도한다는 뜻에서 상
복과 같은 흰옷을 입고 평안병사 이사성·총융사 김중기·금군
별장 남태징 등과 통모通謀하여 내외상응內外相應하려 하였다.

이인좌, 이유익 등은 소론 내 강경파인 준소파 및 실각한 남
인 내의 강경파를 포섭했다. 근기 지방의 남인이 반란에 호응하
고 이인좌 등은 청주성을 거점으로 난을 일으켰다.

청주성를 점령한 이인좌는 한양을 향해 북상하였다.

24일 경기도 안성에서 오명항의 토벌군과 마주했는데, 토벌

군이 직산으로 향했다는 오명항의 유언비어에 속아서 중앙군이 아니라 동네 읍병으로 오인하고 총공격을 명령했다가 수백 명을 잃고 혼비백산하여 패주했다.

청주성에서 일어난 반란군은 경상도와 전라도로 확대되었고, 관찰사와 병마절도사가 전사하기도 했다.

영조의 반대편에 섰던 소론은 영조가 왕세제로서 경종의 뒤를 이어 즉위하자, 대체로 이를 받아들이는 입장이었으나 김일경으로 대표되는 과격파들은 왕으로서의 정통성을 인정하지 않았다. 김일경이 처형되고 을사환국으로 노론정권이 들어서서 일반 소론들의 불만이 높아졌다.

이보다 앞서 기사년(1689)에 숙종이 왕자의 명호名號를 정하려 하자, 영의정 김수홍이 "왕자가 강보襁褓에 게시는데, 명호名號를 정함은 서두른 것이 아니겠습니까?"

장희빈 소생의 아들 윤昀을 원자로 삼으려는 숙종에 반대한 영의정 김수홍이 유배지 장기현에서 죽었다. 정권이 서인에서 남인으로 바뀐 것을 기사환국己巳換局이라 하였다.

연산군 때 무오사화와 갑자사화에 이어 중종 때 기묘사화로 사림의 화가 연달아 일어나자, 이를 '기묘己卯의 여습餘習'이라고 하였듯이, 남인 이인좌가 난을 일으킨 것을 기사환국의 맥을 이었다고 하여 '기사여얼己巳餘孽'이라 하였다.

이인좌는 남인에 속하는 인물로, 당시 관직 진출이 어려운 처지였다. 그는 박필현 등과 반란을 계획하여, 안성의 이호, 과천의 이일좌, 거창의 정희량, 충주의 민원보를 포섭하였다.

이인좌는 경기, 호서, 영남 세력의 중개 역할을 하게 되었고, 정세윤은 영조 즉위 년에 유민을 기반으로 녹림당을 결성하여 나주의 나숭대와 결탁하여 녹림당을 주력부대로 삼아 지휘권을 이인좌에게 맡겼다.

1727년(영조 3), 정미환국丁未換局으로 노론정권이 퇴진하면서 차질이 발생하였다. 영조가 소론과 남인의 일부 세력을 등용함에 따라 내부적인 분열이 발생하였던 것이다. 이로 인해 박필현, 한세홍, 이유익 등 중앙에서 추진한 반란계획은 일시 중지될 수밖에 없었다.

중앙에서 반란 계획이 유보된 것과 달리 지방에서는 이인좌와 정세윤을 중심으로 반란 계획이 준비되고 있었다.

이인좌는 영남사족의 반노론反老論 성향이 강하니, 반란을 계획하면 영남사족이 적극적으로 참여할 것으로 판단하였다.

안동과 상주는 정홍수에게, 거창과 안음은 정희량에게 반란 준비를 맡겼다. 이인좌 자신은 경기지역을 담당하였다.

이호와 정세윤은 호남에서 반란을 준비하였다. 이호는 나만치를 통해 나주의 나숭대를 만나, 태인현감 박필현과 평안병사 이사성이 반란을 준비 중이니, 합세할 것을 요청하였다.

정세윤은 부안의 성득하와 김수종을 만나 반란에 동참할 것을 약속받았고, 조총 수백 정을 은밀히 마련하여 녹림당에게 보내기도 하였다.

지방에서 반란 준비가 진행되자, 중앙에서 다시 움직이기 시작했다. 중앙의 지도층은 당시 평안병사로 나가있던 이사성과 긴밀하게 연락을 주고받았고, 태인에 있던 박필현도 담양부사 심유현, 무장에 유배와 있던 박필몽 등과 반란을 준비하였다. 박필현과 심유현은 관군을 훈련시키고, 담양에서 화약을 훔쳐 한양으로 운반하여 반란에 대비하기도 하였다.

박필현은 고부의 송하, 부안의 김수종, 순창의 양익태과 결탁하여, 전주와 남원의 시장에서 영조가 경종을 독살했다는 괘서를 붙이기도 하였다.

지방의 반란 계획이 급속도로 진행되자, 중앙의 지도층도 군대와 군자금을 모으기 시작했다. 이들은 집안의 노비 등을 동원하거나 돈을 지급하고 고용하기도 하였다. 괘서를 뿌리고 암살단을 결성하였으며, 평안병사 이사성에게 군사를 요청하는 등의 조치를 취할 수밖에 없었다.

무신(1728) 3월 14일, 봉조하奉朝賀 최규서崔奎瑞가 장흥·안박의 역모와 관련된 급변을 알렸다. 최규서가 80세의 노구를 이끌고 용인에서 달려와 급변急變을 이유로 면대를 청하니, 영조가 희정당熙政堂에서 인견하였다.

최규서는 1721년(경종 1), 소론의 영수로 우의정이 되었고, 1723년에는 영의정에 올랐다. 이 무렵 노론들이 연잉군延礽君의 대리청정 등을 추진할 때 이에 맞서는 등 소론 정권의 주역을 맡았으나, 강경파 김일경 등이 신임사화를 일으킬 때는 온건하게 대처하였다. 치사致仕를 빌어 봉조하奉朝賀를 받고 일선에서 물러나 성묘를 핑계 대고 고향 용인으로 돌아와 있었다.

용인 사람 안박이 밤에 최규서를 찾아와서, "이웃 사람 장흠이 그 당黨을 거느리고 적을 따라 군병을 일으킬 것"이라고 하면서 규서에게 난을 피하도록 권하고 도망을 갔다.

최규서가 크게 놀라 즉시 용인에서 1백여 리를 빠르게 달려와 밤에 도성 문 밖에 이르렀는데, 편지로 여러 대신에게 알린 후 날이 밝자 경재卿宰와 더불어 입시하여 보고하였다.

"안박이 말한 바를 들으면, 13일부터 14일 경까지 군사를 모아 소사素沙에서 군사들에게 음식을 주고, 15일 거사한다고 하였습니다." 최규서는 안박에게 들은 대로 장흠의 역모를 고발하면서 대책과 사후 처리 심사과정에서 혹 착오로 인한 원옥冤獄이 있어서는 안 되며, 역모 사실을 모든 사람이 알 수 있도록 한문과 한글로 써서 〈역정포고의逆情布告議〉를 건의하였다.

무신년(1728, 영조 4) 3월 15일, 반란군이 청주성을 쳐서 함락시키니, 절도사 이봉상과 토포사 남연년이 죽었다.

적 권서봉 등이 양성에서 군사를 모아 이인좌와 더불어 군사 합치기를 약속하고는 청주 경내로 몰래 들어와 거짓으로 행상行喪하여 장례를 지낸다고 하면서 상어에다 병기兵器를 실어다 고을 성城 앞 숲속에다 몰래 숨겨놓았다.

청주 가까운 고을 민간에 적이 이르렀다는 말이 무성했다. 병사兵使 이봉상에게 말한 자가 있었으나, 이봉상이 대처하지 않으니, 청주성의 장리將吏로서 적에게 호응하는 자가 많았다.

이날 밤 이봉상이 깊이 잠든 틈을 타 적이 큰소리로 외치며 영부營府로 돌입하니, 영기營妓 월례 및 비장 양덕부가 성문을 열어 끌어들였다. 이봉상이 놀라서 잠에서 깨어 침상 머리의 칼을 찾았으나 찾지 못하고 적이 끌어내 칼로 위협하니, 이봉상이 꾸짖기를, "너는 충무공 집안에 충의忠義가 전해져오고 있음을 듣지 못했느냐? 왜 나를 어서 죽이지 않으냐?"

크게 외치니 그를 죽였다. 그때 군관 홍임洪霖이 달려와 이봉상 위에 엎드리며, 자신이 진짜 절도사라고 칭稱하였으나 적이 끌어내어 죽였다.

적이 진영에 들어와 영장營將 남연년에게 "네가 항복하면 장차 크게 등용하겠지만 항복하지 않는다면 참斬하겠다."

"내가 나라의 후한 은혜를 입었고 나이 70이 넘었는데, 어찌 개새끼 같은 너희를 따라 반역을 하겠느냐?"

남연년이 꿇어앉지 않는데 노하여 적이 칼로 무릎을 치자,

"어서 내 머리를 베어라." 남연년은 꾸짖다가 죽었다.

병마절도사를 보필하는 우후虞候 박종원은 상당 산성에 있었는데 적과 싸우기를 체념하고 투항하였다.

이인좌가 자칭 대원수大元帥라 위서僞署하여 적당賊黨 권서봉을 목사牧使로, 신천영을 병사兵使로, 박종원을 영장營將으로 삼고, 열읍列邑에 흉격凶檄을 전해 병마를 불러 모았다.

청주성 내 영부營府의 재물과 곡식을 나눠주고 군사들에게 음식물을 대접하고 그의 도당 및 병민兵民으로 자신들에게 협력하고 복종한 자에게 상을 주었다.

반란군이 청주성을 점령하면서 반군의 세력은 크게 확장되었다. 청주의 군관과 향소鄕所의 일을 맡아보던 좌수, 별감 등 향임 층이 반군에 가담하여 반군의 수는 급격히 늘어났다.

반군의 세력은 황간, 회인, 목천, 진천 등지로 확대되었다. 반군은 이들 지역에 수령을 파견하였고, 환곡을 나누어주고 군사를 모집하기도 하였다.

200~300명으로 시작한 청주성 점령은 각처, 각층의 호응을 얻게 되었다. 경기도와 호서의 반군이 청주성을 중심으로 세력

을 확대하면서, 영남과 호남세력이 동조하기를 기대하였다.

그러나 영남과 호남에서의 동조는 쉽게 이루어지지 않았다.

3월 12일, 안동에 도착한 이웅보 등은 이인좌의 지시에 따라 거사를 시도하였지만, 지역민의 비협조로 실패하게 되었다.

이웅보는 안음, 거창으로 이동하여 병사를 일으키는데 성공하였지만, 지리적 조건 때문에 다른 지방으로 진출하기가 어려웠다.

전라도 태인 현감 박필현이 인근의 지역 유지와 거병하기로 하였지만, 전주의 감영군과 합세하여 청주로 진격하는 계획 역시 사전에 탄로되었다.

무장에 유배 중이던 박필몽은 30여 명의 군사로 전주에 입성하고자 하였으나, 태인에서 군사동원이 실패하자 해산하였으니, 결국 호남에서의 군사동원은 이루어지지 않았다.

영·호남의 반군 동원이 수월치 않게 되자, 평안병사 이사성도 사전의 약속대로 군사를 동원하지 않았다.

중앙과 지방이 연계한다는 반란 계획에 차질이 발생하였고, 청주성의 반군은 도성으로 곧바로 진격할 수밖에 없었다.

3월 16일, 안호·안박·막실을 잡아다 문초하였다.

임금이 인정문에서 안호安鎬를 직접 국문하였다.

"이달 초5일 신의 동생 안박安鑌이 언서諺書로 말하기를, '장흠張欽이 충청도에 적변이 일어났다고 전해주어 장차 피란하고자 서울을 떠나려는데 무슨 소문을 들었는가?' 하였습니다. 신이 장흠의 매부 안세최를 대정동으로 가 만나 보았더니, 안세최가 묻기를, '그대에게도 역시 향서鄉書가 있었는가?' 하기에, 신이 답하기를, '왔다.'고 하였습니다.

안세최가 말하기를, '나에게도 역시 장흠의 글이 왔다. 이번 13일에 피란해 골짜기로 들어가니 모름지기 내 누이와 함께 와 사생을 같이하자.' 하였습니다.

신의 종 막실莫實이 용인에서 와 전언하기를, '봉조하奉朝賀가 금방 들어왔다. 장흠의 종이 저에게 전하기를, 우리 상전上典이 나갈 때 그의 아들과 종들에게 너희들은 피란하지 말고 집을 잘 지키고 있거라. 나는 죽지 않는다. 이번 15일 소사素沙에서 군사를 모으겠다.' 하였습니다.

신이 봉조하奉朝賀를 전생서典牲署에 나가 맞아 막실의 말을 고하였더니, 봉조하가 신을 따라오라 하기에 이미 비국備局에 가서 납초納招한 것입니다."

막실을 문초하니, "13일에 용인에 이르니 송전리에 사는 백성으로서 장흠을 따르는 자가 12인이었는데, 장흠이 각자에게

돈 1냥씩을 주어 주육酒肉을 준비해 먹게 하고는 같은 현縣의 기패관 이순망 등 20여 인과 함께 양성陽城으로 향했는데, 장흠은 구만리로 향하고, 나머지는 가천역을 향하였습니다.

12일 저녁에 모여 13일에 진위振威·양성 등지의 군사와 합쳐 소사素沙에서 조련하고, 15일, 16일 사이에는 충청도 병영에 이르러 병사兵使가 말을 듣지 않으면 죽이고, 그 군사를 빼앗아 금산金山의 적 7만 명과 합세하여 서울로 들어가되, 세 길로 나누어 수로水路로 혹은 육로로 간다고 하였습니다.”

안박이 공술하기를, “신이 사는 곳이 장흠의 집과 몇 리 떨어져 있는데, 11일에야 비로소 장흠이 무리를 모으고 돈을 갖고 주육酒肉을 준비해 먹인 것을 알았습니다. 신의 행랑채에 사는 상한常漢 5인도 있었는데, 12일 밤 이들이 장흠의 집에 모여 장흠이 거느리고 양성으로 향했다고 들었습니다.

신이 놀라움을 금하지 못해 봉조하의 아들 홍천 군수 최상복에게 말하고 신은 즉시 집으로 돌아왔는데, 봉조하가 이 일로 상경하자, 장흠의 동생 장전張鏐이 그 말을 듣고는 신을 원망하므로 신은 깜짝 놀라 산골짜기로 숨었습니다.”

조정에서는 적정의 허실을 파악하고 기읍의 병사를 징발하였다. 가도사假都事가 장흠 등을 붙잡기 위해 양성陽城에 이르렀다가 적의 추격을 받아 도망해 돌아왔다.

임금이 거기에 동행한 포도부장 이행빈을 불러 물으니,

"장흠이 사는 곳으로 달려갔더니, 촌사村舍가 한결같이 비어 있어 그 집 비부婢夫 서애룡을 붙잡아 장흠이 간 곳을 물었더니, '양성 구만리 권서방 집에 가 모였다.' 하였습니다.

서애룡을 데리고 구만리로 달려가서 앞산 봉우리를 건너다보았더니, 적들이 백기白旗를 흔들고 북을 치면서 떠들썩하였습니다. 다시 앞으로 가까이 가니 화살과 탄환이 어지러이 떨어져서 감히 들어가지 못하고 주야로 올라온 것입니다."

훈국訓局의 척후 장교가 고하기를, "적의 무리가 2백 명이라 칭하는데, 마군馬軍 1백 명, 보군步軍 1백 명이라고 합니다."

급서急書가 올라온 지 이미 이틀이 지났는데도 아직껏 적정賊情의 허실을 모르고 있었다. 영의정 이광좌李光佐가 말하기를,

"이럴 때 성상께서 만약 경동하면 중심衆心을 진정시켜 안도하게 할 수가 없습니다."

"내가 진정시키고자 하는데, 경이 진달한 유비무환의 설을 내가 이제야 탄복하겠으니, 경은 주밀周密하도다."

여러 장신將臣을 불러 의논하라 명하고는 총융사摠戎使 김중기로 순토사를 겸임케 하고 박찬신을 중군으로 차출하여 출정

하게 하였다.

김중기는 5도에서 징병하여 그들이 이르기를 기다려 동성東城 밖에 진을 친 뒤, 박찬신이 금위군을 거느리고 수원으로 가 본진本鎭의 군사를 거두어 돌아와 강상江上에서 적을 방어할 계획이었다. 대사간 송인명이 그것이 계책이 못됨을 말하여 드디어 제도諸道의 징병을 중지하고, 단지 기읍畿邑의 군사만 징발하였다.

"박찬신을 보내 수원에 진을 치고 적을 토벌하게 하소서."

임금이 박찬신을 불러 위로하고 타일러 보냈다. 수어종사관守禦從事官 이수익을 보내 광주부윤廣州府尹 김상규와 함께 군사를 징발해 남한산성을 지키게 하고, 조엄을 관성장管城將으로 삼아 북한산성을 지키게 했다.

도성문都城門은 닫고 단지 흥인문興仁門·숭례문崇禮門 및 서소문만 열게 하고, 적신의 자손은 잡아 가두고 상강 및 강도의 방비를 엄히 하도록 하였다. 대사간 송인명이 청하기를,

"향리에 있는 대신 및 전임 장신將臣을 부르고, 김재로·유척기 등을 기용하고, 적신賊臣 민암·윤휴·이의징·민종도의 자손은 모두 절도絶島에 정배해야 하니, 민종도의 자손으로서 서울에 있는 자를 우선 잡아 가두게 하소서. 태인 현감 박필현은 개차하고 무신武臣을 차출해 보내고, 상강上江의 주군州郡 및

강도江都의 수신守臣에게 신칙하여 방비를 엄히 설치하게 하소
서."

마침내 밖에 있는 대신에게 별유別諭를 내리고, 민종도의 아
들 민관효·이의징의 손자 이일좌 등을 옥에 가두었다.

양성陽城 출신 김중만金重萬이 적 가운데서 달려와 훈국訓局
의 진陳 앞에 가서 변란을 보고하였다.

"양성 구만리의 양반 권서룡과 권서린, 가천역加川驛 양반 최
경우·정세윤, 용인 도촌 김종윤, 안성의 정계윤·윤희경, 과천
호현狐峴의 신광원이 역모를 하였는데, 최경우의 집에서 1백여
명이 모였고, 권서린의 집에서 1백50여 명, 평양平壤 박파총촌
朴把摠村에서 50여 명이 모이고, 괴산 유상택 집에서 50여 명이
모여 모두 3백여 명입니다.

이달 초이렛날 구만리에 모여 12일 밤에 어둠을 타고 군사를
합처 청주 병영을 습격하고자 하였으나, 영남의 대군이 이르지
않았기 때문에 실행하지 못하였습니다.

모인 자들은 모두 각처의 명화적明火賊으로, 지금은 바야흐로
가천加川과 구만리 두 곳에 나누어 둔치고 있어 사방의 이웃 고
을 백성들이 소동해 촌락이 모조리 비었습니다.

13일에 신이 적의 숲에서 탈출해 와서 그 후의 일은 알지 못
하나, 만약 영남의 군사가 이르게 되면 곧바로 경성을 범하려고

합니다.

이 적들이 삼남三南과 교통하고 있는데, 영남은 청주 송면松面에 사는 사인士人 이인좌李麟佐 4형제가 주관하여 명령이 상주와 통하며, 호남은 안성의 상인喪人 원만주가 주관하여 나주의 나씨羅氏 성을 가진 양반과 교통하고 있습니다.

지금 적들이 부족한 것은 무기로서 10명 가운데 칼을 든 자는 겨우 1인뿐이고, 모두 능장稜杖을 들었기 때문에 한 영읍營邑을 쳐서 군기를 취하고자 합니다. 적진 가운데서 추대되어 장령將領이 된 자는 이인좌인데, 풍문에 여력膂力과 계려計慮가 있다고 합니다.

이인좌는 영남의 군사가 이르지 않았다 하여 약속을 어기고 오지 않아서 적군에는 이제 두령이 없습니다. 그래서 백의白衣로 변복하고 행인 모양을 하고 경중京中으로 흘러 들어오려 합니다.

신광원이 내응內應을 주관하고, 경중京中의 내응은 자호字號가 원례元禮인 자인데, 그의 이름은 모릅니다. 양서의 목주경이 말하기를, '그 일가로서 청파靑坡에 사는 자가 들어갔다.'고 하는데, 그 이름을 기억하는 자는 단지 목주경뿐입니다.

적당賊黨 가운데 이호李昈는 얼굴빛이 조금 누르고, 위는 넓고 아래는 좁으며 수염의 길이는 한 치 남짓하며 수염이 드물고 키는 보통 사람 정도입니다.”

안호安鎬 등의 고변이 있었으나, 적정의 정보를 자세하게 얻은 것은 김중만으로부터 비롯되었다.

김옥성金玉成을 문초하니, 갈원에 사는 그의 외숙外叔 최정룡이 말하기를, “이곳 근처에서 군사를 모아 12일 밤에 부락이 일시에 모두 비었다.”는 말을 듣고는 도망하여 중미中彌 주막에 이르러 한 상인喪人 성탁成琢을 만났더니, 상인이 말하기를,

“갈원에 사는 양반 김정현과 그 매부 박영동 등이 1백 명의 군사를 거느리고 적이 군사 일으키기를 기다려 함께 서울을 범하려고 하였다. 갈원 주막 사람들은 모두 김정현의 노속奴屬이어서 김정현이 백색白色 군복軍服을 만들게 하였는데, 기일에 미쳐 주막 사람들이 모두 김정현을 배반하고 도망하여 김정현이 그 무리를 잃고는 겁이 나 도망하였다.”고 하였다.

김옥성이 상인과 함께 서울로 들어와 남문 밖 팔패八牌에 숨어있었는데, 상인이 동네 유사有司가 불러 자신을 붙잡아 인계하였다. 지금 삼남三南은 이미 어떻게 해볼 수가 없으니, 속히 평안 병사에게 일러서 성안 창고의 군기軍器를 굳게 지키게 하였다.

어영 기찰 장교가 이징관李徵觀 및 아노兒奴 귀금貴金을 성 밖에서 잡아 대궐로 올려 보내어 형신刑訊한 후 공술하기를,

"상전上典은 직산에 사는데, 전립을 쓰고 환도를 차고 적당에 들어가고자 하였습니다. 적은 변산 정도령과 갈원 권진사 등으로서 장군壯軍을 모집하여 군복을 만들었으며, 박창급朴昌伋은 그 일족이 모두 적중에 들었습니다. 이번 15일에 경성을 포위하고자 하여 정도령이 구만리 권생원 집에 와 상의하였는데, 능히 둔갑遁甲·부작符作 등을 잘한다고 합니다."

봉조하 최규서가 보고를 올림에 따라 중앙과 지방의 반군이 연결되는 것을 사전에 차단할 수 있었으며, 성문의 방어를 강화하고, 금위영과 어영청의 군사를 여러 진에 파견하고, 반란 동조세력인 윤휴, 이의징 등의 자손 중에서 한양 거주자와 김일경과 목호룡 등의 가족을 체포하였다.

역적 목호룡의 형 목시룡과 김일경의 아들 김영해를 죽이라고 명하였다. 처음에 김일경과 목호룡 등이 임금을 해치려 모의해 목호룡은 상변上變하고, 김일경은 교문敎文을 지어 마구 흉언을 하였다. 갑진년에 김일경과 목호룡은 부도죄不道罪에 걸려 죽었으나, 노륙拏戮까지는 미치지 않았으며, 을사년에 목호룡의 형 목시룡이 국문을 받았으나 감사減死되었다.

대관臺官이 목시룡 및 김일경의 아들 김영해를 율律에 의해 처단하기를 청했으나 임금이 오랫동안 따르지 않았었는데, 대사간 송인명이 굳게 청하였다.

영의정 이광좌가 아뢰기를, "백성들이 생업에 안정하지 못하고 유리流離하여 떠돌아다니니, 불령한 무리들이 그 속에서 요동시켜 소요를 일으킵니다. 별도로 안집安集 시키는 뜻을 8도에 하유下諭하는 것이 어떻겠습니까?"

"옛말에 이르기를, '일정한 산업이 없으면 일정하게 지키는 마음도 없다.'고 하였다. 기근이 든 나머지 이러한 소란이 있어 백성들이 모두가 동요하게 된 것이니, 이는 작은 근심이 아니다. 하유하는 일은 갈증이 나서야 우물을 파는데 가까우니, 우선 천천히 두고 보아야 한다."

박문수朴文秀 등이 궁성을 호위한 후에 장전帳殿에 나가 임어하라는 뜻으로 번갈아 극력 청하니, 임금이 허락하였다.

임금이 각角을 불어 군사를 모으고자 하자, 이광좌가 말하기를, "취각吹角하여 군사를 모으면 비단 도하都下가 동요할 뿐만 아니라, 인마人馬가 소란을 피울 즈음에 혹 저들이 기회를 타고 잠복潛伏할 염려가 없지 않습니다. 군문軍門으로 하여금 전령傳令해 군사를 모으는 것이 온당합니다."

"단지 양兩 군문軍門만으로 호위할 것인가?"

"밤이면 장전帳殿으로 나가 임어하시는데, 어찌 호위를 소홀하게 하겠습니까? 마땅히 각 군문으로 하여금 호위하게 하여야 하는데 성문에 이미 자물쇠를 내렸으니, 이럴 때 문을 열기는 어렵습니다. 우선 성안의 군사로 호위하고, 성 밖의 군사는 성문이 열리기를 기다렸다가 들어오게 해야 합니다."

3월 17일, 임금이 인정문仁政門에서 친국親鞫하였다.

병조판서 오명항이 말하기를, "성문을 닫은 후로 도성 백성들이 두려워하니, 다시 열어 인심을 진정시키소서."

임금이 명하기를, "돈의문·광희문 두 문은 열고, 훈국訓局·어영御營에 명해 군졸을 더 정해 파수하게 하라."

조서를 내려 기백에게 효유하는 방을 통구에 걸게 하였다.

"삼군문三軍門은 적도가 몰래 성안으로 유입하는 것을 규찰하여 집집마다 꼼꼼히 살피고, 군문軍門과 포청捕廳은 무뢰배들이 여염에서 행패 부리는 것을 금지하라."

오명항은 청하기를, "애통해 하는 조서詔書를 내리고 기백畿伯에게 명하여 효유하는 방榜을 통구通衢에 걸어, 적 가운데서 그 무리를 붙잡아 바치는 자는 중상重賞하게 하여 적의 모의를 깨뜨리게 하소서."

영조는 경기 감사에게 유서諭書를 내리게 하였다.

"국가가 불행하여 백성들이 상성常性을 잃어서 일종의 범법

하여 난동을 짓는 자들이 제멋대로 도당을 불러 모아 도로를 막고 있다. 그러나 조정에서 이미 처분함이 있어 토멸의 거조가 목전에 있는데, 몇몇 고을의 사민土民들이 지나치게 소요하여 서로 다투어 피하고 숨어 촌락이 온통 비어 농사철을 어기니 매우 염려스럽다. 경은 내가 걱정하는 뜻을 체념體念하여 백성들에게 포고하라.”

경외에 방榜을 걸어 효유하였다.

1. 적도賊徒 1명이라도 숨겨준 백성은 대역률을 적용하여 주륙이 그 부모·처자에게까지 미친다.
2. 백성으로서 적을 붙잡아 바친 것이 명백한 자는 곧바로 2품으로 뛰어올려주고 겸하여 후한 상을 준다.
3. 백성으로서 다른 백성이 적을 숨겨준 자를 붙잡아 고한 자 역시 2품으로 뛰어올려주고 겸하여 후한 상을 준다.
4. 죄 없는 자를 무고誣告한 자는 반좌反坐한다.

순토사 김중기가 말하기를, “신이 평시에 군사를 거느린 일이 없었으니, 단기單騎로 내려가는 것은 신중한 도리가 아닙니다. 장단長湍의 군사가 올라오면 거느리고 가겠습니다.”

“곽자의는 13기騎로 토번의 군영에 들어갔고, 주아부는 행군하면서 군사를 모아 낙양에 이르러 오吳·초楚의 간담肝膽을 서늘하게 했으니, 김중기의 말은 잘못입니다.”

병조판서 오명항이 꾸짖자, 영의정 이광좌는 말하기를,

“위난危難한 때를 당하여 몸을 돌아보지 않고 분개하여 즉시 가는 것이 곧 장수의 일입니다. 총융청의 표하군이 본래 적지 않고 수원으로 출진하면 또 7천 명의 군사와 말(馬)이 있는데, 어찌 군사가 없다고 사피辭避하겠습니까?”

영조가 탄식하며 말하기를,

“참으로 이른바 의논을 정할 때 노虜는 이미 강을 건넜다는 것과 같다. 박찬신을 어제도 내보내지 못하였으니, 오늘날의 군신은 참으로 느슨하다고 이를 만하다. 일이 급한데 어느 겨를에 기읍畿邑의 군사를 기다리겠는가? 순토사는 오늘 과천으로 나가 군사를 합쳐 전진해야 옳다.”

김중기는 관망을 핑계 대었고, 박찬신은 사조한 뒤에 도성 안에서 하룻밤을 자고 비로소 출발하였으니, 적의 초사에 나오기를 기다리지 않고도 그들이 흉모를 품고 있음을 알 수 있었다. 그런데도 그 죄를 성토하여 죽이지 못하고 추고하고 율律로써 경계해 책망하고자 했으니, 군율이 이와 같았는데도 나라가 위태롭지 않은 것이 천행天幸이었다.

충주 목사 이성좌를 체직하고, 전前 참판 김재로를 대신 기용하였다. 김재로는 사폐辭陛하면서 말하기를,

"충주 땅은 영남에 접해 있어 혹시 위급한 일이 있으면 미처 품지稟旨하지 못할까 염려스럽습니다. 편의대로 일을 처리하지는 못하더라도 역시 변통하는 도리가 없을 수 없습니다."

김재로가 편의대로 하겠다고 하자, 이광좌가 아뢰기를,

"직책이 수령인데 편의로 하기를 허락하면 후일의 폐단과 관계됩니다. 영장營將과 함께 처리하는 것이 마땅할 듯합니다."

병조판서 오명항을 사로 도순무사로 삼아 군사를 거느리고 적을 토멸하게 하고, 갑주甲冑와 상방검을 하사하였다.

"적도가 소추小醜에 불과한데도 승평昇平한 지 오래어서 와전訛傳하는 말에 잘 유혹되어 인심이 안정되지 않고 있으니, 진무해 안정시키는 도리를 몸소 분발해 면려토록 하라.

그러나 이런 무리는 빨리 토멸하지 않을 수 없으며, 수원은 기보의 중진이니 어찌 소홀히 하겠는가? 총융사 김중기는 단지 본장의 칭호만을 띠고 세 진의 군병을 통솔할 것이며, 수원 부사 송진명을 부장副將으로 삼아 본부에 남아 진압토록 하며, 병조판서 오명항은 금영禁營을 겸임케 하여 사로 도순무사로 삼고 순토 중군 박찬신을 그대로 도순무 중군으로 차임하며, 영남 어사 박문수로 종사관을 겸임케 하니, 즉시 내려가 이 소추들을 물리쳐 평정하고 백성을 안무安撫토록 하라."

병조판서 오명항을 대신하여 예조 판서 이집李㙫을 판의금判

義禁으로 삼았다. 임금이 급히 이광좌·오명항·송인명을 불러 환시宦侍를 물리치고 낮은 목소리로 밀유密諭하기를,

"친국親鞫할 때 이사성의 이름이 적의 초사에서 나오자 시위侍衛하던 선전관 가운데 한 사람이 창황하게 나갔다. 지난번 내시사內試射 때 그 얼굴을 보고 이름을 알았는데, 이는 바로 선전관 이사필이다. 이 사람이 이사성과 어떻게 되는가?"

"이사필은 이사성의 종제從弟입니다."

"어떻게 처리해야 하겠는가?"

"입직入直하는 여러 곳을 적간摘奸하여 궐직闕直한 것으로써 나문拿問해야 합니다."

3월 22일, 영남 안무사 박사수朴師洙가 길에서 상주 사람 종성 부사 황익재黃翼再를 만났다.

"황익재는 재능이 있으니, 청컨대 그와 함께 가겠습니다."

그를 소모사召募使로 차출하여 따라가라고 명하였다.

안무사 박사수는 또 청하기를, "김재로는 충주 근읍을 진무하게 하고, 맹장猛將 한 사람을 보내어 화령로化寧路를 따라 청주의 적을 좌우로 공격하게 하소서."

3월 23일, 도순무사 오명항이 진위 땅에 있으면서 종사관 등과 더불어 진병進兵할 것을 의논하여, "시험 삼아 직산稷山으로

진군하고, 다시 의논해도 늦지 않다."

직산 가는 길로 접어들었을 때, 오명항이 갑자기 말에 기대어 두 종사관을 불러 귀에다 대고 명령하기를,

"안성 군수 민제장閔濟章으로 하여금 본군本郡으로 돌아가 양초糧草를 정돈해 기다리게 하라." 하고, 큰소리로 말하기를,

"직산으로 운반하라." 하였다. 당보 초관塘報哨官을 불러들여 귀를 잡고 앞으로 가까이 오게 하여서 몰래 깃발을 흔들도록 명하여 지레 안성으로 가게 하였다.

이는 오명항이 기졸旗卒 방득규를 별무사別武士로 올리어 밀령密令으로 간첩을 만들어 청주의 적진에 투입시켜 적이 가는 방향을 탐지하게 하였다. 방득규가 적의 정세를 탐지하여, 소금 장수 차림을 한 적의 간첩을 잡아 바쳐서 적이 진천에서 한 부대는 죽산으로 향하고, 한 부대는 안성으로 향하여 민제장을 습격하여 죽이고자 함을 알게 되었다.

오명항이 이미 안성으로 향하기를 결심하고 비밀이 누설될까 염려해 발표하지 아니한 채 직산의 대로大路로 향한다고 소리쳐 말했던 것이었다. 안성에 이르니 날이 이미 어두웠는데, 적의 간첩 최섭崔涉이란 자를 붙잡아 적장賊將 이봉상李鳳祥의 패영을 찾아냈다. 대개 적은 각처의 토적土賊 및 청주진·목천 등 고을의 마병馬兵과 금어군禁禦軍으로서 정예한 자를 뽑아 장

사치와 거지 차림을 하여 피난민 가운데 섞여 은밀히 안성 청룡산 속에 모여 있었는데도 산 아래 촌락이 거의 적의 소굴이 되어 있어 누구 하나 와서 고하는 자가 없어 안성군에서는 아직 이를 알아차리지 못했다.

갑자기 대군이 쏜 신기전神機箭을 보고서야 경영京營의 군사가 온 것을 알고 도망하니, 위협에 못이겨 따른 무리는 이때 대부분 도망해 흩어지고, 적의 괴수 이인좌李麟佐·박종원朴宗元 등은 4, 5초哨의 병력을 거느리고 청룡산 속으로 물러가 둔을 치고 죽산竹山의 군사가 오기를 기다렸다.

오명항이 지형을 바라보니, 청룡산 속에 5, 60호의 마을이 있었으며 전면은 평야였다. 중군中軍 박찬신朴纘新으로 하여금 보군步軍 3초와 마군馬軍 1초를 거느리게 하고 경계하기를,

"기旗를 눕히고 북소리를 내지 말며, 갑옷과 투구를 벗고 빨리 달려나가되 보군 1초는 산 뒤쪽을 거쳐 먼저 높고 험한 곳을 점거하고, 2초는 두 날개로 나누어 포를 쏘고 화전火箭을 쏘아 그 촌락을 불태우라. 그렇게 하면 그 형세로 보아 반드시 앞들로 도망해 나올 것이니, 이에 마군馬軍으로 짓밟으라."

또 민제만閔濟萬에게 명하기를,

"안성 군사를 거느리고 남쪽 길로 향해 의병疑兵을 만들어서 적의 도주로를 막으라." 하였는데, 전군前軍이 북을 울리며 행군

했으므로 적이 눈치 채고 급히 산으로 올라가 진을 치고 붉은 일산日傘을 세워 백기白旗로 지휘하니, 관군이 지리地利를 잃어 올려다만 볼 뿐 감히 다가가지 못했다.

권희학이 한 촌 할미를 붙잡아 위협해 적장 한 사람이 마을 가운데 있음을 알고는 이만빈李萬彬에게 말하기를,

"그대는 장사將士가 아닌가? 하찮은 적을 보고 겁을 내는 것은 무엇 때문인가?" 하니, 이만빈이 분연히 말하기를,

"내 마땅히 죽으리라." 하고는 말에 올라 용사를 구하기를,

"누가 나를 따르겠는가?" 하니, 중초군中哨軍 조태선趙泰善 등 50여 명이 따르기를 원했다.

적은 산등성이를 따라 남쪽으로 도망하려다가 민제만의 의병疑兵을 보고는 사방으로 흩어졌다. 관군이 추격해 1백여 명을 베었으며, 그들의 짐바리와 홍산紅傘·기치旗幟 등을 노획했다. 적과 관군이 모두 군사를 거두어 산을 내려온 후에는 막연하여 그 승부를 알 수가 없었다.

박찬신朴纘新이 깃대에다 적의 머리 여러 개를 매달고 오니, 첩서捷書를 써서 박종원 등의 머리를 함에 담아 서울로 치보馳報하였다.

3월 24일, 도순무사 오명항이 군중軍中에 명령하여 안성으로부터 죽산으로 향하니, 좌우가 모두 첩첩 장곡長谷이었다.

오명항이 그 지형을 보니, 장항령獐項嶺이라 하는데, 매우 험준하였다. 적이 먼저 점거할까 염려하여 급히 기旗를 점호하고 마보군馬步軍을 재촉하여 몇 길로 아울러 나가 일제히 장항령 고개로 오르게 했다. 적의 마군馬軍 몇 초哨가 이미 고개 밑 수십 보 되는 곳 안에 있다가 관군의 형세가 큰 것을 보고는 크게 놀라 무너졌다.

적의 대대大隊가 들판 가운데다 진을 치고 있었는데 장막이 성대하였으며, 기고旗鼓를 늘어놓고는 소를 잡고 술을 걸러 장차 군사를 먹이려고 하다가 관군을 바라보고는 적장이 포를 쏘며 깃발을 흔들어댔으나, 군사들이 응하지 않자 진의 일각이 미동微動하였다.

관군이 사면에서 엄습하여 죽이니 참획斬獲함이 많았다. 적장 정세윤은 일명이 행민行旻인데, 위칭僞稱 부원수라는 자로 이만빈·이우석에게 쫓기어 형세가 궁해지자 포박당하였다.

정세윤의 동생 정계윤은 위칭 죽산 부사란 자였다. 객사에 앉아있다가 군사가 패해 도망하는 것을 보고는 읍촌邑村에 숨어 있다가 관군에게 붙잡혀 참살되니, 적이 대략 평정되었다.

오명항은 평민이 뒤섞여 살육될까 염려하여 명을 내리기를,

"사로잡은 자는 상을 주겠으나 참수해 바친 자는 논상論賞하

지 않겠다." 장사將士들이 무수한 적당賊黨을 사로잡아 바쳐 큰 새끼로 고기 꿰미처럼 엮은 것이 진중에 가득하였다.

종사관 박문수와 조현명에게 명하여 하나하나 자세히 조사하게 하여 강포하고 사나운 자만 죽이고, 나머지는 모두 곤장을 쳐서 방면하게 하여 조가朝家의 덕의德意(조정의 어진 뜻)를 선포하였다.

이인좌는 산에 올라 농성했다. 그러자 오명항은 부대를 3갈래로 나눠서 습격하고자 깃발도 창검도 내리고 북소리도 내지 말 것을 지시했으나, 휘하 장수들이 말을 듣지 않고 북을 울리고 깃발을 휘두르며 진군하는 바람에 이인좌 군대는 공략이 어려운 산꼭대기까지 이동했다.

이인좌는 술과 고기를 풀어 사기를 북돋으려 했으나, 이미 대세는 기울어져서 오명항이 공격을 개시하자 처참히 무너졌고, 이인좌도 갑주와 투구를 벗어 던지고 도주하다가 사로잡혔다.

오명항이 이인좌, 권서봉, 목함경 등을 생포하여 함거檻車에 실어 서울로 보냈다.

3월 25일, 임금이 돈화문루敦化門樓에 임어하여 헌부례獻俘禮를 행하니, 선전관이 적괴 박종원 등의 수급首級을 바쳤다.

"깃대에 매달라. 박종원의 아들은 진진陣 밖에서 참수하라."

간원에서 김일경·박필몽의 아들 등의 일을 아뢰었다.

헌부憲府에서 전계前啓를 거듭 아뢰었으나, 윤허하지 않았다. 대사간大司諫 송인명宋寅明이 아뢰기를,

"오늘날의 역변逆變은 실로 역적 김일경金一鏡이 지은 교문敎文에 그 근원을 두고 있습니다. 당초 무상誣上의 율律로 다스린 것이 그 흉역의 죄를 바로잡는데 부족하였으니, 청컨대 대역大逆으로 감단勘斷하여 집을 허물고 못을 파는 등의 일을 법에 의해 거행케 하소서.

죄인 박필몽의 아들이 적의 초사 가운데 긴하게 나왔는데, 그 흉악하고 음려陰戾한 박필몽이 반드시 아들과 함께 악한 일을 같이 하지 않았을 리 없으니, 청컨대 국청鞫廳에서 잡아다가 엄하게 문초하게 하소서.

청주의 역변이 있으면서부터 인근의 수령이 머리를 움츠리고 쥐처럼 숨거나 적을 맞아들여 정성을 바치고, 한 사람의 의義를 따라 적을 토벌하지 않았으니, 종중 논죄從重論罪하여 풍화風化를 격려하지 않을 수 없습니다."

3월 27일, 박사수가 안동 사람 권구를 서울로 보냈다.

영남 안무사 박사수가 안동에 이르니, 영남에서는 청주의 변

란이 있으면서부터 인심이 환산되어 수습할 수 없었는데, 뜻밖에 박사수가 재를 넘어오는 것을 보고는 비로소 조정이 있는 줄을 알게 되어 백성들의 의지가 이에 힘입어 점차 진정되었다. 박사수가 이르러 청주의 적이 패했으나 정희량과 이웅보가 안음에서 일어남을 듣고 즉시 글을 지어 역시 역순逆順의 구분을 진술해서 도내에 효유曉諭 하고, 문경 사람 전 찰방 신필정과 상주 사람 전前 부수副帥 성이홍, 영천永川 사람 전 참봉 정규양에게 치서하여 그들로 하여금 모두 사민을 인도해 거느리고 의기를 분발해 적을 토벌하게 하고, 안동의 사민으로 명망이 있는 이재李栽 등 수십 명을 다 불러 성안에 거처하게 하였다.

본부本府 협현峽縣에 별포수別砲手 5백 명을 거느리고 진을 쳐서 자위自衛하여 뜻밖의 변을 방비하게 하였다.

종사관 강규환으로 하여금 성밖에서 조련操鍊하게 하고 감사 황선과 왕복해 상의하고는 먼저 영장 김정상을 보내어 속읍屬邑의 군사를 거느리고 전진해 적을 토벌하게 하였다.

처음에 박사수가 사민을 불러 모으는데 권구權榘가 유독 늦게 이르렀다. 마침 의금부 도사가 와서 권구를 붙잡았는데, 국청鞫廳의 문서에는 권후權煦라고 쓰여 있었다.

박사수가 말하기를, "안동에는 단지 권구 한 사람만이 명망이

중하니, 역모에 가담했다면 반드시 이 사람일 것이다."

권구를 붙잡아 도사에게 붙여 서울로 보냈으며, 예천의 술사術士 이윤행이 일찍이 적과 서로 왕래해 통하면서 길흉吉凶을 점쳐 주었는데, 박사수가 정탐해서 붙잡아 서울로 보냈다.

권구는 안동에서 명망이 있는 선비로서 공초하기를,

"이번의 역변逆變이 불행하게도 사족士族에서 나왔으므로 분하고 슬픈 마음이 다른 도道보다도 갑절이나 더합니다. 몇 사람의 사류士類가 의병義兵을 일으켜 역적을 치는 일로 문충공 류성룡의 서원에 모였으므로, 신도 그 모임에 갔는데, 소호사가 글을 보내 서로 의논하고자 하였기 때문에, 신이 '소호사는 이미 조정의 명령을 받았으니 마땅히 그곳으로 가야 한다.'고 하고 나아가려 했는데, 안무사가 또 글을 보내서 불렀기 때문에 이내 부중府中으로 갔다가 잡혀서 오게 되었습니다.

을사년 무렵에 신이 예천 서원에 갔더니, 원장 및 지방의 장로 5, 6인이 함께 모였는데, 한 소년이 들어와서 스스로 '육임점六壬占을 배우려고 합니다.' 하기에, 신이 '그대를 보건대, 소년이고 재주가 있으므로 배울 만한 것이 많은데, 어찌 잡술雜術을 배우려고 하는가?' 하였습니다. 뒤에 물어보니, 그 소년은 이인좌李麟佐였습니다.

정희량鄭希亮은 순흥에 살고 이인좌는 문경에 살며 서로 교통

交通하여서, 그 변變을 일으킬 때 가령 서로 관계되는 일이 있다면, 그들이 어찌 서로 통하지 않고서 도리어 김홍수에게 들었다는 이유로 핑계를 삼을 수 있겠습니까?

3월 16일에 한 벗이 와서 신에게 '변산邊山에 도적이 크게 일어났으니, 처자妻子를 가야산 속에 대피시켜 두는 것이 좋겠다.'고 하기에, 19일에 신이 권덕수와 함께 갔는데, 저녁 뒤에 절의 중이 와서 청주淸州의 변란 소식을 전하였습니다.

신이 권덕수와 서로 마주보며 눈물을 흘리고 '예로부터 역변逆變에 어찌 한정이 있었으리오만, 어찌 일시一時에 두 수신帥臣을 함께 죽인 일이 있었겠는가? 이는 신자臣子로서 편안히 앉아 있을 때가 아니다.' 하고, 권덕수와 함께 산을 내려와 문충공 김성일金誠一의 후손의 집에서 자고 집으로 돌아와 의병義兵을 일으켜 역적을 칠 계책을 하였습니다."

임금이 말하기를, "네가 고개 밖에 있으면서 일찍부터 사귀어 좋아하는 자는 어떤 사람인가?"

"이재李栽·김성탁金聖鐸·권덕수權德秀입니다."

여러 신하들이 대부분 말하기를, "권구라는 이름자가 미심쩍으니, 마땅히 안무사로 하여금 사실을 조사하게 하여 장문狀聞한 뒤에 처리하여야 합니다."

영의정 이광좌가 말하기를, "조화造化의 신축伸縮이 각각 스스로 때가 있으니, 이와 같은 무리는 치지도외置之度外하는 것이 백성들을 권장하여 움직이는 방법이 될 것입니다.”

임금이 하교하기를, “가서 안무사를 만나본 일로써도 그 마음을 밝힐 수 있고, 항상 이재李栽와 사귀어 좋아한 것으로 그 벗을 가려 사귀는 단서를 알 수 있겠다.”

임금이 명하여 권구를 특별히 놓아주게 하였다. 밤이 깊어 대궐문이 닫혔으므로, 유문留門하여 내보내도록 명하였다.

“이처럼 망극罔極한 변을 만났어도 얼굴빛이 일찍이 변하지 않았는데, 이제 성교聖敎를 받자오니 자연히 눈물이 납니다.”

대사간 송인명이 말하기를, “국옥鞫獄의 사체事體가 지극히 중대하니, 마땅히 뒷날의 폐단을 염려하셔야 합니다. 이 뒤로는 간사한 사람이 만약 다시 이런 투를 본떠서 스스로 ‘의병義兵을 일으킬 마음이 있었고 아무와 사귀었다.’고 한다면 장차 놓아주시겠습니까? 놓아주지 않는다면 처분이 공평치 못할 것이고 놓아준다면 간사한 폐단이 끝이 없을 것이니, 전하께서는 장차 어떻게 처리하시겠습니까?

죄인을 유문留門하여 내보내는 것은 더욱 사체를 손상시킴이 있습니다.”

임금이 말하기를, “예전에는 국청의 죄수로 살아 나가는 자가 많았는데, 이번에는 한 사람도 놓아 보낸 자가 없었다.”

그 후, 권구의 이름이 또 역적의 초사招辭에서 나왔으나, 임금이 전에 이미 특별히 놓아 보냈다는 이유로써 그대로 두고 묻지 않았다.

권구가 풀려나자 안동 사람들이 박사수에게 말하기를,

"3월의 변란 전에 이웅보李熊輔가 안동의 풍산현에 이르러 권구를 만나보고 난亂을 일으킬 것을 모의謀議하니, 권구가 대답하기를, '내 머리는 끊을 수 있어도 이 일은 따를 수 없다.'고 하여 이웅보가 성내어 갔다." 하였다. 권구가 이런 말을 친국親鞫 때에 바로 대답하였기 때문에 풀려났다고 한다.

풍산 가곡佳谷 마을은 李子의 처조부 화산花山 권주權柱가 공부하던 가일선원과 권주 신도비, 권주의 시습제와 권구의 병곡종택, 권보의 덕을 기리기 위한 수곡고택, 권장의 야유당 등의 고택들이 골목으로 연결되어 있다.

안동 권씨 병곡종택은 화산 권주의 후손들이 대를 이어 살아온 종택이다. 사랑채에 '때때로 배우고 익히면 또한 기쁘지 아니한가(學而時習之 不亦說乎)'에서 따온 '시습제時習齊' 당호가 소박素朴하고 단아端雅하다. 연산의 광기에 '멸문지화滅門之禍'를 당했으나, 배우고 익히는 선비의 삶은 이어져 왔다.

병곡屏谷 권구權榘는 갈암葛庵 이현일李玄逸의 문인으로 대산의 스승 밀암 이재李栽와 동문이다. 산량山梁은 스승인 밀암密菴

이 세상을 떠났음을 표현한 말이다.

병곡의 부인 재령 이씨의 부친 이의李檥는 갈암 이현일의 둘째 아들이니, 병곡은 갈암의 손서孫壻인 셈이다.

1728년(영조 3), 무신년 이인좌의 난 때, 역적 조세추가 안동의 권구權榘, 권덕수權德秀, 유몽서柳夢瑞 세 사람을 무함하여 공초供招하였다. 역적 정희량의 조카 정의련의 초사招辭에, 3월 10일 이후에 이능좌(이인좌의 아우)가 예천에 왔다가 크게 화를 내고 돌아가면서, "안동 놈들 때문에 일이 다 망가졌다. 원래 부사府使 이정소李廷熽의 목을 베고 안동을 전부 우리 편으로 만들려 하였는데, 안동 사람(권구를 가리킴)이 이것이 무슨 말이냐며 크게 꾸짖었다."

안동 부사 이정소가 풀려나 돌아와서 고향 사람에게 말했다.

"내가 살아서 돌아올 수 있었던 것은 병곡屏谷 덕분이었다."

1700년에 권구는 전염병을 피하여 외촌外村으로 가서 6, 7년을 살았으며, 1716년에 병산屏山의 서쪽 동네에 머물다가, 마을의 이름을 병곡屏谷으로 바꾸고 이를 자호自號하였다.

1723년(경종 3), 고향 마을 지곡枝谷(가곡)으로 돌아와서, '丸窩'라고 편액하고, 詩를 지어 뜻을 드러내었다.

1736년(영조 12), 대산 이상정은 병곡 권구 선생을 찾아뵙고 율시 한 수를 지어 올려 가르침을 청하였다.

哭罷山梁歲月深　　산량을 곡한 뒤로 오랜 세월 지났으니
迷途獨立去何尋　　길을 잃고 홀로 서서 어디로 찾아갈까.
典刑賴有同門友　　그 전형이 동문의 벗에게 남은 덕분에
覺寐恒存替事心　　자나 깨나 늘 스승 대신 섬기고자 하였네.

오영길, 모추暮秋, 70×57cm, 화선지에 수묵담채, 2013

4월 6일, 영남 안무사가 지방 사인들의 의병 선창에 관해 장계를 올렸다. 영남 안무사 박사수가 장계狀啓를 올렸다.

"영천榮川 사람 전前 참의 나학천·전 장령 김정·전 군수 장후상 등이 풍기·순흥 등 지방의 사인士人과 더불어 바야흐로 의병義兵을 선창先倡하여 일으키고, 호소사 조덕린趙德隣도 안동에서 조사朝士와 유생儒生 1백여 인을 모아 의병을 선창하여 일으켜서 전 정랑正郎 유승현柳升鉉을 의병장으로 삼고, 정자正字 권만權萬 등이 이를 도와 군사를 모으고 군량을 모아 적진敵陣 근처로 가서 관군官軍을 돕고자, 소모사 황익재黃翼再를 상주 등 지방으로 보내어 하도下道로 향하여서 사민士民을 초유招諭케 하였습니다."

4월 7일, 역괴逆魁 박필현 부자의 수급首級이 상주에서 오니, 의금부와 한성부의 당상관이 일제히 한 곳에 모여, 박필현의 서제庶弟 박필충·박필호 및 박필현의 하인 김두량·김정삼을 잡아다가 분별한 뒤 거리에서 효시梟示하라고 명하였다.

4월 9일, 박필충·박필호 등을 효시하였다. 대사간 송인명이 임금에게 아뢰기를, "박필현이 무너져 달아난 뒤에 그 동생 박필충이 잡혔는데, 그때 군사를 일으킨 정상情狀을 그가 반드시 알았을 것이니, 참형에 처하는 것이 마땅하겠습니다."

판의금부사 이집李㙫은 말하기를, "박필현의 동생 박필호도 이미 잡혀 포도청에 갇혔다고 하니, 마땅히 박필충의 예例에 의하여 똑같이 효시하게 하소서."

임금이 명하여 그 조카를 절도絶島에서 종이 되게 하였다.

"이인좌와 이웅좌가 모두 적괴賊魁이니 그 아우 이기좌李麒佐를 다시 물을 필요가 없다. 이인좌의 아내는 박필현의 아내의 예에 의하여 교형絞刑에 처하고, 그 아이는 나이가 아직 차지 않았으니, 사형을 감하여 절도絶島에 종이 되게 하라.

박태후는 비록 이미 승관承款하였지만 이미 협종脅從하였으니, 여러 도적과 똑같이 정법正法하고 별달리 구별하는 뜻이 아니니, 훈련도감으로 하여금 큰 거리에서 효시케 하라.

충주 목사의 역적을 효시하여서는 안 된다는 말도 또한 놀라우니, 우선 종중추고하고, 나유는 선전관을 보내어 바로 효시하게 하고 정문한 유생 등은 모두 정거停擧하게 하라.

임상극의 경우 연호年號에 쓴 대원수 관문이라고 한 것은 역률逆律을 쓰더라도 조금도 애석할 것이 없으나, 반역을 도모한 것과는 차이가 있으니, 그 아내는 종을 만들고 형제는 섬으로 정배하라."

한때 청주성을 점령하고 세를 과시했던 이인좌의 반정계획은 안성·죽산전투 패배로 실패로 돌아갔다. 주도충간의 갈등, 정미환국을 통한 중앙지도충의 소극적인 태도, 통일된 준비체계의 부재 등으로 인해 '이인좌의 난'은 실패한 것이다.

'이인좌의 난'은 정국 방향에 미묘한 영향을 미쳤다.

이인좌는 세종대왕의 넷째 아들 임영대군의 9대손이며, 남인 윤휴尹鑴의 손서孫壻이어서 영남 유림들의 지지를 받을 것으로 여겼으나 영남이 등을 돌리면서 이인좌의 난은 6일 천하로 끝났다. 이인좌의 난 이후 영조는 영남 사람 보기를 마치 요시遼豕처럼 여겼으며, 영남을 반역의 고장으로 지목해 향후 일체의 과거 응시를 중지시키는 강경 조치를 취했다.

기묘년(1579), 이이李珥의 상소를 시작으로 율곡의 학통을 이은 송시열의 노론이 정권을 잡으면서 중앙 정계에서 소외된 영남지역 사족은 도산서원을 중심으로 李子의 학문을 계승하며 세력을 확장해 나갔다. 이재李栽·김성탁金聖鐸·이상정李象靖·이광정李光靖 형제 등은 후학을 지도하여 성주의 유학자 이진상李震相에게로 이어졌다.

영남 유생들 중 송시열 문인은 봉화의 홍익상洪翊相·가상可相·순상舜相이며, 홍섬洪暹의 문집 서문을 송시열이 찬하고 홍섬의 손자 홍석洪錫은 김상헌의 문인이다.

병자호란 이후 홍석은 춘양 소도리에, 강징姜澂의 현손 강흡
姜洽은 법전, 정철의 손자 정양鄭瀁은 춘양 도심리, 홍가신의 손
자 홍우정洪宇定은 두곡, 심의겸의 손자 심장세沈長世는 법전 모
래골에 살면서 춘양 문수산 골짜기의 와선정臥仙亭에 모여서 시
국을 논했다. 이들을 태백오현太白五賢이라 하였다.

1746년 봉화에 살았던 강좌江左 권만權萬이 양산 군수로 부임
하였다. 대산大山 이상정李象靖이 '닭 잡는데 소 잡는 칼을 쓴다
(割雞焉用牛刀)'에 빗대어 '지방수령割雞'이라 하며, '가시밭을
봉황이 깃들 땅이 되도록' 장한 뜻을 펼치길 기원했다.

征驪冉冉下梁州　　나그네 말 느릿느릿 양주로 내려가니
七點山孤水盡頭　　칠점산이 물가에 외로이 섰네.
枳棘還成棲鳳地　　가시밭이 도리어 봉황 깃들 땅이 되니
弦歌正屬割雞秋　　현가는 참으로 할계 할 때이리.

양산군수 권만은 1747년 좌상 조현명에게 봉산封山(벌목을 금
하는 산)의 혁파를 제청하는 편지 〈上趙左相〉을 보냈다.

봉산에서 공급되는 목재는 전선戰船이나 조운선漕運船 건조
용으로 쓰였다. 당시 양산 영축산 줄기의 통도 봉산, 상북면 외
석 석장봉산, 하서면 원동의 내포봉산, 상북면 어곡봉산, 하서

면 물금 화제탄 봉산이 있었다. 봉산 도벌과 방화의 비용을 양산 군민이 부담해야 했다. 양산 상·하북면 주민은 봉산을 '반드시 죽는 땅(必死之地)'으로 인식하고 다른 지역으로 이사해 '사람이 없는 땅(無人之境)'이 될 정도였다.

양산의 봉산은 뼈만 있고 살이 없어 쓸모 있는 나무는 많지 않았으며 바다까지 운반이 쉽지 않아서 부역과 세금이 늘어서 민호民戶가 줄어들었다. 그런데 그동안 수군절도사들은 무조건 금령만을 지켜왔을 뿐, 이를 상청上請하는 것을 싫어하고 봉산 혁파 장청狀請을 올리는 자를 논죄했었다.

"양산의 봉산은 유명무실하여 군민에게 폐단이 될지언정 이익은 없다." 양산군수 권만이 〈봉산 혁파 장계〉를 올렸다.

1748년 9월 병조판서 김상로金尙魯에 의해 영조에게 상달上達됐다. 영조가 대신大臣에게 순문詢問해 도신道臣(경상감사)과 수신帥臣(병마절도사)으로 하여금 장문狀問하게 했다.

권만의 상소 〈봉산 혁파 장계〉 1개월 후 1748년 10월 11일 봉산의 파기가 결정됐다. 당시 봉산이 해제된 곳은 석장·통도·대둔 봉산이고 원동지역의 내포 봉산은 남았다.

1749년 2월 내포 봉산에 산불이 일어났으며, 그해 11월 4일 양산을 봉황이 깃들 땅으로 가꾸어 놓고 강좌는 별세했다.

　　枳棘還成棲鳳地　　가시밭이 도리어 봉황 깃들 땅이 되었다.

1754년(영조 30), 대산大山 이상정李象靖이 연일 현감으로 있으면서, 9월에 표류한 왜인倭人에 대한 접위관接慰官이 되어 동래로 가는 길에 언양에 유숙하였다.

이튿날, 통도사에 들어갔는데, 동구洞口에 바위가 하나 우뚝 서있었다. 높이는 세 길 정도인데, 앞면엔 '江左 權萬'이라고 권장權丈 형제의 이름이 새겨져 있었고, 뒷면에는 '江左翁'이라는 세 글자가 새겨져 있었다.

통도사 나들길을 '무풍한송로舞風寒松路'라 하고 세계문화유산으로 보호되고 있다. 수령이 수백 년 된 아름드리 소나무들이 바람에 춤을 추는 듯 하여 붙여진 이름이다.

무풍교에서 청류까지 1.2㎞의 길은 5m 너비의 흙길이어서 통도사를 찾는 이들 중에는 맨발로 걷기도 한다.

맑은 물이 사시사철 흐르는 내(川)를 끼고 있는 무풍한송로를 걸으면, 글씨를 새긴 바위들이 소나무 사이로 즐비하다.

부도원浮屠院 입구에 촛대처럼 우뚝 선 바위가 있어서 혹시 강좌옹의 각서인가 살펴보았더니 각자를 지운 흔적이 있었다.

비록 강좌의 암각서는 볼 수 없었으나, 박제상·조영규 등과 양산 충렬사에 배향되어 있으며, 호국열사를 추모하는 공원인 춘추원春秋園에 그의 사적비가 남아 있다.

객지에서 고향 까마귀를 만나도 반가운데, 강좌의 이름이 새

겨진 바위를 통도사에서 보았으니, 한참을 어루만지다 보니, 해
질 녘 인근에서 피리 소리가 들리는 듯 감흥이 일어, 〈통도사 동
구에서 강좌 권장의 이름이 새겨진 것을 보고 감회가 일어〔通
度寺洞口見江左權丈題名有感〕〉詩를 지었다.

清溪一曲抱山迴　　맑은 시내 한 굽이는 산을 감아 흘러가고
松檜陰陰小逕開　　솔 회나무 그늘 속엔 작은 길이 열렸구나.
立馬夕陽無限意　　말 멈춰 선 석양녘에 드는 생각 무한하니
故人遺迹半荒苔　　옛사람의 남은 자취 반은 이끼 덮였구나.

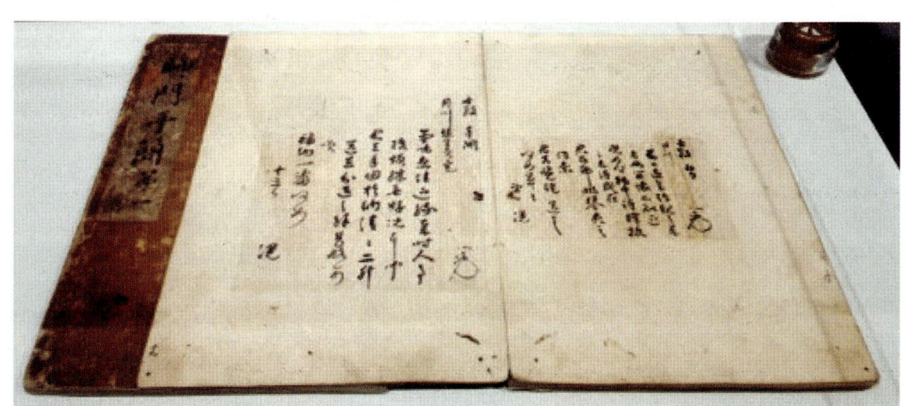

3. 사문수간

師門手簡

자신에게 과연 비판받을 만한 내용이 있어서 남들이 비판하였다면 시론時論이 옳은 것이다. 만일 그렇지 아니하고 상대가 나를 미워하여 그렇게 말하였다면 나에게 손상될 것이 무엇이 있겠는가!

— 김계진에게 답한 글(答金季珍)

월천 조목趙穆은 14세에 李子의 문하에 입문하여 가르침을 받은 이후 평생 동안 가장 가까이에서 스승을 모신 팔고제八高弟의 한 사람이다.

어느 날 선생을 모시고 도담島潭에 배를 띄우고 놀았을 때, 도담의 이름을 '풍월담風月潭'으로 바꾸는 것에 대하여 금난수와 언쟁이 있었다. 이튿날, 스승은 조목에게 편지를 보내, 어제 친구 간에 언쟁한 일을 나무라고, 작은 허물이 있을지라도 서로 너그러이 용서해 주어야 한다고 타이르면서, 정유일이 여비를 마련해 준다고 하니 과거에 응시하라고 권하였다.

도산서당을 지을 때 서울에 있던 선생은 〈도산정사도陶山精舍圖〉를 그려서 이문량과 조목 두 사람에게 각각 편지를 보내, 공사를 담당하던 승려 법련法蓮에게 자세히 설명해 주어, 공사가 차질 없이 진행되도록 도와달라고 부탁하였다.

1565년(명종 20) 12월 26일, 李子는 서울로 올라오라는 명종의 교지를 받고 가던 중 풍기에 머무는 동안, 조목趙穆이 자신의 공릉참봉 임명 소식을 알리면서, 스승의 상경을 '그물에 걸린 새'에 비유하여 비웃자, 스승은 조목이 공릉참봉으로 임명 된 것을 詩로써 희롱하여 〈풍기객관에서 조사경趙上舍士敬에게 답하다〉

有鳥辭林被網羅　어떤 새가 숲을 떠나 그물에 걸렸더니
林中一鳥笑呵呵　숲속의 다른 새가 깔깔대며 웃는구나.

조목이 스승 李子와 주고받은 서간書簡은 100여 통에 가까운 편지와 20題 40首에 가까운 詩가 수록되어 있다.

조목의 《월천집月川集》〈서간편〉에, 왕복往復한 서찰書札은 병화兵火에 다 잃어버려 남아 있는 것이 여기에 그친다고 했다.

조목趙穆은 선생이 서거逝去한 후 스승의 문집 편간, 사원祠院의 건립 및 봉안 등에 힘썼으며, 스승의 간찰, 이른바 스승의 서간문을 수습하고 장첩粧帖한 《사문수간師門手簡》 8책을 항상 궤안에 두고 때때로 깊은 뜻을 완역玩繹하였다.

퇴계선생언행총록退溪先生言行總錄

—《월천집月川集》

선생은 타고난 자질이 총명하고 지혜로우며 정신과 풍채가 깨끗하고 밝았다. 성품이 어려서부터 단정하고 공경하여 장난을 즐겨하지 않았고, 장성해서는 학문을 좋아하여 도의로 수양하였기 때문에 총명하고 정직하고 효제孝悌와 충신을 행하였으며, 정밀하고 순수하고 온화하여 규각圭角을 드러내지 않았다.

기질이 온화하면서도 굳세었고, 말씀이 부드러우면서도 올곧았고, 학문이 넓으면서도 요점이 있었고, 행실이 온전하면서도 돈독하였고, 맑으면서도 격激하지 않았고, 깨끗하면서도 굽히지 않았고, 옛사람을 사모思慕하면서도 막히지 않았고, 세상에 살면서도 시속時俗에 휩쓸리지 않았으니 선생의 사람됨은 거의 아름답고 위대하며 편안히 성취하였다고 할 만하다. 몸이 야위어 마치 옷도 이기지 못할 듯 하였으나 도에 나아가는 의지는 금석金石처럼 견고하였고, 표연히 티끌세상을 벗어나 지조와 수양의 공부가 일상생활에서 나타났다.

작록爵祿의 영광을 마치 깊은 구덩이에 몸이 빠지는 것처럼 두려워하였고, 의리의 진리를 마치 추환芻豢이 입에 즐거운 것처럼 탐하였고, 학문이 이미 성취되었어도 급급하게 하여 마치 미치지 못하는 듯하였고, 덕성이 이미 수양되었어도 겸손하게 하여 마치 얻은 바가 없는 것처럼 하였으니, 옛사람이 이른바 '자질과 품성이 이미 남다르고 확충과 수양에 방도가 있다.[資稟旣異, 而充養有道]'라고 말한 것이 장차 선생을 두고 일컬은 것이 아니겠는가? (…)

주선周旋과 진퇴進退가 온화하고 너그러워 법도에 맞았고, 어묵語默과 동정動靜이 단정하고 태연하여 말에 분노를 보이지 않았고 비복婢僕들에게 꾸짖음을 드러내지 않았다. 음식과 의복에 이르기까지 더욱 절약하고 검소하였는데, 보통 사람은 감내하지 못할 정도였지만 천성인 것처럼 편하게 여겼다.

남을 대하고 일을 처리할 경우 자제들을 가르칠 때에는 자애로우면서도 의리로써 하였고, 집안사람을 거느릴 때에는 엄하면서도 은혜로써 하였고, 어른을 섬길 때에는 자신이 존귀하고 연로하다고 하여 스스로 태만하지 않았고, 제사를 받들 때에는 힘이 없다고 하여 스스로 게을리하지 않았고, 종족宗族을 대할 때에는 반드시 돈독하며 화목하였고, 손님과 벗을 접대할 때에는 한결같이 온화하며 공경하였고, 가깝고 소원한 사람이나 귀하고 미천한 사람이라도 모두 마땅하게 하였고, 길흉과 경조慶弔의 일에 각각 정의情誼에 알맞게 하였다. (…)

예의를 갖춰 학문을 배우려고 하는 선비들이 날이 갈수록 더욱 많아졌고, 번갈아 질문을 하면 각각 그 실력의 깊고 얕음에 따라서 조용히 계도하여 순순히 타이르지 않음이 없었다.

일깨우고 인도함에 부지런히 하여 피곤함을 잊었고, 한결같이 심술心術을 열어 밝히고 그 기질을 변화시키는 것을 우선으로 삼았다. 선생의 말씀은 곧 성현의 가르침이었으나 그 이치는 마음에서 체득한 것이고, 그 쓰임은 세상만사에 적용될 수 있으나 그 본체는 선생의 일신에 갖추어져 있었다. 그래서 종일토록 논하는 바는 공자·맹자·증자·자사와 염락관민濂洛關閩의 책에 불과하였으나 그 출처가 무궁하고 말씀이 더욱 친절하여 궁리치지窮理致知에서 벗어나지 않았고, 몸에 돌이켜 실천하고[反躬實踐] 위기지학爲己之學과 홀로 삼가는[爲己謹獨] 일에 확충한다면, 비록 이를 가지고 나라와 천하를 바로잡는 일이라도 가능할 것이다.

이로 말미암아 먼 지방의 선비들이 소문을 듣고 떨쳐 일어나 수백 리 먼 길을 걸어 발이 부풀어 터져도 선생에게 이르렀고, 심지어 현달한 관리와 귀인들도 모두 마음을 쏟아 사모하여 대부분 학문을 강구하고 몸가짐을 바로잡는 일로 삼았다.

경서經書에서 바로잡고 논의할 곳이 있으면 속학俗學의 고루하고 천착된 것을 참고하고 바로잡아 바른 곳으로 귀일시켰다.

조정에서 불러도 대궐에 오지 않고 벼슬을 주어도 머물지 않았기 때문에 위로 조정의 대신부터 아래로 벼슬하지 않은 선비에 이르기까지 선생께서 고집이 너무 지나치다고 의심하지 않은 것은 아니지만 선생은 확고하게 뜻을 바꾸지 않고서 오직 의리를 따랐다. (…)

선생은 오히려 스스로 생각하기를, "헛된 이름으로 높은 벼슬을 취하고 강호江湖에 살면서 조정의 관원 명부에 이름이 있는 것이 평생에 가장 큰 근심이다."라고 하였다. 그래서 이미 벼슬에 나아가면 물러나기를 빌었고 이미 물러나서는 곧 치사致仕를 청하였는데, 혹은 진정眞情을 아뢰기도 하고 혹은 스스로를 탄핵하면서 어느 해라도 그렇게 하지 않은 적이 없었다.

만년에는 전례에 따라 전문箋文을 올림에 세 번이나 치사를 요청하였는데 윤허를 얻지 못하였고, 병환이 나자 유언하기를,

"비석을 세우지 말고 나라에서 장례를 치러주는 것을 사양한다."

안동대학교 퇴계학연구소 | 권영락 (역) | 2018

퇴계 선생께 답장하다〔答退溪先生 乙卯〕

지난달에 고을 사람이 와서 선생님이 보낸 편지를 전해주어 새해에 기거起居가 만복萬福하심을 알게 되었으며, 멀리서 매우 축하드립니다. 이 가운데 조정의 천거 논의는 보통 사람의 생각보다 만 배나 뛰어나니, 멀리서 생각건대 조정에 꼭 사람이 없는 것도 아니지만 임금과 재상들도 이 세상에 무관심하지 않은 듯합니다. 하늘이 혹여 대유大儒를 한번 시험하여 우리 유도儒道를 시행하려는 조짐입니까? 감히 우리 유도를 위해 경하하고 생민을 위해 축하합니다.

삼가 망령되게도 스스로 헤아려 보건대, 임금과 재상들의 생각이 이와 같다면 선생께서 갑자기 스스로 벼슬에서 물러나는 것을 편안한 계획으로 삼아서는 안 됩니다. 위로는 성덕聖德을 돕고, 아래로는 사습士習을 부양扶養하여 백성들이 작은 은혜를 받을 수 있다면 어찌 다행이 아니겠습니까?

우리 유도에 있어서 더욱 그만두어서는 안 되는 것이지만 선생의 뜻이 어떠한지 모르겠습니다. 다만 사람을 쓰면서도 그의 말을 쓰지 않는 것이 오늘날의 큰 폐단으로써 작록爵祿으로 사람을 얽매는 것에 불과할 뿐이라 매우 괴이하고 한탄스럽습니다. 조정에서 현인을 좋아하고 선인을 취하는 뜻이 절실하지 않은 것은 아니지만 백성들이 작은 은혜도 받음이 없으니 매우 애통합니다.

옛날에 요숭姚崇이 먼저 열 가지 일을 그 임금에게 요약하여 말한 뒤에 등용되었으니, 이것이 어찌 자기의 이름 팔기를 좋아해서 한 것일 뿐이겠습니까? 진실로 도를 시행하지 못하면 구차하게 녹봉을 받아서는 안 됩니다.

삼가 생각건대, 마음속에 권도權度를 이미 평소에 정한 것이 어떠합니까? 삼가 바라건대, 비루하다 여기지 말고 묘하게 온축한 것을 보여주심이 어떠하겠습니까? 초야의 용렬한 제가 이런 말을 하게 되어 매우 황송합니다.

조목趙穆은 지난번에 죽계竹溪에 두 달 동안 머물러 있었으나 달리 조금의 효과도 없어 송구하고 부끄럽습니다. 읽어본 《주역》은 정자程子와 주자朱子의 생각이 각각 달라서 혼미한 가운데 의혹스럽고 잡스러운 근심이 없지 않았기 때문에 우선 《정전程傳》을 취하여 읽어보았습니다. 그러나 다른 경전의 주해註解와 비교할 바는 아니었으나 매우 어렵고 껄끄러운듯하여 문장의 뜻을 이해하기 어려웠고, 시일을 오래 보내었어도 읽은 것이 거의 없어서 또한 고민이 됩니다.

게다가 조목은 어려서부터 자질이 매우 혼미하였고, 다른 사람들보다 쇠약함과 게으름이 극심하였습니다. 다만 거칠고 성글며 경솔하고 천박하며 조급히 행동하며 어리석고 망령되어 날마다 오하汚下로 나아갔습니다. 집안에 있을 때나 일을 처리함에 남들에게 말도 하지 못한 적이 많았습니다. 배움에 있어서는 결단코 가르칠 바가 없음을 알고 있으며, 평소 원하는 바도 이록利祿을 탐하여 쇠락한 가문을 영화롭게 하는 것에 불과하였습니다.

무릇 읽은 것을 점찬點竄하고 외워서 과거科擧에서 강대講對하는 바탕으로 삼고자 하여도 이미 늦어서 미칠 수가 없습니다. 다시 침잠하게 연구하여 의리의 정미精微함을 궁구할 수 없어서 선유先儒들의 실마리를 탐구하는 것을 뜻으로 삼을 따름입니다.

매번 보내온 책을 얻을 때마다 반드시 고인古人이 학문을 한 뜻으로 경계하고, 복희伏羲·문왕文王·주공周公·공자의 마음을 가르침으로 삼아야 했지만 조목이 어떤 사람이기에 부끄럽지 않을 수 있겠습니까? 매우 송구스럽고 땀이 나서 몸 둘 바를 모르겠습니다. 다만 양심이 없지 않아 때때로 양심이 발현되면 매번 고인들이 훈계한 말을 보았고, 선생과 장자의 말을 접하면 매우 감동을 받는 곳이 있었습니다.

바라건대, 이것으로 말미암아 지나치게 심한 것을 차츰차츰 제거하여 나쁜 것을 줄이려고 하였으나 그렇게 하지 못하였으니 장차 어찌합니까? 더욱 황송하고 부끄러워 말도 할 수 없으니 다른 것은 오히려 어찌 말할 수 있겠습니까?

감히 자포자기自暴自棄하여서 이러한 말을 한 것은 아닙니다.

대개 선생님께서 조목의 불초함을 알지 못하고 그릇되게도 평소에 공부하던 사례로 살피신다면 조목은 자기 자신을 숨기는 것이고, 또 대인군자大人君子를 속이는 것이니 죄는 죽어서도 용서를 받지 못할 것입니다. 황송하게도 죽을죄를 지었습니다.

《연평답문延平答問》은 처음에는 대충 보아서 문의文義가 통하지 않은 곳이 매우 많아 진실로 고민되었는데, 다시 한가할 때 짬을 내어 펼쳐보기를 하루에 몇 구절을 보기도 하고, 하루에 한 구절을 보기도 하면서 점점 재미를 느끼게 되었으니 참으로 다행스럽고 다행스럽습니다.

그러나 은미하고 오묘한 곳은 끝내 뜻이 통하지 않았습니다. 그렇지만 또한 선생께서 정밀하게 글로 알려주고 독실하게 힘을 써서 후학을 가르침에 마음을 극진하게 하였습니다. 그래서 모두 즐겨 볼만하고 죽을 때까지 하더라도 싫지 않을 것입니다. 다만 비속하고 혼탁한 기운이 뱃속에 가득하여 스스로 씻어낼 수가 없으니, 고인의 말을 체득하여도 다시 무슨 이로움이 있겠습니까?

〈부록〉도 대략 살펴보았는데, 백사白沙와 양명陽明은 그 말이 모두 정주程朱 문하의 기상과 같지 않고, 양명 같은 경우는 매우 해괴하였는데, 선생께서 힘써 변론하지 않았다면 아마 사람들을 현혹시키고 어지럽게 하였을 것입니다.

그러나 저들은 모두 한 시대의 호걸豪傑로서, 능히 사물의 밖에 초연히 우뚝 서서 귀로 듣고 입으로 외기만 하는 학문에 매몰되지 않았으니, 절로 기특합니다.

의려醫閭가 비록 그의 스승의 고묘高妙함에는 미치지 못했으나 매우 순수하고 충실한 듯하고, 그의 말은 허노재許魯齋와 비슷하여 매우 높이 평가할 만합니다. 선생께서 비점批點한 몇 곳은 선유先儒들의 논의와 같지 않아 의심할 만하지만 이것은 모두 제가 억측으로 생각한 것일 뿐입니다. 그런 것인지 그렇지 않은 것인지 살피지 못하였습니다. 다시 가르쳐 주심이 어떠하겠습니까?

봄에 돌아와서 시골에 머물다 보니 온갖 일들이 군색하여 처리하기 어려운 것이 있습니다. 《연평답문》 중에서 한 구절은 마치 저를 위해 논설한 것 같아서 매우 스스로 감격하여 콩죽을 마시고 게로기[唊薺]를 먹으면서 나날을 보내고 있습니다.

집안의 잡다한 일을 대강 처리한 뒤에 말을 빌려 죽계竹溪로 돌아갈 계획입니다. 다만 외진 곳에 살고 일도 군색하여 걸핏하면 방해를 받아 그때를 기약할 수 없습니다.

봄이 지난 뒤에는 공돈供頓이 반드시 끊어진다고 하니 형편 상 오래 머무를 수 없을 것입니다. 행동거지에 있어서는 마땅히 금난수琴蘭秀와 함께 시골 별서에 우거하며 여름을 보낼 것입니다.

서원書院에 관한 일은 거의 문란한 상황이 되어 도무지 예전과 같지 않아 매우 한탄스럽습니다. 유사有司를 바꾸는 일에 대하여 풍기군의 사람들이 모두 말을 하기 때문에 이미 군수에게 은미하게 이야기하였으나 다만 과연 그렇게 할지의 여부는 모르겠습니다.

서원에 속한 전답은 군수가 본래의 사사전寺社田을 뜻밖에도 성혈사聖穴寺로 쇄환刷還하였는데, 이 소식을 들은 사람들 중에서 탄식하고 한탄하지 않은 이가 없습니다. 이미 방백方伯에서 고하고 군수에게 글을 올려서 임금에게 상주하여 줄 것을 청하였으나 또한 일이 성사될지의 여부는 모르겠습니다.

※ 안동대학교 퇴계학연구소 | 황만기 (역) | 2018

퇴계 선생께 답장하다〔答退溪先生〕

전날 길을 나서려다가 편지를 받고서 바쁘게 답장을 쓰느라 자세하게 쓸 겨를이 없어서 가르쳐 주고 타일러 주신 후의를 크게 저버렸습니다. 황송하고 부끄럽기 그지없어 거듭하여 죽을 죄를 지었습니다. 돌아와서 펼쳐보고 반복하여 읽었는데, 삼가 생각하건대, 서재에 머물면서 홀로 조용히 완미하여 날마다 상달上達에 나아가 뭇사람들이 아직 터득하지 못한 곳을 자득한 것이 매우 많으리니, 아직 얻지 못한 바일뿐만 아니라 또한 들어서 알지 못하는 바일 것입니다.

조목과 같은 경우 매번 태산북두泰山北斗처럼 간절히 앙모仰慕하고 있지만 말씀을 듣지 못하였습니다. 하품下品의 사람인 저도 오히려 이런 생각이 있으니, 이 또한 양심良心이 발현된 것입니까? 매우 부끄럽고 부끄럽습니다.

또한 불초한 조목은 본래 기질이 용렬하고 어리석은 데다 또 징질懲窒의 공부가 부족합니다. 올해 나이가 서른이 넘었는데도 자신의 덕을 새롭게 하지 못한 채 예전의 기량에 머물고 있으니, 군자로 돌아가지 못하고 소인으로 돌아갈 것임이 분명합니다. 근래에 또 생활이 매우 궁핍하여 생계 마련에 분주하느라 겨우 농기구를 잡지 않고 있을 뿐입니다. 석 달의 봄이 다 지나가고 여름도 절반이 지났건만 한 권의 책도 읽지 못한 채 생계에 골몰하여 날짜만 보내고 있습니다. 평생 학업에 뜻을 두었던 것을 알면서도 여전히 생계를 포기하고 있지 않으니, 대인군자大人君子를 기망하고 스스로를 속인 죄가 어찌 감히 감식안을 지닌 사람 앞에서 피할 수 있겠습니까?

조목은 평소에 비록 군자가 될 수 없을지라도 악을 비호하는 소인이 되지 않기를 원하였습니다. 그러나 자못 마음속으로 반성하며 점검하지도 않고 경솔하게 말을 함이 이 지경에 이르렀으니 진실로 슬프고 민망합니다.

지난번 편지에서 진술한 바도 대부분 이와 같습니다. 바라는 바는 선생의 경책警策을 들어 조금이라도 어리석음을 일깨워주기를 오래도록 기대하였습니다. 외람되게도 저를 버리지 않으시고 한번 따끔한 충고를 해주신다면 얼마나 다행스럽겠습니까? 이번 삶에서 혹시라도 악을 없애고 선을 좇는 날이 있겠습니까? 학문의 과정에 대해서는 거듭하여 감히 말씀드리지 못하겠습니다. 다만 습관을 버렸으나 아직 변화하지 못하여서 대단히 부끄럽고 송구합니다.

홍군洪君의 〈유산록遊山錄〉은 진실로 문장이 좋아서 전사傳寫하여 때때로 보려고 하였으나 아직 착수하지 못하였습니다. 지난번 성균관에 있을 때 그의 이름을 들은 적이 있으나 아직 그 사람을 보지 못했는데, 지금은 죽고 없으니 참으로 애석합니다. 지금 한양에 이와 같은 사람이 몇 명이나 되겠습니까?

삼가 생각하건대, 지난날 도성에 머물 때 그의 문하에서 폐백을 들고 뵙기를 청한 것이 여러 번이었습니다.

《주역석의周易釋疑》 또한 전사傳寫하고 싶은데, 어찌해야 합니까? 《역학계몽易學啓蒙》은 백운동서원白雲洞書院에 있어서 가져다가 보내드릴 계획입니다. 조만간 말을 타고 찾아뵙고 가르침을 받고자 합니다. 청컨대 가르치기 어렵다고 하여 버리지 마십시오.

※ 안동대학교 퇴계학연구소 | 황만기 (역) | 2018

퇴계 선생께 올리다〔上退溪先生 乙卯〕

삼가 여쭙건대, 근래의 동정動靜은 어떠하십니까? 세속의 자질구레한 일에 구속되어 오랫동안 선생님을 뵙지 못해 비린鄙吝이 백출百出하여 민망함을 이루 다 말할 수 없습니다.

전에 말씀하신 《역학계몽易學啓蒙》은 가져온 지 며칠이 지났으나 지금까지 여기에 그대로 있으니, 또한 조목趙穆의 불민함 때문인지라 죄송하고 한스럽습니다.

오늘에야 비로소 《역전易傳》과 함께 보내니 삼가 살펴 받으시길 바랍니다. 근래 변방의 일이 매우 참담하고 해괴하여 나라의 걱정과 백성들의 근심을 알겠습니다.

편지에서 경계한 바가 곡진하고 밝게 깨우쳐서 지극하고 심원합니다. 다만 편지 가운데 '실재로 포기의 영역으로 들어가지 않았다.'와 '지나치게 스스로를 폄하하고 있다.'라는 등의 경계하는 말을 생각해보면 매우 말을 돌려 직설적으로 말하지 않은 듯하니, 어찌 선생님께서 숨기고 바로 말하지 않으셨습니까?

삼가 헤아려 보건대, 선생님의 의도는 반드시 제가 천천히 살펴 스스로 반성하고 생각하여 터득한 뒤에 다시 경계하려 하신 것이라고 생각합니다. 혹은 생각하건대, 전날 진술한 바가 비록 스스로 반성하여 감히 그 나쁜 것을 숨기지 않았더라도 마음과 말이 서로 조응되지 못하고 모름지기 성의誠意가 감동을 주고 감응하는 곳이 없기 때문에 이와 같이 말씀하셨다면 이른바 '나는 우선 직설적으로 말하겠다.'는 것을 들을 수 없다고 생각합니다. 이것을 생각하면 황송하고 부끄럽습니다.

호연지기浩然之氣를 기르는 것은 다만 공부를 쌓아가는 중에 찾아오므로, 반드시 물욕이 사라지고 의리가 밝게 드러나기를 기다린 뒤에야 하늘을 우러러 부끄러움이 없고 사람을 굽어보아 부끄러움이 없어야 자연히 마음이 넓어지고 몸이 살지게 됩니다. 그러나 나의 기가 지극히 강하고 지극히 커서 호연히 주림이 없어 천지 사이에 꽉 찼기에 점차적으로 말씀드릴 수 있습니다. 무지한 하학下學의 사람으로 진퇴進退를 결정하지 못하고 선악善惡을 분간하지 못하면서 호연지기를 경솔하고 쉽게 구하려고 하는 자가 아닌지, 또한 작용作用의 물사物事를 억지로 찾으려 함이 아닌지 두렵습니다.

지금 편지에서 '이것뿐이다'라고 운운하셨는데, 반드시 그 속에 은미한 뜻이 별도로 있을 것이지만 제가 매우 어리석어 이해하지 못하니 다시 한번 말해주어 몽매함을 일깨워 주십시오. 조목은 감히 스스로 사리에 어둡지 않고, 다만 지극히 어리석고 아둔할 뿐입니다. 삼가 가엾게 여겨주시기를 바랍니다.

※ 안동대학교 퇴계학연구소 | 황만기 (역) | 2018

퇴계 선생께 올리다〔上退溪先生 辛酉〕

날씨가 더위지고 있으니 삼가 덕리德履가 평안하고 만복이 깃드시길 바랍니다. 즉시 찾아뵈려고 했으나 느린 말도 아직 구하지 못하여 가지 못하고 있으니 한스럽습니다. 소자는 예전 그대로의 기량으로 긴긴날을 보내고 있을 뿐입니다.

지난번 면전에서 말씀해 주신 〈도산에 있으면서 부용산을 바라보다[在陶山望芙蓉]〉라는 절구絶句의 제2구를 잊어버렸는데, 아무리 생각해도 떠오르지 않으니 참으로 한스럽습니다.

삼가 바라건대, 다른 작품도 함께 기록하여 보내주시는 것이 어떠하겠습니까?

대臺의 이름은 당시에 아직 호칭이 없었기 때문에 '청원淸遠'이라 부르려고 하였는데, 대개 염계濂溪의 〈애련설愛蓮說〉 가운데 '향기는 멀수록 더욱 맑다[香遠益淸]'는 말에서 취하였습니다. 아마 부용芙蓉의 뜻에 맞고 그곳의 땅도 청원淸遠하다고 할 만하니, 아름다운 이름을 저버리지 않을 듯합니다.

청원대 아래로 물가에 있는 깎아지른 절벽은 더욱 맑고 깨끗합니다. 훗날 작은 누대를 짓는다면 광제대光霽臺라 부르려고 하니, 그 아래에 풍월담風月潭이 있기 때문입니다. 뜻이 어떠할지는 모르겠습니다. 그 나머지 명명해야 할 것이 한두 가지가 아니나 오직 이것이 가장 관심이 가는 곳입니다.

다만 옛사람들이 아름답고 좋게 여긴 언어를 몰래 취하여 아름답고 빼어난 산수에 부여하였으나 몸소 한 일이 없으니 참으로 부끄럽습니다.

벗을 떠나 홀로 살아가며 스스로 폐인이 된 지 이미 오래되었습니다. 그동안 마음을 흔드는 일이 없었던 것은 아니지만 정신과 마음이 날로 거칠어지니 진실로 슬프고 고민됩니다. 고인古人이 '나이 마흔이 되려고 하나 끝내 미움을 받았다.'라고 말한 바와 같습니다.

지난번에 금응협琴應夾 군과 오천烏川에서 만났는데, 금군琴君은 '진의중陳宜中이 국정을 맡고 있었으므로 문산文山이 벼슬에 나간 것은 합당하지 않다.'라고 하였습니다. 조목은 그렇지 않은 이유를 들어 답하였으나 뜻이 명쾌하지 않아 그가 또한 수긍하지 않았으니, 이러한 생각 중에서 어느 것이 합당한지 모르겠습니다.

삼가 생각하건대, 협지夾之의 논리는 말이 항상 같아야 하고 말이 변해서는 안 된다는 것입니다. 그러나 이때에 문산文山의 재주는 천하의 일을 담당하여 세상을 부축하고 천지를 정돈하는 것이 그의 평소의 뜻이었습니다. 그런데 성공成功의 여부는 고인이 '하늘이 하는 것이지 사람이 할 수 있는 것이 아니다.'라고 말하였으니, 어찌 구학丘壑에 물러나 머물면서 일신一身의 독선獨善을 계획해서야 되겠습니까?

이러한 때에 이런 사람이 없었다면 얻지 못하였을 것이고, 이런 사람이 있었더라도 나아가지 않았다면 얻지 못하였을 것입니다. 또한 사수진퇴辭受進退의 사이에 명쾌하게 결정하고 견고하게 확정하였으니 진실로 광명준위光明俊偉하고 뇌락간절磊落懇切한 사람이고, 털끝만큼도 어름어름하거나 애매모호한 생각이 없었으니 아마도 후생이 의론할 바가 아닌 듯합니다. 만약 그가 벼슬에 나아가서 조금이라도 권력자가 간섭을 하였다면 진실로 그만두었을 것이지만 어떤지는 모르겠습니다.

옛날에 무후武侯는 은거하며 벼슬을 구하지 않은 채 자중하며 때를 기다렸고, 문산文山은 과거에 응시하여 벼슬을 얻어 세상 구제를 가장 시급한 일로 여겼지만 또한 각자 때에 맞게 행동한 것일 뿐입니다. 한漢나라는 이미 인심이 흩어져서 도적이 내부에서 발생하여 그 형세를 어찌할 수 없었지만, 송宋나라는 인심이 아직 이반되지 않아 도적이 밖에서 이르렀으므로 그 형세를 어떻게 할 수 있었을 것입니다. 망령된 생각이 이와 같은데, 또한 어떠합니까?

※ 안동대학교 퇴계학연구소 | 황만기 (역) | 2018

〈퇴계 선생이 왕림해준 것에 감사하며〉

寂寞由來好客稀	적막한 곳이라서 찾는 손님 적었는데
茅廬是日便生輝	오늘은 초가에 광채가 나네요.
箇中更願留餘唾	다시금 바라노니 시편을 남겨주어
添得山門一段奇	산속 집에 하나의 기이함을 더해주소서.

〈차운시를 부기하다 퇴계 선생〉

知音何恨世間稀	어찌 세상에 지음이 적다고 한탄하랴
玉蘊山中草木輝	산속에 옥이 묻혀 초목도 빛이 나네.
若使吾儕虛送老	만약에 우리들이 헛되이 늙어가도
恐孤山水巧呈奇	고산의 산수는 기이함을 드러내리.

퇴계 선생께 올리다〔上退溪先生 壬戌〕

전에 가르쳐 준 극기복례克己復禮의 설에서 주자朱子가 말한 "[예禮 자字는] 반드시 이理 자로 뜻을 풀이한다[必訓作理]"라는 한 구절은 매우 혼몽하여 끝내 이해할 수 없었기에 이에 감히 다시 여쭙습니다.

《심경부주》를 살펴보니, 필必 자가 우又 자로 되어 있고, 본문을 살펴보니 '필必' 자로 되어 있는데, 어떤 글자가 나은지 모르겠지만 그 어세語勢를 자세히 살펴보니 모두 앞의 구와 연결하여 읽어야 할 듯합니다. 대개 이미 의미가 마음에 들지 않아서 "또다시 이理 자로 뜻을 풀이하여[又訓作理]" 보았고, 그래도 이미 의미가 마음에 들지 않아서 "반드시 이理 자로 뜻을 풀이하여[必訓作理]" 보았으나 모두 부득이하여 억지로 통하려고 하였던 말입니다.

이른바 '그런 뒤에야 그만두었다[然後已]'라는 말은 옛날에 마음에 들지 않았던 때에 의거하여 반드시 이와 같이 한 뒤에 그만둔 것이니, 또한 부득이해서 억지로 그만두었을 뿐이지 지금 이미 통한 뒤에 결정한 말은 아닙니다. 그렇지 않다면 그 아래의 '지금 곧 알겠다[今乃知]'라고 말한 것은 문세文勢상 또한 도치倒置일 것입니다.

주자의 이 설은 오로지 용모와 사기辭氣로 공력을 더하였기 때문에 이理 자로 꼭 뜻을 풀이할 필요가 없으며 예禮 자에 근거해도 저절로 좋습니다. 만약 한번 보고 한번 듣고 한번 말하고 한번 행동함에 고요할 때나 가만히 있을 때나 앉아있을 때나 서있을 때에 이르러서도 예로 하지 않음이 없다면 자연히 마음이 올바름을 보존하여 사사로이 극기克己할 수 있게 될 것입니다. 이것이 바로 정미하고 치밀한 뜻을 종전에 깨닫지 못하다가 이와 같이 '지금 곧 알겠다'고 한 것입니다.

게다가 주자朱子는 또한 "예禮라 부르고 理를 말하지 않은 것은 착실한 곳이 있기 때문이다. 다만 理를 말한다면 예를 없애는 것이니, 이 예禮는 천리天理의 절문節文이고 사람이 준칙準則으로 삼아야 할 것이다."라고 운운云云하였습니다.

이 한 단락의 설은 《논어집주》와 《주자대전》 가운데 실려 있으니, 스스로 증명할 수 있습니다. 지금 다시 공허하여 형체가 없는 이理 자를 취하고, 착실하게 근거가 있는 예禮 자를 없애어 배우는 사람들의 의혹을 풀려고 한다면 의미가 없을 듯합니다.

생각하건대, 지금 《논어집주》에서 이른바 '천리의 절문'을 단지 이理 자로만 뜻을 풀이하여 말한 것은 아닙니다. 단지 理 자로만 뜻을 풀이한다면 공리空理를 말하고 실사實事를 내버리게 됩니다. 반드시 '천리의 절문'을 겸하여 말한 뒤에야 실사實事를 말하되 理에 근본 하게 되니, 또한 이른바 정미精微하고 치밀緻密한 뜻입니다. 진실로 예전에 단지 理 자로만 뜻을 풀이한 것을 오늘 절문節文의 뜻을 함께 거론한 것으로 여겨서는 안 되고, 또한 오늘 절문의 뜻을 전일에 단지 理 자로만 뜻을 풀이한 말로 여겨서는 안 됩니다. 다만 아마도 이와 같은 말들은 문자를 조금이라도 이해하는 사람이라면 한번 보고 바로 간파할 수 있는 것인데, 어찌 고명高明하게 독창적인 견해가 있고 정밀한 뜻이 신의 경지에 들어가서 도리어 그렇다고 생각하지 않겠습니까?

조목은 평소에 본래 적은 시간도 공부하지 않아 아득히 하나도 얻은 것이 없으면서도 스스로 학습하여 깨우치기를 기다리지 않고, 곧장 틀린 견해로 자주 선생님께 여쭈었으니 진실로 조급하고 편벽된 죄를 면치 못할 것입니다. 그러나 마음으로 분발하고 고민함이 있으면 하나라도 계발하지 않으면 안 됩니다. 가르쳐 주시기 바랍니다.

※ 안동대학교 퇴계학연구소 | 황만기 (역) | 2018

또 조사경에게 답하였다〔又答趙士敬〕

뜻(志)이 독실하지 아니한 것이 선비의 걱정이다. 뜻이 독실하지 못하기 때문에 자신을 수립함이 견고하고 확실하지 못할 따름이다. 방법을 잘 선택하고 뜻을 굳게 세운다면 모든 사람들이 비웃어도 걱정하지 아니한다. 하물며 열 사람 가운데서 아홉 사람쯤이 웃는대야, 그러므로 남이 비웃는 것을 걱정해서 더욱 힘쓰는 것이 좋지만, 남이 비난하고 헐뜯는다고 하여 그만둔다면 선비가 되기에 부족할 것이다.

조목이 심경부주를 교정하며 잘못된 글자는 바로 오려내어서 바로잡고, 주를 달지 않으면 안 된다고 생각하는 경우에는 각주를 첨가하고 보충하였다.

선생이 꾸짖기를, "선유先儒가 만든 책에 대하여 어떻게 자기 마음대로 이처럼 버리고 취할 수 있단 말인가? 금은거金銀車에 대한 책망을 잊었는가?"

어떤 사람이 편지의 글자가 마멸되어서 '해亥' 자를 '시豕'로 읽고 '노魯' 자를 '어魚'로 읽었다. 한퇴지의 아들 창昶이 집현전 교리가 되어 '금근거金根車'를 잘못 알고 '금은거金銀車'라고 고쳤다. '금근거金根車'는 바로 천자가 직접 농사지으러 갈 때 타는 수레이다.

조사경에게 답하였다〔答趙士敬〕

범范씨 심잠에 대하여 주자는 항상 칭찬하였으나, 여동래는 도리어 경시하였다. 후학들은 동래가 경시한 사실의 옳고 그름이 어떠하며, 주자가 칭찬한 뜻은 어디에 있는지 알아야 한다. 이는 나 자신이 반성하고 발명하여 학문의 능력을 얻은 곳이다. 심경을 보고 얻는 것이 있으면 저절로 공부를 그만두지 못하게 된다.

또 말씀하셨다. "나는 둔하고 바루하여 도를 이해하지 못했다. 다행히 심경과 심경의 주註를 읽고서 공부하는 방법을 대강 알게 된 듯하였다. 몇 년 동안 능력껏 노력한 것이 대부분 여기에 있다. 그 경문만 묵묵히 생각하는 가운데 읽었음에도 평생 동안 노력하여도 알 수 없고 다 실천할 수 없다는 생각이 든다. 하물며 부주附註는 염濂·락洛·관關·민閩(성리학의 적통嫡統, 송학宋學의 주창자들이 거주하던 곳)의 깊고 훌륭한 사상이어서, 읽다가 보면 망양향약望洋向若의 탄식을 금할 수 없다."

요즈음 주자의 편지를 읽고서, 선생께서 사람을 위하는 뜻이 이렇게 깊고 절실하구나 하고 더욱 느끼게 되면서 나이가 많아 통렬하게 공부할 수 없음을 한탄한다. 일상생활을 하며 있는 듯 없는 듯해서 금방 잡았다 금방 놓았다 한다면 죽어서 선생을 대할 면목이 없을 것이다. 죽기 전에 감히 힘쓰지 않을 수 없다.

놓친 마음(放心)을 찾으면, 마음은 맡은 일을 다할 수 있게 된다. 마음이 항상 제자리에 있게 되면 마음은 가꾸어질 것이다.

"《대학》에서 '성의誠意'의 공효를 말하고 있다. 마음이 넓어지고 몸이 편안하게 된다. 심광체心廣體胖는 경지에 도달하면, 마음을 놓침이 없게 될 수 있을 듯하다. 그러나 '정심正心'을 설명한 장에서도 4부정不正과 3부재不在를 말하고 있다. 이것도 모두 '방심放心'의 병폐이니, 놓친 마음을 찾아 자신을 바르게 하지 않을 수 있겠는가? 의성意誠·심정心正을 이미 말하였다면 방벽放辟의 근심이 이제는 없을 듯도 하다. 그러나 수신제가를 말할 때에도 5벽辟과 2가지 막지莫知를 경계하고 있다. 이것을 통해서 '구방심求放心'을 가볍게 말할 수 없음을 알 수 있다."

일상생활에서 말과 행동이 마땅함을 얻으면 호연지기浩然之氣를 해치지 않게 된다. 마음에 흡족하지 않음이 있게 되면 천지와 비슷하지 않게 되어 곧 호연지기를 기르는 데 해가 있게 된다. 맹자처럼 마음이 동요되지 않는(不動心) 지위에까지 도달한 사람도 처음에는 반드시 이러한 곳에서부터 공부를 시작했다.

　나는 어려서 함부로 학문에 뜻을 둔 일이 있었으나 그 방법을 알지 못하여 한갓 너무 지나치게 애만 쓰다가 몸이 쇠약해지는 병만 얻었다. 그 뒤로 불행하게도 선한 데로 인도해 주는 사람은 없고 친구 중에서 고식적으로 사람을 사랑하는 자가 잘못되도록 종용하여 드디어 줄곧 잘못된 학문을 하다가 또 뜻하지 않게 실수로 벼슬길에 발을 들여놓았다.

　강사江山과 풍월風月은 천지 사이에 있는 공적인 것이다. 보고도 감상할 줄 모르는 자가 많다. 때로는 경치 좋은 곳을 차지하여 자기의 사유물로 아는 자가 있는데 매우 어리석은 것이다.

　문원이 노래잔치를 크게 베푼다고 하니, 문원의 경제적 능력으로 볼 때 잔치가 끝난 뒤에 더욱 곤란하게 되지나 않을지 모르겠구나! 정말 그렇게 된다 하더라도 부모를 위한 일이니, 어찌 그만두도록 권할 수 있겠는가? 그렇다고 말리지 않아 하루아침에 동네 사람들의 한탄의 대상이 되면, 뒷날 부모님께 끼칠 근심을 갚을 수 없게 될 것이다.

　더군다나 예로부터 "효자와 어진 사람이 부모를 즐겁게 함이 밖으로부터 오는 영화에 달린 것은 아니다."라고 말하였다.

　나는 후배들이 조그마한 명성만 얻어도 지나치게 좋아하여 평생의 큰 사건을 만들려고 열중하는 것을 보니 소견이 넓지 못한 것이 걱정스럽다.

〈벽불소闢佛疏〉 초고는 역사적인 고증도 있어서 감계鑑戒로 삼을 만한 내용이 매우 절실하고 분명하게 잘 드러나 있다. 요즈음 온 조정이 힘을 다해 간쟁하고 충언忠言과 직론直論을 적지 않게 하였으나, 이러한 예例만은 없었다. 한번 임금께 올리면 만에 하나 희망이 없는 것도 아니요, 또한 초야에 사는 사람으로서 충성하고자 하는 지극한 뜻이기도 하다. 그러나 그대가 처한 입장에서의 의리로 말한다면, 때에 맞게 말하고 침묵하는 의宜에 맞지 않을듯하니 경솔하다는 오해가 없지 않을 것이다. 우선 말할 만한 처지를 기다렸다가 말해야 모든 점에서 좋을 것이다.

월천의 《연보》에서, "보우普雨가 권세를 장악할 당시에 월천공이 〈벽불소闢佛疏〉를 지어 선생께 의견을 물었다. 선생의 답서가 이러이러하였다. 그러므로 결국 올리지 않았다."

언젠가 《소학》을 보니, "다른 사람에게 보낸 편지를 뜯어보거나 묵혀두어서는 안 된다."고 하여 이 말을 항상 기억하고 있엇다.

책의 제목을 쓰고 난 다음 책의 차례를 펼쳐보다가 책의 5권 첫머리에 이 두 장의 편지가 있는 것을 우연히 보았다. 펴 보려고 생각하니 남에게 보낸 편지와 다름이 없다고 생각되어 펴보지 않았다. 그냥 책 사이에 끼워서 돌려보내려고 생각하니, 그대가 내가 펼쳐본 것으로 의심할듯하여 마음이 편하지 않으므로 이처럼 봉투에 넣어 돌려보내고 아울러 그 이유도 밝힌다.

또 말씀하셨다. "끼워둔 편지에 관한 일은 편지 안에 다른 사람에게 말할 수 없는 일이 있다고 해서 그렇게 하는 것만 아니다. 옛날 사람들은 남의 편지를 뜯어보지 아니하고 남의 사적인 편지를 엿보지 않았으니, 도리상 이렇게 해야만 할 뿐이다."

문산文山이 동송신董宋臣을 죽일 것을 요구하였으나, 허락하지 않자 벼슬을 그만두고 떠나 종신토록 그렇게 지낼 듯이 하였다. 그가 다시 나오게 된 것은 이른바 "머리를 풀어헤친 채 갓끈을 매고" 달려가야 하는 급한 일이니, 어찌 진의중陳宜中을 헤아릴 여유가 있었겠는가? 이제는 작은 절개를 가리키면서 큰 절개를 논의하려고 하니 개미가 나무를 흔들려 한다는 기롱을 면하지 못할까 걱정이다.

왕노재의 학술은 본래 문제점이 많다. 그가 그린 〈인심도심도〉는 진실로 의심할 만한 곳이 있다. 그의 서설序說도 매우 분명하지 못하다. 또 조사경에게 답하셨다.

"우좨주의 기풍과 절개〔禹祭酒風節〕는 우리나라 고금에 있어서 어찌 흔히 얻을 수 있는 것이겠는가! 학교를 세워 현인을 제사 지내는 일이 이미 세상에서 시작되었는데 우리 마을에만 없다는 것은 우리들의 수치이다."

서울에서 이이李珥가 방문하였다. 비에 갇혀 삼일 동안 머물다가 떠났다. 그 사람은 밝고 시원하며 기억하고 본 것이 많으며 유학에 상당히 뜻을 두었다. "후생이 두렵다."고 하더니, 공자께서 참으로 나를 속이지 않았도다.

그가 훌륭한 시문을 숭상한다고 들었으므로 억제하려고 시를 짓게 하지 않았다. 떠나는 날 아침에 눈이 내려 시를 짓게 하였더니 말(馬)에 의지한 채 몇 수를 지었다. 시는 사람만은 못하였으나 볼 만하였다.

조목趙穆에게 편지 〈與趙士敬(穆)〉 / 〈丁巳正月〉十二日書(是日見於溪堂)〉를 보내, 먼저 소수서원에 유생儒生들이 모인다니 기쁘다고 한 다음, 지난해 병진丙辰년 12월 1일에 소수서원 운영상의 문제에 대한 자신의 소견을 밝혀 당시 영천 군수 안상安瑺에게 보내려고 했던 편지「擬與榮川郡守論紹修書院事(丙辰0郡守安瑺卽文成公之後)」를 다른 사람에게 보이지 말도록 당부하였다. 이날 조목趙穆이 계상서당溪上書堂에 찾아왔다.

심방백 통원에게 올리다〔上沈方伯 通源(己酉)〕

풍기 군수 이황李滉은 삼가 목욕재계하고 백 번 절하며 관찰사 상공합하相公閣下께 글을 올립니다. 나는 몸에 병이 있고 미련하여 맡은바 직무도 제대로 다하지 못하오나 그럼에도 어리석은 정성이 있어 감히 보잘것없는 소견을 올립니다. 엎드려 생각건대, 이 고을에 백운동서원白雲洞書院이 있는데, 전 군수 주세붕周世鵬이 창건하였습니다.

죽계竹溪의 물이 소백산 아래에서 발원하여 옛날 순흥부 가운데로 지나니, 실로 사문斯文의 선정先正 문성공文成公 안유安裕가 옛날에 살던 곳으로 마을은 그윽하고 깊으며 구름에 덮인 골짜기가 아늑합니다. 주후周侯는 고을을 다스리는 데 있어 특히 학문을 일으키고 인재를 육성하는 것을 급선무로 삼아 향교鄕校에 정성을 쏟았습니다.

그러고는 또 죽계가 선현先賢의 유적이 있는 곳이므로 그곳에다 터를 잡고 서원을 지으니 모두 30여 칸인데, 사묘祠廟를 두어서 문성공을 봉향奉享하고 문정공文貞公 안축安軸과 문경공文敬公 안보安輔를 배향配享하였습니다. 당재堂齋와 정우亭宇를 그 곁에 건립하여 유생들이 노닐고 강독하는 장소로 삼았으며, 땅을 파다가 묻혀있던 동銅 몇 근을 얻어 경사자집經史子集 수백

권을 사서 소장해 두었습니다.

식미息米를 지급하고 섬학전瞻學田을 두어 고을의 여러 생원
生員들로 하여금 그 일을 주관하게 하고, 선비 김중문金仲文에게
그 사무를 관장하도록 하여 학도를 불러 모으니 사방에서 모여
들었는데 권장하고 교도함에 여념이 없었습니다.

얼마 있다가 주후가 군을 떠나자 문성공의 후예인 지금의 판
서공判書公 안현安玹이 마침 도道에 관찰사로 부임하여 묘당에
배알하고 선비들을 예우하며 더욱 발전시키고, 진흥하는 방안
에 대한 생각을 극진히 하여 노비를 충원하고 어염魚鹽을 제공
하는 등 조처하지 아니함이 없어 길이 힘입도록 하였습니다. 이
후로 감사로 오는 이마다 모두 여기에 뜻을 두어 장려하고 감히
소홀히 하지 못하였습니다.

무릇 서원이란 명칭은 옛날에는 없었습니다. 일찍이 남당南
唐 시대에 이발李渤의 은거지인 여산廬山의 백록동白鹿洞에 학궁
學宮을 창립하고, 스승과 생도를 두어 가르치며 이를 일러 국상
國庠이라 하였으니, 이것이 서원의 유래입니다. 송나라도 이것
을 그대로 따랐으나 중엽까지도 성행하지 않아 전국에 다만 네
곳의 서원이 있었을 뿐입니다. 송나라가 남하한 이후에는 비록
치열한 전쟁으로 어수선한 나날이었는데도 민월閩越·절강浙
江·호북湖北·상남湘南 지역에 사문이 성하게 일어나 선비들의

학문이 날로 번성하여 서로 사모하고 본받아 곳곳에 중설되었습니다.

오랑캐인 원元나라가 중국을 점령하였을 때에도 먼저 태극서원太極書院을 건립하여 천하를 창도할 줄 알았습니다. 대명大明이 천명을 받음에 이르러 문화가 크게 천명되어 학교의 행정이 더욱 닦이고 고조되었으니, 이제 《대명일통지大明一統志》에 기재된 바를 참고하면, 천하에 서원이 모두 3백여 군데나 되며 거기에 기재되지 않은 곳도 많을 것입니다.

무릇 왕궁과 수도로부터 지방의 고을에 이르기까지 서원이 없는 곳이 없었으니 서원에서 취할 이점이 무엇이기에 중국에서 저토록 숭상한단 말입니까? 은거하여 뜻을 구하는 선비와 도학을 강명하고 학업을 익히는 사람들이 흔히 세상에서 시끄럽게 다투는 것을 싫어하여 서책을 싸 짊어지고 넓고 한적한 들판이나 고요한 물가로 도피하여 선왕의 도를 노래하고, 조용히 천하의 의리를 두루 살펴서 덕을 쌓고 인仁을 익혀 이것으로 낙을 삼을 생각으로 기꺼이 서원에 나아가는 것입니다.

저 국학이나 향교가 사람이 많이 모이는 성곽 안에 있어서 한편으로 학령學令에 구애되고 한편으로 과거科擧 등의 일에 유혹되어 생각이 바뀌고 정신을 빼앗기는 것과 비교할 때 그 공효를 어찌 동일선상에 놓고 말할 수 있겠습니까. 이런 관점에서 말하자면 선비의 학문이 서원에서 역량을 얻게 될 뿐만 아니라 나라에서 인재를 얻는데도 틀림없이 서원이 국학이나 향교보다 나을 것입니다.

옛날 밝은 군주는 이런 것을 알았습니다. 그래서 송나라 태종은 백록동서원에 대하여 강주지사江州知事 주술周述의 건의에 따라 구경九經을 역마 편에 보내고, 또 그 동주洞主 명기明起를 발탁하여 썼으며, 그 후 직사관直史館으로 있던 손면孫冕이 병으로 조정을 사직하고 백록동으로 돌아가기를 원하자 그 청을 들어주었습니다.

이종理宗은 유학을 존숭하여 고정서원考亭書院 같은 데에 모두 칙령으로 편액扁額을 내리어 영광되게 하였습니다. 이것은 곧 중국 사풍士風의 아름다움이 비단 선비들 스스로 아름답게 한 것일 뿐 아니라 위에서 배양해 준 데서도 말미암은 것입니다.

우리 동국의 교도하는 방법은 한결같이 중국의 제도를 따라서 중앙에는 성균관成均館과 사학四學이 있고 지방에는 향교가 있으니 아름답다 하겠으나, 유독 서원을 설치하였다는 말만은 아직 들은 적이 없으니, 이는 곧 우리 동방의 큰 결점입니다. 주후가 비로소 서원을 창건하자 세속에서 자못 의심하고 괴이하게 여겼으나, 주후의 뜻은 더욱 독실하여 사람들의 비웃음을 무릅쓰고 비방을 물리치면서 이 전례에 없던 장한 일을 단행하였으니, 아, 하늘이 아마도 이로 말미암아 우리 동방에 서원의 교육을 일으켜 중국과 같아지도록 하려는 것인가 봅니다.

가르침이란 반드시 위에서 시작하여 아래로 도달하게 되어야 그 가르침이 뿌리가 있어서 멀리 오래갈 수가 있습니다. 그렇지 않으면 근원이 없는 물처럼 아침에 가득했다가도 저녁이면 다 빠질 것이니, 어찌 오래갈 수 있겠습니까. 위에서 인도하는 바는 아래에서 반드시 따를 것이고, 임금이 숭상하는 바는 한 나라가 사모하는 법입니다.

이제 주후가 창건한 것이 비록 진실로 뛰어나고 위대하며 안공安公의 이룩해 놓은 바가 또한 매우 완벽하고 빈틈이 없다 하더라도, 이것은 다만 한 군수나 한 방백方伯이 한 일일 뿐입니다. 일이 임금의 명령을 거치지 않고 이름이 국사國史에 실리지 않았으니, 세상의 여론을 불러일으키고 사람들이 의구심을 진정시키며 온 나라의 본보기가 되어 영구히 전해지지 못할까 염려됩니다.

나는 이 고을에 부임한 이래로 서원의 일에 마음을 다하고자 하지 않은 적이 없지만 미련하고 졸렬하며 무능하고 게다가 파리해지는 병까지 들어 조금도 분발하고 격려하여서 많은 선비들을 권면하지 못하고 있습니다.

이에 사기가 날로 점점 쇠퇴하고 생도들이 점점 게으르고 산만한 지경에 이르니, 옛 현인이 미풍美風을 남긴 땅과 우리 동방 사람이 창시하여 드러낸 미덕이 드디어 쇠퇴하고 추락하는 데 이를까 크게 두려워, 망령되이 조정에 아뢰어 만에 하나라도 재가해 주시는 은전恩典을 받고자 하였습니다. 그러나 거리는 멀고 말은 경미하여 감히 두려워 발언하지 못하였습니다. 엎드려 생각건대, 합하께서는 관찰사의 직임을 맡아 교화를 높이는 데 힘쓰시니 무릇 한 지역의 이해에 관계된 것도 진달해야 할 텐데 하물며 이 성세聖世의 광대한 계획과 관계되는 것이겠습니까.

혹 합하께서 꼴 베는 사람에게라도 자문하는 것을 그르게 여기지 않고, 곧 그 말을 취하여 고치고 다듬어서 임금께 아뢰주신다면, 곧 송조宋朝의 고사에 의거하여 서적을 내려주시고 편액을 내려주시며 겸하여 토지와 노비를 지급하여 재력을 넉넉하게 하시고, 또 감사와 군수로 하여금 다만 그 진흥하고 배양하는 방법과 공급해 주는 물품만 감독하게 하고 가혹한 법령과 번거로운 조목으로 구속하지 못하게 해주실 것을 청하고자 합니다.

그리고 군수가 되어서 용렬하고 우둔하며 병들어 쇠약함이 나와 같은 사람은 합하께서 속히 그 직책을 못다 한 죄를 들어서 분명하게 폄직하거나 축출하시고, 조정에 청하여 다른 유신儒臣 중에서 덕망과 경술經術, 절행과 풍모가 사림士林의 모범이 될 만한 사람을 선택하여 군수를 삼아서 그 책임을 지우도록 하십시오. 이와 같이 하면 서원은 비단 한 읍邑이나 한 도道의 학교에 그치지 않고 한 나라의 학교가 될 것입니다.

이렇게 하면 가르침이 임금에게서 근원하여 선비들이 와서 유학하기를 즐거워하여 영구히 후세에 전하여 무너지지 않을 것입니다. 이렇게 하면 사방에서 기뻐하고 사모하여 다투어 본받아 진실로 선정先正의 자취가 남고 향기가 뿌려져 있는 곳, 예를 들어, 최충崔冲·우탁禹倬·정몽주鄭夢周·길재吉再·김종직金宗直·김굉필金宏弼 등이 살던 곳에 모두 서원을 건립하되 혹은 조정의 명에 의하고 혹 사사로이 건립하여서 책을 읽고 학문을 닦는 곳이 되어 성조聖朝의 학문을 존중하는 교화와 태평한 세상의 교육의 융성을 빛내고 드높일 것입니다.

이와 같이 하면 장차 우리 동방 문교文敎가 크게 밝아져 추로鄒魯나 민월閩越과 더불어 훌륭함을 나란히 일컫게 될 것입니다. 내가 보건대, 지금 국학은 원래 현명한 선비가 관여하고 있지만, 저 군郡·현縣의 학교는 한갓 허울만 남았고 가르침이 크게 무너져, 선비들이 도리어 향교에서 지내는 것을 수치로 여겨 시들고 피폐함이 극심하여 구제할 방법이 없으니, 한심하다 하겠습니다.

오직 서원 교육이 오늘날 성대하게 일어난다면 무너진 학정學政을 구제할 수 있어 학자가 귀의할 바가 있고, 사풍士風이 따라서 크게 변혁되고 습속이 날로 아름다워져서 왕의 교화가 이루어질 것이니, 성치聖治에 조그마한 도움이 될 뿐이 아닐 것입니다. 하찮은 정성이라도 상께 전달될 수 있다면 병으로 산골에 물러가 죽을지라도 유감이 없겠습니다. 구구한 소원을 이기지 못하여 삼가 죽음을 무릅쓰고 글을 받들어 아룁니다.

내가 삼가 고사故事를 살피건대, 서원에는 반드시 동주洞主나 산장山長을 두어 스승을 삼아 그 교육을 관장하니, 이것은 하나의 중대한 일이라 더욱이 거행해야 합니다. 다만 이는 세속을 떠난 선비나 벼슬자리에 있지 않은 사람 가운데서 선택하되, 그 사람의 재덕才德 및 명망과 실상이 반드시 발군拔群의 아름다움이 있어 우뚝하게 일세一世의 사표師表가 될 사람이라야 할 것입니다. 만일 그런 사람을 얻지 못하여 헛되이 그 이름만 차지한다면, 지금 향교의 교수敎授와 훈도訓導로서 그 직책을 다하지 못하는 자와 다를 것이 없어서, 뜻있는 선비들이 뒤도 돌아보지 않고 갈 것이니, 도리어 서원에 피해만 끼칠까 두렵습니다. 그 때문에 이제 감히 이것까지 청하지는 못하나, 이것은 곧 합하께서 재량하여 처리하는 것과 조정에서 가부를 논의하는 여하에 달려 있을 뿐입니다.

나는 또 재배하며 아룁니다. 1552년 4월 13일.

※ 한국고전번역원 | 권오돈·권태익·김용국·김익현·남만성·성낙훈·
안병주·이동환·이식·이재호·이지형·하성재 (공역) | 1968

상경하기 직전 조목趙穆에게 편지를 보내서 전에 빌려왔던 조목 집안의 족보를 돌려보내며, 《논어論語》한 구절의 문제를 해석해 주었다.

李子는 조목趙穆에게, 편지에 지난 11월 7일에 시행된 친경親耕 별시別試 초시初試에 낙방한 그를 위로하는 한편, 자신은 내년 봄에나 고향으로 돌아갈 것이라고 하였다.

조목趙穆에게 편지「與趙士敬(甲寅 8월 7일)」을 보내, 문경聞慶의 훈도 자리가 비어서 을사년乙巳년(1555) 1월 중에 임명될 수 있도록 조치하려 하는데, 그의 의향은 어떤지를 물었다.

조목趙穆에게 편지를 보내면서, 이달 내에 돌아갈 것이라는 사실을 알리는 한편, 문경 훈도 자리는 김여언金汝言이란 사람에게 돌아갔다는 사실도 아울러 알렸다.

경상도 관찰사 정언각鄭彦愨의 방문 소식을 듣고 월란암에서 집으로 돌아왔다. 조목趙穆에게 편지를 보내서 그의 향시鄕試 급제를 축하하는 한편, 그가 지은 〈벽불소闢佛疏〉를 평하고, 또 지난번에 빌려간 《천명도설天命圖說》을 돌려줄 것을 부탁하였다.

조목趙穆과 금난수琴蘭秀에게 편지를 보내서, 근래에 정원에 매화가 피어 그 아래를 배회하면서 그대들 생각을 한다고 한 다음, 주자서朱子書를 베껴 쓰는 문제에 대해서 언급하였다. 끝으로 정원에 핀 매화를 두고 읊은 詩 2首 〈정매2절庭梅二絶〉을 함께 적어서 보냈다.

조목趙穆에게 편지를 보내, 《심경心經》을 계속 공부하여 많은 깨달음을 얻기를 권하는 한편, 곤궁함으로 인하여 학업을 폐하지 말기를 간곡히 당부하였다.

성균관에서 유학 중인 조목趙穆과 금응훈琴應壎에게 안부를 묻는 편지를 보내 과거시험 일자가 임박하였으니, 더욱 공부에 힘쓸 것을 당부하였다.

조목趙穆에게 편지를 보내, 서원(역동서원)을 지을 터로 적합하다고 그가 말한 오담鰲潭 가의 한 장소를 함께 가서 살펴보기로 한 약속을 지킬 수 없게 된 형편을 설명한 다음, 전국적으로 서원의 설립이 활발하게 이루어지고 있는 이 시점에 예안에 선정先正 우탁禹倬을 향사享祀하는 서원이 반드시 설립되어야 하는 점을 강조하고, 가까운 시일 내에 다시 날을 잡아 그 장소에 함께 가보자고 하였다.

조목趙穆에게 편지를 보내, 저물녘에 오담鰲潭 가의 서원(역동서원) 터로 적당하다고 한 곳을 가보자고 하였다. 그래서 이 날 저물녘에 조목趙穆과 금난수琴蘭秀를 데리고 오담鰲潭에 가서 두 사람이 이미 보고 온 장소를 살펴본 다음, 서원을 지을 곳으로 적당한 곳임을 확인하고 왔다.

월란암에 가서 그곳에서 글을 읽고 있는 조목趙穆·이명홍李命弘·금난수琴蘭秀 등을 만나려고 하였으나, 갑자기 내린 장맛비로 물이 불어서 가지 못하게 되었다. 그래서 자신이 못 가게 된 사연을 알리는 내용의 편지를 쓰고, 그 끝에 詩 1首「趙士敬李仁仲琴聞遠讀書蘭寺」을 붙여서 조목趙穆·이명홍李命弘·금난수琴蘭秀 등에게 보냈다.

식년문과 대과大科 시험을 대비하기 위해서 성균관에 유학 떠나는 조목趙穆에게 편지를 보내 전별의 뜻을 표하는 한편, 이 유학에서 좋은 성과가 있기를 기원한다고 하였다.

도산서당 건축 설계도 〈도산정사도陶山精舍圖〉를 다시 그려서 이문량과 조목에게 보냈다. 그리고 그 두 사람에게 각각 편지를 보내, 공사를 담당하던 승려 법련法蓮을 불러다가 자세히 설명을 해주어, 공사가 차질 없이 진행되도록 도와달라고 부탁하였다.

특히 이문량에게 보낸 편지에는 〈도산정사도陶山精舍圖〉 하
나 하나에 대한 구체적인 설명을 해두었다.

이보다 앞서 〈도산정사도陶山精舍圖〉 2種을 그려서 편지와 함
께 맏아들 준에게 보낸 적이 있었으나, 그 그림이 만족스럽지
않았을 뿐만 아니라, 준이 그 그림을 받아서 보기도 전에 둘째
아들 채寀의 천장遷葬 문제로 의령으로 가버렸고, 또 의령에서
돌아와서는 문소전文昭殿 참봉參奉으로 복직되었기 때문에 서
울로 바로 올라와야 하는 형편이라서, 수정한 것을 이 두 사람
에게 부쳐 공사의 감독을 부탁하게 된 것이다.

조목趙穆 등과 함께 부용봉芙蓉峯에 올라 조목趙穆이 정사精
舍를 지을 터를 살펴보고, 도담島潭에 배를 띄우고 놀았다. 이날
배〔舟〕 중에서 李子는 조목趙穆에게 도담의 이름을 풍월담風月
潭으로 바꾸는 것이 어떻겠느냐고 제의를 하자, 조목趙穆이 강
경하게 반대하여 조목趙穆과 금군琴君 사이에 언쟁이 있었다.

李子는 다음 날인 조목趙穆에게 편지「與趙士敬〈庚申三月〉
二十四日書」를 보내 어제 친구 간에 언쟁한 일을 나무라고, 앞
으로 강한 성격이 선한 방향으로 나아갈 수 있도록 노력하라고
훈계하였다.

戌七欣逢赤壁秋　　임술년 7월 기쁘게 맞았네, 적벽의 가을,
相邀風月泛蘭舟　　풍월담에 목란 배를 띄우기로 했네.
無端昨夜江成海　　뜻밖에 어젯밤 내린 비 강이 바다를 이루어,
千載風流一笑休　　천재일우의 멋진 풍류 한번 웃고 그쳤네.

問月寧同白也親　　달에 물었던 이태백과 어찌 또한 친하겠나?
狂雲復妬我三人　　미친 구름 다시 시샘하네, 우리 세 사람을.
世間萬事皆如此　　세상의 모든 일 다 이와 같으니,
怊悵難逢恰好辰　　좋은 때 맞추어 만나기 어려움을 슬퍼하네.

조목趙穆이 양식이 떨어졌다는 말을 듣고, 거친 벼 열 말을 실어 보내면서 편지「與趙士敬」/「士敬 奉問 芙蓉主人」/「〈辛酉〉五月初七」을 보냈다. 이 편지에서 먼저 보내는 거친 벼 열 말은 양식에 보태라고 한 다음, 이어서 도산에 서재를 짓는 일을 중지할 것을 지시하였다.

이보다 앞서 조카 교商와 제자 조목·금보·김부의·금응협·금응훈·김부윤·금난수 등이 농운정사隴雲精舍 곁에 두어 칸 짜리 서재書齋를 지어서 글을 읽고 학업을 닦는 장소로 삼기로 하고, 李子에게 이 계획을 말하자, 李子는 처음에는 그 뜻을 가상하게 생각하여 허락하였다. 그러나 조카 교商가 일을 너무 크게 벌려 두 차례나 회문回文을 돌려 그 일에 참여할 사람이 20여 인이나 되었다.

이 소식을 듣고서 조목에게 편지를 보내 그 일을 중단하도록 지시한 것이다. 이로부터 4년이 경과한 갑자년(1564)에 처음 계획에 참여했던 사람들과 정사성鄭士誠 등이 힘을 합쳐 처음 서재書齋를 지으려던 농운정사 곁에 지은 건물이 역락서재亦樂書齋이다. 이때 정사성의 아버지가 경비의 많은 부분을 부담한 것으로 보인다.

　　조목趙穆의 편지에 답장 「答趙士敬〈辛酉〉九月二十二日」을 보냈다. 이보다 앞선 9월 19일에 조목趙穆에게 「與趙士敬〈辛酉九月〉十九日」을 보내, 가져간 「도산기陶山記」 초고草稿를 돌려주기를 요청한 적이 있었다.

　　그에게 〈도산기陶山記〉 초고草稿를 보여준 것은 그가 자세하게 살펴보고 잘못된 곳을 지적해 주기를 바라서였는데, 그가 도리어 곧장 사람들에게 널리 전파시켰기 때문에 돌려주기를 요청한 것이었다. 이 답장에서는 먼저 〈도산기陶山記〉 초고草稿를 다시 돌려줄 것을 강력하게 요청한 다음, 근자 청원대淸遠臺(부용봉에 있음)에서 열린 금난수 사마방회司馬榜會에 대해서 언급하였다.

　　끝으로 조목趙穆이 李子의 詩(이 詩는 일실逸失된 듯함)에 화운和韻 한 詩 2首를 지어서 도산陶山까지 왔다가, 보여주지도 않고 그냥 상자 속에 넣어놓고 간 것을 근자에 도산陶山에 갔다가 우연히 발견하고, 그중에서 '구漚'字 운韻에 차운次韻한 詩 「秋日獨至陶舍篋中得趙士敬詩次韻遺懷」/「秋日獨至陶舍篋中得趙士敬詩」를 지었는데, 오늘은 늦어서 다음 기회에 부쳐주겠다고 하였다.

조목趙穆에게 편지 「與趙士敬」/「士敬 奉開 月川」/「〈癸亥〉九月三日」을 보냈다. 이 편지에서 먼저 친구 간에 작은 허물이 있을지라도 서로 너그러이 용서해 주어야 한다고 타이르면서, 정유일鄭惟一이 여비를 마련해 준다고 하니, 과거에 응시하라고 권하였다.

그런 다음, 근자 조정에 대규모 탄핵이 일어나고 있는데, 그 결과가 어떻게 될지 걱정이라고 하면서 조보朝報 한 장을 동봉하였다.

지난 8월 17일 대사헌 이감李戡이 이조판서 이양李樑의 사주를 받고 대간臺諫들을 조종하여, 사헌부에서 조정에 있는 사림들을 '고담부절高談不節'하다는 명목으로 탄핵하였다.

이 두 사람은 조정에 있는 사림들의 뿌리는 李子와 조식에게 있으니, 그 뿌리를 제거한 뒤에야 자신들이 조정을 마음대로 할 수 있을 것이라고 생각하였다. 그래서 우선 몇 사람을 시험 삼아 해치운 다음, 점차 확대하여 나중에는 그 뿌리까지 뽑아버릴 생각이었다.

그러나 이틀 뒤인 8월 19일 홍문관에서 그들의 죄를 논계論啓하여 이양은 관작이 삭탈되어 문외출송門外黜送을 당하고, 이감은 파직되었다. 이처럼 조정이 불안하고, 또 추후의 사태가 어떻게 전개될지 알 수 없었기 때문에 걱정을 하는 한편, 조목趙穆

에게도 조보朝報를 보내어 이 사실을 알려준 것이다.

이날 오건吳健이 도산서당에 찾아와서 지난 날 성주에서 황준량과 주자서를 읽을 때 의문을 가졌던 사항들을 일일이 기억하여 물었다. 그리고 《주자서》를 읽는 여가에 《심경心經》, 《근사록》 등에 대해서도 질의하였다. 그가 와있는 동안 달밤에 이문량이 찾아와서 세 사람이 함께 관란헌에서 술을 마신 다음, 탁영담에서 뱃놀이를 하였다.

이때 詩「月夜大成來訪陶山與吳正字子強小酌觀瀾軒因泛舟前潭」/「月夜大成來訪陶山(與吳子強正字小酌觀瀾軒因泛舟濯纓潭)」을 지었다.

오건吳健이 도산서당에서 보름 정도를 머물다가 18일 경에 떠났는데, 그가 떠날 때 증별시贈別詩 2首「吳子強正字將行贈別二絶」을 지어서 주었다. 특히 이 詩에서 그가 주자서에 깊은 관심을 가지고 공부하는 것을 높이 평가하는 한편, 성주에서 그와 함께 주자서를 읽었던 황준량의 죽음을 애도하였다.

조목趙穆이 예안 현감 곽황郭趪과 술자리를 같이 하면서 실언을 하였다는 말을 듣고, 그를 나무라는 편지「與趙士敬(甲子)」/「士敬 奉開 月川」/「甲子人日」을 보냈다.

이 편지에서 다른 여러 사람들이 함께 술을 마시면서 실언을 많이 하였는데도, 결국 그대에게 허물이 돌아간 것은 그대의 성격이 너무 강강剛해서 사소한 일로도 상대에게 화를 내거나 심한 말을 하게 되는데, 이런 버릇이 술을 마시게 되면 늘 나타나기 때문이라고 하면서, 부디 반성하여 고칠 것을 당부하였다. 그런 다음, 조목趙穆을 경계시키는 詩「規士敬」/「〈甲子人日〉別紙」를 지어서 함께 보냈다.

《심경부주心經附註》의 교열校閱을 모두 마친 다음 조목趙穆에게 편지「與趙士敬·別紙」/「士敬 奉開 月川」/「〈丙寅〉五月二十一日·別紙」를 보냈다.

이보다 앞선 5월 11일에 조목은 李子에게 편지를 보내《심경》에 대해 평박評駁하는 한편, 자신의 근작近作 詩들을 보내온 적이 있었다. 그때 마침 금응훈琴應壎이 와있어서 편지를 가지고 온 사람에게 짤막한 답장「答趙士敬〈丙寅〉五月二十一日」만 보낸 다음, 조목趙穆이 부친 편지에 언급한 문제들에 대해서 이제야 답을 하게 된 것이다.

이 편지에서 李子는 먼저 조목趙穆이 보내온 詩 중에서 첫 번째 詩에 대해 자랑하고 뽐내며 스스로 기뻐하는 모습이 드러나고, 겸허하고 낮추어 물리며 온후溫厚한 뜻은 적으니, 이와 같이 하기를 그치지 않는다면, 끝내는 진덕進德 수업修業하는 일에 방해가 될까 두렵다고 하였다.

水北山南謁大師　　낙수 북쪽 도산 남쪽의 스승님을 배알하니
群朋一室析千疑　　벗들이 한방에서 온갖 의문 분석하네.
歸來十里江村路　　십 리 강촌으로 돌아오는 길에서
宿鳥趨林只自知　　새들은 숲에서 깃드는 것 절로 알 뿐이네.

차운한 시를 부기하다 퇴계 선생〔附次韻 退溪先生〕

學絶今人豈有師　　학문 끊긴 지금에 어찌 스승이 있으랴
虛心看理庶明疑　　마음 비우고 이치를 보면 의심이 밝혀지리.
因風寄謝趨林鳥　　바람결에 보낸 시 고마운데 숲의 새는
只自知時莫强知　　절로 때를 알 뿐 억지로 알려 하지 말라.

그 전轉·결구結句에서 "귀래십리강촌로歸來十里江村路, 숙조추림지자지宿鳥趨林只自知."라 한 부분을 두고, 시인의 취미趣味로 논한다면 몹시 득의得意한 것이라 말할 수 있겠지만, 학문學問 의사意思에서 볼 때는 너무 조급하게 헤아리고 있기 때문에 병처病處가 바로 이 부분에 있다고 비판하였다.

이어서 지난 을축년(1565) 12월, 조목趙穆의 질문에 답변이 미진했던 《대학》의 '일유지이불능찰一有之而不能察'에 대해, 이번 해주본海州本 《주자서절요》를 교정하는 과정에 그것을 설명

해 줄 좋은 구절句節을 찾았기에 별지別紙에 적어서 보내니, 한
번 살펴보라고 하였다.

조목趙穆이 사단四端과 칠정七情을 理와 氣에 분속分屬하는
문제에 대해 기대승의 견해가 옳다고 말한 것에 대해, 정복심이
〈심통성정도〉에서 주자의 설說을 끌어쓴 것이 있어서 아울러
별지別紙에 적어 보낸다고 하였다.

또 《심경부주》는 매우 꼼꼼하게 교열校閱하여 한 권의 흠이
없는 책이 되도록 힘을 썼으므로, 이에 의거해서 널리 전파한다
면 배우는 사람들에게 다행한 일이 될 것이라고 하였다.

다만 조목趙穆이 《황명통기》에 실려 있는 편자編著 정민정의
기록을 조사해서 보내준 것을 보고서 마음이 슬퍼져서 어찌할
바를 모르겠다고 한 다음, 정민정의 인격에는 문제가 있겠지만,
그렇더라도 《심경》이란 책은 공맹孔孟과 정주程朱 등 역대 성현
들의 말씀을 모아놓은 것이므로 소홀히 대해서는 안 된다고 하
였다.

이 일을 계기로 李子는 7월에 《심경후론》을 짓게 되었다. 李
子는 이 편지를 부칠 때 조목趙穆이 보낸 근작近作 詩들에 차운
次韻한 詩 몇 首를 함께 보냈다.

1794년(서거 224년 후) 봄, 정조는 이만수가 지난 임자년(1792) 도산서원에 치제致祭하고 도산과를 보인 다음, 상경할 때 가지고 올라간 《사문수간師門手簡》을 을람乙覽하고, 손수 글 〈題先正退溪簡帖後〉을 지어 그 뒤에 써서 교지承旨 이익운李益運을 시켜 다시 도산서원에 반송하였다.

정조 대왕의 퇴계 간첩 후기
〈선정 퇴계의 편지첩 뒤에 쓰다〔題先正退溪簡帖後〕〉

주자朱子가 채군모 채양蔡襄의 한 서첩書帖을 보고 그 글자마다 법도法度가 있어 정인正人과 단사端士를 대하는듯하다고 자주 칭찬하였는데, 나도 이 편지첩에 대하여 역시 그렇다고 하겠다.

비록 그러하기는 하지만, 편지첩은 모두 여덟 권인데 선정先正의 마음을 보존하는 치밀함과, 학문을 강독한 절실함과, 또한 자기의 처신과 사물에 접接하는 방법과, 사양하고 받으며 취하고 주는 절차의 대략이 심상尋常한 편지 사이에 갖추어져 있으니, 그의 평소에 수양한 바가 처음부터 잠깐이라도 경의敬義와 성명誠明의 영역을 떠나지 않았음을 알 수 있었다.

그러니 그 수레 안에는 자리를 깔고 수레 앞의 가로장에는 흙받기를 걸어 특별히 대우하며 오랜 세월 동안 모범이 되게 하여, 엄숙하기는 향당鄕黨의 규약을 그린 것 같고 보배스럽기는 재잠齋箴의 내용을 그린 것과 같이 해야 마땅하니, 이것 또한 어찌 채군모의 서첩이 여기에 미칠 수 있겠는가. 또 사문斯文에 대하여 내가 매우 다행스럽게 여기는 것이 있다.

선정의 세대는 아득히 멀고, 근년으로 내려오면서 이단異端과 곡학曲學이 뒤섞여 경쟁을 하듯 일어나, 인륜人倫의 명분을 밝히는 교훈을 쓸모없는 물건과 다름없이 취급하고, 사람이 지켜야 할 법도 보기를 쓸모없는 혹보다도 심하게 여기는가 하면, 아무런 근거 없이 큰소리를 치거나 괴상한 것을 신기神奇하다고 여기며, 심하게는 이른바 서양西洋의 학설이 이 백성을 속이고 이 세상을 미혹시킴이 매우 많다.

그런데 유독 영남 지방만은 선진 유학자의 덕화에 젖어 예의를 지키고 유학을 숭상하는 기풍을 보존하여, 서로 함께 단정히 앉아 일컬으며 옷깃을 여미고 외는 것이 경전經傳의 책이 아니거나 성인聖人의 교훈이 아닌 것이 없었으므로, 내가 여기에서 감회가 일어 관원을 시켜 제향祭享하는 곳에 가서 술잔을 올리고 권하게 하였는데, 이 편지첩이 나온 것이다. 어쩌면 하늘의 뜻이 이 편지첩을 가지고 한번 다스려지게 할 운수로 삼아 선정

의 정신과 말씀이 1백여 년이란 오랜 세월이 지났어도 정도正道
를 보위하고 부정을 없앨 수가 있는 것인가? 어진 이가 사람들
에게 이로움을 끼치는 것이 또한 넓다고 하겠다.

그런데 내가 어떻게 이 편지첩에다 표장表章하여 우리의 선
비들을 장려하고 우대해서 함께 지키도록 하지 않을 수 있겠는
가. 드디어 그 뒤에 써서 돌려보내고, 새로 인행印行한 삼경三經
과 사서四書를 아울러 나누어주어 많은 선비로 하여금 높이고
모범 삼을 바를 알게 한다. 성인이 하늘을 대신하여 말을 하고
현인賢人이 성인을 대신하여 풀이한다고 하지 않았던가. 여기
에서 벗어나면 내가 말하는 도道가 아닌 것이다.

내가 등극한 지 18년째 되는 갑인년(1794) 봄에 쓰노라.

※ 정조, 조명근 (역), 《홍재전서》 55권, 한국고전번역원 | 1998

다산 정약용의 《도산사숙록陶山私淑錄》

다산茶山이 퇴계退溪 이황李滉의 학문과 덕행을 사모하여 《퇴계집退溪集》의 서찰書札을 읽고 그중에 특히 요절要切한 부분을 뽑아 강綱으로 삼고 다음에 부연 설명하여 자신이 경성警省하는 자료로 삼기 위해 지은 책이다.

도산陶山은 이황의 별호이다. 사숙私淑은 경모敬慕하는 사람에게 직접 배우지 못하고 단지 그 사람을 본받아 스승으로 삼기도 하고 혹은 그의 저서를 통하여 도道나 학문을 닦는 것.

《맹자 이루하孟子離婁下》이 책은 정조 19년(1795)에 다산이 중국의 천주교 신부神父 주문모周文謨 사건에 연루되어, 우부승지右副承旨에서 금정 찰방金井察訪으로 좌천되어 나갔을 때에 지은 것이다. 총 33장章이다.

을묘년(1795, 정조 19) 겨울에 나는 금정金井에 있었다.

마침 이웃 사람을 통하여 《퇴계집退溪集》 반부半部를 얻어, 매일 새벽에 일어나 세수를 마치고 나서 곧 '어떤 사람에게 보낸 편지' 1편을 읽고 나서야 아전들의 참알參謁을 받았다. 낮에 이르러 연의演義 1조씩을 수록隨錄하여 스스로 깨우치고 살피었다. 돌아와서 《도산사숙록陶山私淑錄》이라 이름하였다.

이것은 선생이 겸손으로 한 말이다. 이제 단장 취의斷章取義하면 대개 윗사람이 된 이는 마땅히 여기에 대해 신중히 해야 한다는 뜻이다.

사람들은 매양 스스로 경시하고, 스스로 업신여긴다. 그러므로 입에서 나오는 대로 헐뜯거나 칭찬하고 손에 닥치는 대로 누르거나 부추기어, 그 사람의 영욕榮辱과 이해利害가 이처럼 아주 판이하다는 것을 헤아리지 못한다. 허여해서는 안 될 사람을 허여하는 것은 잘못이 오히려 나에게만 있을 뿐이거니와, 배척해서는 안 될 사람을 배척하는 것은 해가 장차 남에게 미칠 것이니, 삼가지 않아서 되겠는가. 하물며 은혜와 원한이 흔히 한마디 말에서 말미암고 재앙과 복이 더러 한 글자의 글귀에서 일어나니, 명철明哲한 선비는 마땅히 독실하게 마음에 새겨두어야 할 것이다. 11월 21일.

〈퇴도의 유서를 읽으며〔讀退陶遺書〕〉

閒裏纔看物物忙　　한적 속에 겨우 보니 모든 일이 바쁜데
就中無計駐年光　　이 가운데 가는 세월 잡아맬 길이 없네.
半生狼狽荊蓁路　　반평생 가시밭길에 희망 기대 어긋나고
七尺支離矢石場　　칠척 몸이 싸움터에 갈피를 잡지 못했네.

萬動不如還一靜　　만 가지 움직임이 조용함만 못하고
衆香爭似守孤芳　　흔한 향취 따르느니 외론 향기 지킴 나아.
陶山退水知何處　　도산이며 퇴수는 그 어디에 있는지
緬邈高風起慕長　　아스라이 높은 기풍 끝없이 흠모하네.

〈홍상국 퇴지에게 답하는 편지〔答洪相國退之書〕〉

'최여지崔與之는 예부상서禮部尙書로 나라에서 불렀으되 사직소를 13번이나 올리고 나아가지 않았고, 두범杜範은 고향으로 돌아가려 하므로 임금이 명하여 성문을 닫아버리고서 나가지 못하게 하였으되 오히려 틈을 엿보아 돌아갔습니다.' 하였다. 12인의 사례를 죽 인용하였다.

선생의 이 편지는 옛사람의 득실得失과 출처出處를 죽 서술하여 이리저리 모아 얽어 문장을 만들었으니 대개 문장가의 한 가지 법이다. 선생이 일생 동안 염퇴恬退를 주로 하였기 때문에 무릇 예전 사람이 인퇴引退한 사례를 모두 찾아 모아 쓰일 때를 기다렸으니, 그 애쓰신 마음, 굳은 지조는 볼 만한 것이 있다.

세상의 허명虛名을 외람되이 무릅쓰고 나아가기를 탐하여 마지않는 사람이 어찌 이 백이伯夷 같은 풍교風敎에 청렴해지지 않으랴.

아! 임금의 은총恩寵을 못 잊고 이록利祿을 사모하여 머뭇거리며 결정하지 못하다가 마침내 죄망罪網에 빠진 사람이 고금을 통해 어찌 한량이 있으랴. 선생의 덕망은 조야朝野의 우러름이 거의 일치하니, 조정에 있더라도 반석磐石처럼 안전할 것 같

은데도 오히려 이처럼 물러갔거늘, 하물며 언행言行이 남에게
신임을 받지 못하고 비방이 세상에 날로 높아져 원한과 저주가
사면에 집중되어 있는데도 머뭇거리고 떠나가지 않으려 한단
말인가. 슬프다!

〈판서 민기에게 답하는 편지〔答閔判書箕書〕〉

'나아가는 것이 옳아서 나아가면 나아가는 것을 공손함으로
삼고, 나아가지 않는 것이 옳아서 나아가지 않으면 나아가지 않
는 것을 공손함으로 삼는 것이니, 옳음[可]이 있는 곳이 곧 공손
[恭]이 있는 곳이다.' 하였다.

이것은 맹자孟子가 말한 '나만큼 왕을 공경하는 이가 없다.'는
것과 같다. '옳음[可]이 있는 곳이 곧 공손함이 있는 곳이다.'라
고 한 한마디 말은 이야말로 '군자로서 때에 알맞게 한다.[君子
時中]'는 그 뜻이다. 저울질하여 헤아림이 지극히 정밀하여 바
꿀 수 없으니, 일생 동안 생각하고 생각하여 잊지 않아야 할 것
이다. 사군자士君子가 벼슬길에 나아가 임금을 섬김에 있어 이
한마디 말로써 종신토록 패복佩服(몸에 지님)하는 부신符信으로
삼지 않으면, 곧 임금의 뜻에 아첨하고 영합함이 어느 지경엔들
이르지 않겠는가.

윗사람 된 이가 아랫사람을 대하고 대중을 거느림에도 또한 그 옳고 옳지 않음을 조용히 살펴보고 먼저 좋아할 만한 순종과 미워할 만한 교만으로 성급히 공손과 오만을 결정하지 않는다면 거의 공평을 얻게 될 것이다.

〈판결사 임호신에게 보내는 편지〔與任判決虎臣書〕〉

선정先正 정여창鄭汝昌은 '어느 고을 사람이며, 어느 해에 과거에 급제하였으며, 벼슬은 무슨 관직에 이르렀습니까? 안음현감이 된 것은 무슨 일로 인하여 그렇게 외직에 보임되었으며, 그 죄를 얻게 된 것은 점필재佔畢齋 문도였기 때문이라 하나 자세한 것은 또한 무슨 일 때문인지 모르겠으며, 관북關北에 귀양 간 것이 정확히 어느 지방이며, 죄를 입은 해는 어느 해이며, 장사는 어느 지방에 지냈습니까? 아울러 일러주기 바랍니다.' 하였다.

선생의 당시에도 오히려 일두一蠹의 행적을 알지 못함이 이와 같았다. 대개 선생의 이전에는 사화士禍를 여러 번 겪어서 모든 전현前賢들의 언행言行이 다 없어져서 남은 것이 없었다. 그러므로 연대가 그다지 멀지 않았으되 그 아득하여 알지 못함이 이와 같았으니, 어찌 개탄할 일이 아니겠는가.

〈송태수에게 답하는 편지〔答宋台叟書〕〉

'전일 정상丁相이 나를 책망한 뜻도 「돌아와서 숙배肅拜한 뒤에는 자신이 하고 싶은 대로 하라.」한 것이었습니다.

그러나 내가 생각하기에는 정상은 병이 없는 사람이므로 병의 고민을 알지 못한 것이고, 또 내가 전후로 물러나기를 애걸하였으나 이루지 못한 까닭을 이해하지 못하고서 이런 말을 하는 것이니, 서로 사정을 이해하지 못한듯하다고 여겨서 전일 편지에 운운云云하였던 것입니다. 그런데 지금 영공令公의 의사를 살펴보니 정상이 책망한 바와 그다지 다르지 않습니다.' 하였다.

정상丁相은 우리 선조先祖 좌찬성左贊成 충정공忠靖公(정응두丁應斗의 시호)을 두고 이른 것이다. 당시에 아마도 선생의 출처出處로써 권면한 말이 있었으므로 선생이 그렇게 말한 듯하다.

참판 박순朴淳에게 답하는 편지에 '어찌 바둑 두는 것을 보지 못했습니까. 한 수를 헛놓으면 온 판을 실패하게 됩니다. 기묘 영수己卯領袖 조광조趙光組가 도道를 배워 완성하기도 전에 갑자기 큰 명성을 얻자, 성급히 경세제민經世濟民을 자임하였습니다.' 하였다.

이 한 문단은 그야말로 선생이 평생 동안 이에 말미암아 출처를 그리하였던 대목이다. 당시 군자君子가 지지를 얻고 뭇 선인善人이 나아감이 마치 기러기털이 순풍을 만난듯하여 막을 수 없었다. 국조國朝에 선인善人이 성대히 진출하여 마침내 패망함이 없는 상황으로는 이때만한 적이 없었다.

그러나 선생이 놀라고 두려워하고 삼감이 이처럼 심각하여 앞사람의 실패한 일을 거울로 삼아 항상 경계하였으니, 군자가 명철明哲하여 몸을 보전한 것이 이러함이 있었다. 선생이 정암靜庵의 행장行狀을 지으면서 '세상일을 담당한 것 때문에 실패하게 되었다.' 하여, 탄식하고 애석히 여기면서 세 번이나 자기 의사를 밝히었다.

아! 선생이 바야흐로 정암靜庵을 경계로 삼은 것이다. 비록 성상聖上이 옆자리를 비워놓고 기다리고, 공경公卿이 홀笏을 들고 바라고, 도성 백성들이 이마에 손을 얹고 맞이한들 선생이 어찌 오래 머무르고 지체하여, 성상의 뜻이 혹시라도 싫어하고 소인들이 그 틈을 타서 여지없이 패망하는 지경에 이르도록 하려 하였겠는가.

곧 선생은 위대한 덕을 깊이 숨겨 흔들 수 없을 정도로 확고하였으니, 다만 자신만을 편안하게 하였을 뿐 아니라, 실로 당시 조정에 있는 선류善類를 널리 구제하려 한 것이었다. 그런데 제공諸公들의 소견이 이에 미치지 못하여 초빙招聘하자는 청이 날마다 왕에게 진달되고, 책면責勉(벼슬에 나서라고 권하는 것)하는 편지가 시골에 번갈아가며 날아들었으니, 선생이 어찌 생각을 바꾸어 나서려 하였겠는가.

아! 예로부터 진출하기를 탐내어 싫어함이 없는 무리는 임금이 바야흐로 미워하고 있는데도 오히려 아첨하여 용납 받으려 하고, 조정이 바야흐로 참소하고 있는데도 오히려 논박論駁하여 나아가려 하고, 백성이 바야흐로 원망하고 있는데도 오히려 임금을 속여서 지위를 굳히려 한다. 그러다가 마침내 권세가 떠나가고 운수가 다하면 허물과 재앙이 아울러 일어나고, 영수領袖가 한번 패망하면 부하가 사방으로 흩어진다. 명목 없는 죄안罪案은 아홉 번 죽어도 밝히기 어렵고, 뜻하지 않은 변고는 천리 밖에서 모여든다. 그래서 마침내는 7척尺의 몸을 보전하지 못하는 사람이 도도滔滔히 잇달으니 두려워하지 않을 수 있으랴.

한 구역의 임천林泉을 얻어서 소요 배회하고, 조정에서는 남을 따라 나아갔다 물러났다 하며, 일체의 현우賢愚·득실得失과 시비是非·영욕榮辱에 대해서는 사물[物]은 각각 사물[物]의 이치대로 버려두고 마음에 두지 않음으로써 내 본연本然의 천성을 보전한다면 거의 퇴옹退翁의 죄인이 되지 않을 것이다.

〈조건중에게 답하는 편지〔答曹楗仲書〕〉

　보내온 편지에 '학자學者가 이름을 도둑질하여 세상을 속인다.'는 논의는, '고명高明만이 근심하는 것이 아닙니다.' 하였다.

　대저, 이름을 좋아한다는 말을 피하려 하면 천하의 일은 할만한 것이 없다. 세상을 속이고 이름을 도둑질하는 사람은 본디 미워할 만한 것이다. 그러나 이 논의를 가벼이 하면 이는 천하의 사람을 거느리고서 악으로 몰아가는 것이 된다.

　그래서 반드시 주정하고 꾸짖고 음탕하고 설만하며 말이 패악하고 재물을 탐내어 염치가 없어진 뒤에야 바야흐로 이름을 좋아한다는 말을 잘 면할 수 있다. 그렇지 않은 사람은 다 의사疑似한 사이에 있게 될 것이니, 어찌 옳은 일이겠는가. 그 논의가 예민한 자, 노둔한 자 등의 모든 병통은 곧 선생이 평일 많은 사람을 교육하여 다 일일이 경험한 것이다. 이들을 다 감싸고 아울러 포용하여 훈도薰陶하고 고주鼓鑄해서 함께 대도大道에 이르게 하였으니, 아! 그 얼마나 훌륭한가.

　그 가운데 처음에는 정성스럽다가 마지막에는 소홀한 자와, 곧장 폐하였다가 자주 회복하는 자들은 이 또한 사장師長들이 쉽게 버리는 바이다. 그런데 위대하다, 선생이시여! 진실로 학문으로 자처하면 기꺼이 즐겨 받아들여 다 함육涵育 속에 있게 하지 아니함이 없었다. 이러한데도 오히려 교화에 따르기를 좋아하지 않은 사람이 있었겠는가.

이 글을 여러 번 되풀이 읽고 나니, 나도 모르게 기뻐서 뛰고 감탄하여 무릎을 치며 감격하여 눈물이 나서 애연藹然히 '솔개가 날아 하늘에 이르고[鳶飛戾天] 물고기가 못에서 뛰는[魚躍于淵]' 뜻이 있다.

〈노이재에게 답하는 두 번째 편지〔答盧伊齋再書〕〉

'살아 있지 않으면 정체한다[不活則滯]에 대해서는 내가 전일 본 것이 매우 잘못되었으니 지금 공의 말씀대로 따릅니다.' 하였다.

이것이 비록 미세微細한 것이나 실로 선생의 큰 본원本源이 나타난 곳이니, 천하의 대용大勇이 아니면 이렇게 할 수 없을 것이고, 인욕人欲이 말끔히 다 없어지고 천리天理가 유행流行하는 경지가 아니면 이렇게 할 수 없을 것이다.

세상의 문인文人이나 학자學子들은 혹 한 글자 한 글귀라도 남에게 지적을 당하면, 속마음으로는 그 잘못을 깨달으면서도 잘못과 그른 것을 문식文飾하여 승복하고 굽히려 하지 않는다.

심지어는 발끈 얼굴빛에 나타내고 꽁하게 마음에 품고 있으며, 마침내는 해치고 보복하는 사람까지 있기도 하니, 어찌 여기에서 보고 느끼지 못하는가. 어찌 문자文字에서만 그러할 뿐이겠는가. 모든 언론言論과 시행施行하는 사이에도 더욱 이러한 근심이 있으니, 마땅히 거듭 생각하고 살펴서 이런 병통을 없애기에 힘써야 할 것이다. 그래서 만일 그 잘못을 깨달으면 즉시 생각을 바꾸어 고쳐서 봄눈 녹듯이 선善을 좇아야만, 거의 무상無狀한 소인이 되지 않을 것이다. 12월 1일.

〈이중구에게 답하는 편지〔答李仲久問目〕〉

'다만, 책을 볼 때에는 맛이 있어서 맹씨孟氏의 추환芻豢의 설이 참으로 나를 속이지 않음을 실감했는데, 이 뜻이 한 해 한 해 갈수록 더 깊어졌습니다. 이 때문에 공부를 갑자기 폐하지 못하였을 뿐입니다.' 하였다.

정자程子·주자朱子 제선생諸先生이 그 제자의 물음에 답할 적에나 혹은 경전經傳의 뜻을 해석할 적에 흔히 '마음을 가라앉혀 음미하여 스스로 깨쳐야 한다.' 하였고, 마침내 그 맛이 어떠한지에 대해서는 말하지 않았다.

그래서 전에 더욱 의혹스러웠으나 풀지 못하였다. 요즘 들어 차츰 생각해보니 대개 맛이란 이 맛을 맛본 사람과 말할 수 있고, 맛보지 못한 사람과는 비록 말하더라도 한결같이 모르게 되는 것이다.

후세 사람은 안자顔子가 즐긴 것이 무슨 일인지 모른다. 사람이 안자의 지위에 이르지 못하면 반드시 안자가 누리던 즐거움을 누리지 못할 것이니 어떻게 알겠는가. 비유컨대, 꿀을 먹어본 자가 꿀을 먹어보지 못한 사람과 꿀맛을 말하려 하나 마침내 형용할 수 없는 것과 같다. 지금 선생의 '맛이 있었다'는 말씀은 그 무슨 좋은 맛이 있음을 분명히 아는 것이지만, 거칠고 부족한 사람은 또한 상상해 보아도 알 수 없는 것이다. 슬프다.

사람이 세상을 살아가는 데에 정자程子·주자朱子·퇴옹退翁이 맛본 바의 맛을 맛보지 못하고, 또 안자顔子가 누리던 바의 즐거움을 누리지 못하면, 비록 날마다 오제五齊(다섯 가지의 술)와 팔진미八珍味를 실컷 먹으며 공후公侯의 부귀를 누리더라도 오히려 주리고 또 궁곤하다 하겠다.

그 편지에 또 '내 도산기陶山記와 도산잡영陶山雜詠 詩가 공에게까지 들렀다 하니 깊이 송구스럽습니다. 우스개삼아 한 말이라 반드시 다 이치에 맞지 않을 것입니다. 가벼운 짓을 한 허물은 이미 후회해도 소용없습니다.’ 하였다.

내 평소에 큰 병통이 있다. 무릇 생각하는 것이 있으면 술작述作이 없을 수 없고, 술작述作이 있으면 남에게 보이지 않을 수 없다. 바야흐로 그 생각이 이르게 되면 붓을 잡고 종이를 펴서 잠시도 머뭇거리지 않고 글을 쓰며, 글을 짓고 나서는 스스로 사랑하고 스스로 좋아하여 곧 조금만 문자文字를 아는 사람을 만나면 미처 내 말이 완전하냐, 편벽되냐 하는 것과 그 사람이 친밀하냐, 소원하냐 하는 것을 헤아리지 아니하고 급히 전하여 보이려 한다.

그러므로 사람과 한바탕 말하고 나면 마음속과 상자 속에는 도무지 한 가지 물건도 남아 있는 것이 없다. 그로 인하여 정신과 기혈氣血이 다 흩어져 없어지고 새어나가서 쌓이고 길러지는 의미가 없어져 버린다. 이러하고서 어찌 성령性靈을 함양涵養하고 몸과 명예를 보전할 수 있겠는가.

요즈음 와서 점검해 보니, 모두가 ‘경천輕淺’ 두 글자가 빌미가 된 것이다. 이것은 덕을 숨기고 수壽를 기르는 공부에 크게 해로움이 있을 뿐만 아니라, 비록 언론言論과 문채文彩가 다 수두룩 멋이 있으나, 점점 천루賤陋해져서 남에게 존중을 받지 못하게 된 것이다. 지금 선생의 말을 보니 더욱 느끼는 바가 있다.

〈임사수에게 보내는 편지[與林士遂書]〉

보내온 행록行錄 뒤의 제시題詩는 '족하足下가 재주와 필치筆致가 호쾌豪快하여, 강운强韻을 얻어 영기英氣를 부리고 어려운 운자韻字를 인하여 공교함을 내보이되, 순풍을 만난 배와 진중에 내닫는 말이 한번 손을 놓기만 하면 그칠 줄 모르듯 질펀하게 치닫는 것에 불과한 것입니다.' 하였다.

이 말은 시인이나 부객賦客의 품평에 있어서는 좋은 풍격風格과 아름다운 제목題目이 된다. 그러나 《퇴계집退溪集》안에서 살펴보면, 도리어 사람으로 하여금 부끄러운 빛이 얼굴에 뒤덮이고 식은땀이 등을 적시게 하니, 이는 무엇 때문인가. 어쩌면 도덕·인의仁義 중에 재인才人과 묵객墨客의 이러한 기미氣味를 내버리어서, 마치 광대와 하천下賤이 공자孔子·안자顏子의 자리에 이르면 그 풍신風神이 서늘함을 느끼는 것과 같은 것이 아니겠는가. 슬프다. 그 이러한데도 망연茫然히 깨닫지 못하고 반생동안 깊이 빠져서 시문詩文의 벽癖에 부대끼어 풍월風月을 읊고 화조花鳥를 희롱하여 경망하게도 스스로 기뻐하고 위세 당당하게 스스로 우쭐대어 만인들 가운데 내달아 뽐내려 한다. 그러나 식자들이 비루하게 여김이 시장 아이들이 부러워하는 것과 다름을 알지 못한다. 어찌 천루賤陋한 것만이 밉살스러울 뿐이랴.

뭇 시기와 대중의 성냄이 또한 이로 말미암아 일어나서, 마침내
는 간혹 재앙이 그 몸에 미침을 면치 못하니, 두려워하지 않을
수 있겠는가. 선생의 말뜻을 살펴보건대, 찬양하는 중에도 기풍
譏諷을 띠고 있다.

〈노인보 경린에게 답하는 편지〔答盧仁甫 慶麟 書〕〉

'문열공文烈公의 화상畵像은 손에 몇 알의 염주를 쥐고 있으
니, 이것은 한 시대의 습상習尙으로 그러한 것이지만, 지금 학
교의 곁에 두는 것은 후학에게 보이는 도리가 아닙니다.' 하였
다.

선생이 선배 유현儒賢에 대하여 극히 존경을 가하여 터럭만
큼도 침범하는 일이 없었으나, 지금 문열공의 화상에 몇 알의
염주를 쥐고 있는 일에 대해서 논의를 정립함이 자못 엄절嚴截
하니, 평일에 정학正學을 숭상하고 이단異端을 배척한 것을 여
기에서 일부 볼 수 있다. 그처럼 겸손한 덕으로 이처럼 정직하
고 준절峻截한 말씀이 있었으니, 학자들이 여기에서 두려워할
바를 알 수 있을 것이다.

〈이자발에게 답하는 편지〔答李子發書〕〉

'한훤당寒暄堂이 도학에 있어서 만일 과연 자사子思·맹자孟子·정자程子·주자朱子와 같다면 세대世代의 설에 구애되지 않는 것이 매우 마땅합니다. 다만, 선생(김굉필을 지칭함)은 덕행이 높기는 하나 미처 논저論著하지 못하여 후세에 고술考述할 길이 없습니다.' 하였다. 선생이 한훤당의 학문에 그 존모尊慕를 극진히 하였으나, 도문학道問學의 측면에 미진한 바가 있었으므로 항상 완전히 구비하기를 요구하는 말이 있었다. 문열공文烈公에 이르러서는, 이미 세상에 드문 충절로 허여하면서도 사론士論이 격렬히 배척하는 것을 아름다운 뜻이라고 돌리고 어찌할 수 없는 일로 치부하였으니, 그 이단異端에 엄격함을 여기에서도 볼 수 있다.

〈유인중이 조정암 행장을 논함에 답하다〔答柳仁仲論趙靜菴行狀〕〉

'오늘날로 말미암아서 그 서여緖餘를 살피려 하나 거의 정확하게 의거할 만한 사실이 없습니다. 예로부터 성현이 능히 후세의 모범이 될 수 있었던 것은 오로지 입언立言하여 후세에 전한 데에서 힘입은 것입니다.' 하였다.

정암靜庵이 한창 나이에 요직에 쓰이어 학문이 바야흐로 진취하는데 뜻이 이미 펴졌고 이름이 바야흐로 성대한데 화가 이미 이르렀으니, 아무리 저서著書하고 입언立言하여 후학後學에게 은혜를 베풀고자 했더라도 될 수 있었겠는가.

비록 도학의 전체에는 한쪽이 부족하나 마땅히 용서할 만한 경우에 있는듯하건만, 선생이 정암을 논함에 오히려 이와 같았다. 하물며 초야草野에 곤궁하게 살고 있는 선비로서 나아가서는 세상에 쓰이지 못하고 물러나서는 사우師友·제자와 선왕先王의 도를 강명講明하지 못하여 후세로 하여금 고술考述할 바가 있게 하지 못하고서 그 고루孤陋함을 편안히 여기고 그 오만함을 키워나가며, 남과 서로 접촉하는 것을 두려워하면서 거짓 겸손으로 꾸미어 길게 읍하고 우뚝 꿇어앉으며 방자히 존덕성尊德性으로 자처하는 자는, 아마도 주자朱子·퇴옹退翁의 가법家法과는 다름이 있는듯하다. 장저長沮와 걸익桀溺은 그래도 낫거니와 육상산陸象山과 같은 이단으로 흐르지 않겠는가. 이는 다 학술의 차이가 호리毫釐가 어긋나면 마침내 천리로 벌어지게 되는 부분이다. 이 일에 마음을 두는 사람은 몰라서는 안 될 것이다.

〈박택지에게 보내는 편지[與朴澤之書]〉

'사서四書 이외에 기록된 공자孔子의 언행言行은 대부분 전국戰國 때 기탄이 없는 간인姦人의 가탁假托에서 나온 것입니다.' 하였다. 내가 평생에 고루하고 아는 것이 적으나, 다만 고문古文을 독실히 좋아하였다. 무릇 선진先秦·서한西漢의 글은 근고近古의 것이기 때문에 詩를 논하고 예禮를 설명한 것이, 혹 경의經義를 증명할 수 있는 것이 없지 않다고 여겼다.

이 때문에 항상 보면서 후세 사조詞藻의 글보다는 낫다고 여겼었다. 선생의 말씀이 대정지엄大正至嚴하여 비록 《가어家語》나 《설원說苑》 같은 책들도 잡서雜書로 돌려서 매우 깊이 배척하였으니, 미세한 조짐이 생길 때 막는 뜻이 이러한 점이 있었는데, 더구나 잠시라도 패관稗官이나 소품小品 등 음탕사벽淫蕩邪僻하여 바르지 못한 서적에 눈을 기울일 수 있겠는가.

근세의 재사才士와 빼어난 유자儒者가 대부분 《수호전水滸傳》·《서상기西廂記》 등의 책에서 발을 빼지 못하였으므로 그 문장이 다 가냘프고 구슬프며 뼈를 찌르고 살을 녹게 하니, 도의道義와 이취理趣에 하나도 볼 만한 것이 없을 뿐만 아니라, 심지어 번화한 부귀가富貴家의 구기口氣에도 또한 말할 수 없는 것이니 복록福祿에 매우 해롭다. 이는 잡서를 즐겨본 해이다.

<영천군수에게 보내려고 초한 편지〔擬與榮川守書〕>

'중문仲文이 비록 두 번 허물이 있었으나 능히 고치면 허물이 없는 사람과 같습니다.' 하였다.

예로부터 성현聖賢이 다 허물을 고치는 것을 소중하게 여겼고, 혹 도리어 '애초에 허물이 없는 것보다 낫다.'고 하기까지 했으니, 이것은 무슨 까닭인가? 대개 사람의 상정常情은 매양 잘못된 곳에 대해서는 부끄러움이 성냄으로 바뀐다. 그래서 처음에는 문식文飾하려 하고 마지막에는 괴격乖激하게 되니, 이것이 허물을 고치는 것이 허물이 없는 것보다 어려운 까닭이다.

우리들은 허물이 있는 자들이다. 힘써야 할 것 중에 급한 일은 오직 '허물을 고치는 것[改過]' 두 자일 뿐이다. 세상을 오시傲視하고 남을 능멸하는 것이 한 가지 허물이고, 기예를 자랑하고 재능을 뽐내는 것이 한 가지 허물이고, 영화를 탐내고 이익을 사모하는 것이 한 가지 허물이고, 은택恩澤을 생각하고 원한을 잊지 않는 것이 한 가지 허물이고, 뜻이 같으면 한패가 되고 뜻이 다르면 배척하는 것이 한 가지 허물이고, 잡서雜書 보기를 좋아하는 것이 한 가지 허물이고, 새로운 견해 내기를 힘쓰는 것이 한 가지 허물이니, 가지가지 결점을 이루 셀 수 없다. 여기에 맞는 약제藥劑 하나가 있으니 '고칠 개改' 자가 그것일 뿐이다. 진실로 그 허물을 고치면 우리 퇴옹退翁도 또한 '아무는 허물이 없는 사람이다.' 할 것이다. 아! 어떻게 해야 이를 얻을 수 있겠는가.

〈풍기 군수에게 보내려고 초한 편지〔擬與豐基郡守書〕〉

'아아, 저 남의 어버이를 욕하는 사람은, 입에서 나온 나쁜 말이 남의 어버이에게 가해지자마자, 귀에 들어오는 더러운 욕이 이미 자기 어버이에게 미칩니다. 입으로 말할 수 없고 귀로 차마 들을 수 없으며, 몸이 떨리고 마음이 아프며, 하늘이 놀라고 귀신이 비난합니다.' 하였다.

아아, 이러한 풍속은 옛날에도 있었던 것인가. 그 윤리를 해치고 이치를 어그러뜨리며 인도를 해치고 의리를 해치는 죄는 선생의 말씀이 상세하다. 유생이 벗을 모아 학업을 닦을 적에 농지거리로 하루를 마치어 마침내 과정課程을 놓치고 만다.

혹 지벌地閥이 부족한 자가 있어 그 실제를 범하면 농담한 것이 진담이 되어 마침내 서로 원수가 된다. 조사朝士들이 동료가 되어 관사官司에 앉아서 떼를 지어 농지거리나 하고 직무를 폐해 버리니, 아전이나 하인들의 보는 데에 체모가 손상된다. 혹 권신權臣이나 총신寵臣이 멋대로 더러운 욕을 가하면 몸을 굽혀 공손히 받아서 영광으로 여긴다. 그가 패망한 뒤에는 곧 탄핵하는 소장에 거론되니, 종처럼 알랑거렸다는 지목을 스스로 면할 길이 없다. 이는 다 경계함직한 일이다. 언사와 안색을 나타낼 적에 삼가지 않을 수 없다.

〈성호원에게 답하는 편지〔答成浩原書〕〉

‘선공先公의 묘갈명墓碣銘에 ‘기미를 알아 미리 조처하고, 총명하고 사리에 밝아 몸을 보전했다.’는 등의 말을 공과 숙헌이 힘껏 조목조목 해명하니, 화를 받을까 회피한 것은 정법이 못 된다 하고, 곽임종郭林宗도 숭상할 것이 못 된다 하여 그렇게 말한 것입니까?

기묘 연간己卯年間의 일에 있어서 내 생각으로는 선공先公의 처신한 것과 같은 것을 곧 정법이라고 여기는데, 무슨 병통이 있기에 반드시 말하지 않으려 하는 것입니까?’ 하였다.

맹자孟子의 웅어熊魚의 비유는 대개는 살신성인殺身成仁·견위수명見危授命을 군자君子가 때로는 사양하지 않는다는 것이지만 또한 군자의 불행이다. 만일 표방標榜을 세우기를 좋아하여 함정과 죄망罪網을 돌보지 않고, 뜻이 같은 사람은 한패가 되고 뜻이 다른 사람은 배척하여 오랫동안 뭇 소인들의 미워하는 바가 되다가 마침내 재앙이 자신에게 미침을 면치 못하고, 그 유풍여운遺風餘韻도 사물에 은택을 끼치지 못하며 사람에게 이로움을 주기에 부족한 자는 또한 헛된 죽음일 뿐이다.

명철하게 그 몸을 보전함은 반드시 그 부모에게 받은 천성天性을 보전하려고 하는 것인데, 혹 억울한 덫에 잘못 걸려 위무威武로 굴복시키는 자가 있어도 군자는 또한 편안함을 탐하여 구차하게 보전하려 하지 않는다.

기묘년己卯年의 일에 이르러서는 선생이 붓을 들기만 하면 탄식함을 잊지 않았다. 비록 정암靜庵 같은 현인에게도 선생이 오히려 유감이 없지 못하였는데, 하물며 그보다 아래인 사람이겠는가. 우계牛溪·율곡栗谷의 견해가 반드시 선생과 서로 합치되지 않는 것이 있었으므로 그 편지로 왕복 논란함이 이와 같았던 것이다.

〈남시보에게 답하는 편지[答南時甫書]〉

'무릇 일용日用 사이에 수작酬酢을 적게 하고 기욕嗜慾을 절제하며, 한가하고 깨끗하며 조용하고 평온하게 지내며, 도서圖書와 화초花草의 구경과 산과 시내, 물고기와 산새를 즐기는 것 같은 것에 이르러서도 진실로 뜻을 즐겁게 하고 마음을 기쁘게 할 수 있는 것은 항상 접하는 것을 싫어하지 아니하여 심기心氣로 하여금 늘 순조로운 경지에 있고 어그러지고 어지러워서 성냄이 없게 하는 것이, 곧 요법要法입니다. 책을 볼 적에도 마음을 괴롭히는 데에 이르지 말 것이고 절대로 많이 보는 것을 금기해야 합니다.' 하였다.

선생의 이 말은 그 우유優遊하고 함영涵泳하는 방법에는 극히 신묘하다. 만일 방탕하고 연일宴佚할 때에도 이 방법을 쓰면 전혀 검속檢束하고 수렴收斂하는 유익이 없다. 마땅히 각고刻苦히 공부를 하여 사욕을 극복하고 경敬을 마음속에 쌓이게 한다는 뜻이 있게 해야 할 것이다. 오직 심기心氣가 번란煩亂하고 신사神思가 초조하여 혈기와 신체가 도무지 쓸쓸하고 조급한 뜻이 있을 때에 바야흐로 이 법을 쓰면, 늦추고 죄며 펴고 움츠리는 것이 서로 달려가 구제하게 되어 음양陰陽·한서寒暑를 한 가지라도 폐할 수 없는 것과 같이 될 것이다.

〈이숙헌에게 답하는 편지〔答李叔獻書〕〉

  '숙헌叔獻이 전후 논변論辯한 바를 보니, 매양 선유先儒의 학설을 가지고서 반드시 먼저 그 옳지 않은 곳을 찾아 힘써 폄척貶斥합니다.' 하였다.

  초학자初學者들이 경전에 대해 선생·장자長者와 왕복하며 문난問難하려면 반드시 그 학설에서 착오가 있는 곳을 집어낸 뒤에야 비로소 의문을 제기하여 질정할 수 있는 것이다. 율곡이 당시에 선생에게 왕복하며 문난하려 하였으니, 그 물은 바가 이와 같지 않을 수 없었던 것이다.

  대체로 남의 흠을 꼬치꼬치 찾아내어 새로운 의견 내기를 힘쓰는 자는 본디 큰 병통이거니와, 지혜를 버리고 의욕을 끊어서 전적으로 옛 경전을 답습하는 자도 또한 실득實得이 없다. 학자가 선유先儒의 학설에 진실로 의심스러운 곳이 있으면 지레 별도의 의견을 내지도 말고, 지나간 일로 제쳐 버리지도 말아야 할 것이다. 모름지기 자세히 연구하여 말한 사람의 본지本旨를 깨치도록 힘써서 반복하여 참험參驗해야 할 것이다.

  그렇게 해서 혹 환하게 풀리더라도 묵묵히 스스로 한번 웃을 것이고, 혹 그 잘못된 곳을 더 발견하더라도 공평한 마음으로 용서하고 순리로 해석하여 모씨某氏는 그렇게 보았으므로 그렇

게 말하였던 것이니, 지금 이렇게 보면 마땅히 이렇게 말해야
한다고 해야 할 것이다.

　겨우 한 부분을 보고서 기화奇貨를 얻은 것처럼 좋아 날뛰고
조잘조잘 아는 체하여 기탄하는 바가 없이 옛것을 배척하고 자
기 의견을 내세우기를 모기령毛奇齡처럼 할 것인가.

〈허태휘 엽에게 답하는 편지〔答許太輝 曄 書〕〉

　'보내준 연방蓮坊(이구李球의 호)의 서신에 이른바 선배先輩를
가볍게 논하는 병통이 있다는 말은 반드시 그만한 까닭이 있어
서 한 말일 것입니다. 나 같은 사람도 이러한 근심이 있는듯하
므로 이 때문에 송구하게 여겨 방향을 바꾸도록 생각합니다. 다
만 주 선생朱先生(주희朱熹)도 이에 대한 경계가 있었으나, 그 도
학道學의 착오된 곳을 논변함에 미쳐서는 털끝만큼도 아무렇게
나 지나쳐 버리지 않고 선배라 하여 덮어준 바가 있지 않았습니
다.' 하였다.

　선생이 목은·포은·한훤당·정암 등 여러 군자에 대해 다 논
한 바가 있었는데, 그 잘못된 곳에 대해서는 간혹 숨기지 않은
점도 있다. 이는 본디 대공지정한 마음에서 나온 것이고 감히

사적으로 좋아한다 하여 덮어주는 바가 있지 않았던 것이다. 그러나 선생의 시대에는 말하는 사람도 공정한 마음으로 말하고 듣는 사람도 공정한 마음으로 들었는데. 근세에는 당습黨習이 고질화되어 사적으로 좋아하는 바는 높이어 소문小聞·말학末學이라도 종사宗師로 받들고 사적으로 미워하는 바는 배척하여 석덕碩德·순유醇儒도 곡사曲士라고 배척한다.

그래서 말하는 것도 공정하기가 쉽지 않고, 듣는 것도 공정하기가 어렵다. 그러므로 입을 다물고 말하지 않은 채 춘추春秋(세상사 포폄褒貶)로 하여금 마음에서 현혹되지 않도록 하는 것만 못하니, 망령되이 스스로 포폄하여 화패禍敗를 초래해서는 안 된다. 심할 경우에는 경의經義와 예설禮說에 이르러서도 또한 각기 들은 바를 높이고자 하여 서로 의뢰하지 않으니, 이는 매우 나쁜 습관이다.

공정하게 듣고 종합하여 보아서 힘써 지당한 데로 돌아가도록 하지 않아서야 되겠는가. 내가 우리 동방 유자들이 논한 경례經禮의 제설諸說을 가져다가 유별로 분류하여 한 책을 편성하고자 하나, 또한 의논하는 사람이 있을까 염려된다.

※ 정약용, 장순범 (역), 다산시문집 22권 《도산사숙록》,
한국고전번역원, 1986

1569년 9월 16일, 평숙이 집으로 돌아갔다. 그는 지난 5월 13일 서울에서 도산으로 李子를 찾아와서 도산서당에 머물면서 가르침을 받았다. 이 편지를 보낼 때 李子는 70세, 이평숙은 21세였다. 그리고 이 해에 李子는 세상을 떠났다.

평숙이 도산서당에서 고향으로 돌아가는 날 아침, 그를 집으로 불러서 아침식사를 한 후 편지 한 통을 건네주었는데, 겉봉에 '道次密啓看'라고 쓰여 있었다.

꼬박 열흘이 걸려 순천 집 앞에 도착했다. 이평숙은 서둘러 편지를 꺼내 읽기 시작했다. 편지에는 이렇게 쓰여 있었다.

〈이평숙에게 주다〔與李平叔〕〉

공자는 이르기를, "천지가 있은 뒤에 만물이 있고, 만물이 있은 뒤에 부부가 있고, 부부가 있은 뒤에 군신이 있고, 군신이 있은 뒤에 예의禮義를 둘[錯] −음은 조措이니 '조措'와 같다− 곳이 있다." 하였고, 자사子思는 이르기를, "군자의 도는 부부에게서 시작되니, 그 지극한 데 이르러서는 천지天地에 밝게 드러난다." 하고, 또 이르기를, "《시경》에 '처자 간妻子間에 정이 좋고 뜻이 합함이 금슬琴瑟을 타는 듯하다……' 하였는데; 공자께서 말씀하기를, '부모가 편안하실 것이다.' 하셨다." 하였습니다.

부부의 인륜이 이토록 소중하거늘, 어찌 정이 흡족하지 못하다고 해서 소박할 수가 있겠습니까. 《대학》에는, "그 근본이 어지러우면서 끝이 다스려진 경우는 없으며, 후하게 대할 자에게 박하게 하고, 박하게 대할 자에 후하게 하는 자는 있지 않다." 하였고, 《맹자》에선 그 말을 거듭하여 "후하게 대할 자에게 박하게 하면, 박하게 하지 않는 곳이 없을 것이다." 하였습니다. 아, 사람됨이 박절하면 어찌 부모를 섬길 수 있으며, 어찌 형제와 종족과 마을에서 처신할 수 있으며, 무엇으로 임금을 섬기고 대중을 부리는 근본을 삼을 수 있겠습니까.

들건대, 공이 금슬이 좋지 않아 탄식한다는데, 무엇 때문에 이러한 불행이 있게 되었습니까. 가만히 보면 세상에 이런 걱정이 있는 자가 적지 않으니, 부인의 성질이 나빠 교화하기 어려운 경우도 있고, 못생기고 슬기롭지 못한 경우도 있고, 남편이 광포하고 방종하여 행실이 없는 경우도 있고, 호오好惡가 정상과 어긋나는 경우도 있는 등 그 다양한 유형을 다 들기 어려울 정도입니다.

그러나 대의大義로 말해보면, 그중에 성질이 나빠 교화하기 어려운 자가 실로 소박 당할 죄를 자초하는 경우를 제외하고는 모두 남편에게 달려있습니다. 남편이 반성하여 자신에게 책임을 돌리고 노력하여 잘 처신하여 부부의 도리를 잃지 않는다면 대륜大倫이 무너지는데 이르지는 않을 것이며, 자신도 박절하게 굴지 않는 데가 없는 처지에 빠지지는 않을 것입니다. 그 이른바 성질이 나빠 교화하기 어려운 경우에도 대단히 패역한 짓을 저질러 명교名敎에 죄를 지은 자가 아니면 마땅히 합당하게 선처善處하여 성급하게 결별하는 데까지 이르지 않도록 하는 것이 옳습니다.

대개 옛날에 쫓겨난 부인네들은 그래도 달리 시집갈 길이 있어 칠거지악을 범한 부인을 쉽게 처리할 수 있었지만, 오늘날의 부인네들은 대체로 일부종사一夫從事를 하여 일생을 마치게 되니, 어찌 그 정의情義가 맞지 않다고 하여 길 가는 사람처럼 대하거나 원수처럼 보아 한 몸이던 부부가 반목하게 되고, 한 자리에 들던 부부가 천 리나 떨어져서 가도家道는 출발점을 잃고 만복의 경사를 누릴 근원을 끊는 짓을 해서야 되겠습니까.

《대학》의 전문傳文에 "자신에게 허물이 없어야 다른 사람을 탓한다." 하였으니, 여기에 대하여 내가 일찍이 경험한 것을 얘기하겠습니다.

나는 두 번 장가들었지만 줄곧 불행이 심했습니다. 그렇지만 이 부분에 대해 마음을 박하게 하지 않고 노력하여 선처한 것이 거의 수십 년이나 되었습니다.

그동안 몹시 괴롭고 심란하여 번민을 견디지 못할 때도 있었지만, 어찌 감정대로 하여 대륜大倫을 소홀히 해서 편모偏母에게 근심을 끼칠 수 있겠습니까. 질운郅惲이 말한, "아버지도 부부 문제에선 아들을 어쩔 수 없다."는 것은 참으로 이 도리를 문란하게 하는 간사한 말이니, 이 말을 핑계 대면서 공에게 충고를 안할 수는 없습니다. 공은 마땅히 반복하여 깊이 생각하여 징계하고 시정하도록 하십시오. 이 문제에 대해 끝까지 시정하지 않는다면, 어찌 학문한다 하며 어찌 실천한다 하겠습니까.

스승은 이평숙이 부부간의 금슬琴瑟이 좋지 않음을 자주 한탄한다는 말을 들어서 돌아가는 평숙에게 불행한 결혼생활을 감내해야 했던 자신의 처지를 예로 들어서 부인을 소박하지 말기를 간곡히 충고하는 편지를 써준 것이다.

이평숙은 대문에서 편지를 읽고 하인에게 대청에 초석을 깔고 소반 위에 정화수 한 그릇을 떠놓게 한 뒤 부인을 불렀다. 부부는 정화수를 마주하고 서로 재배하고 나서 자리에 앉았다. 그날부터 부부는 금슬 좋은 사이가 되었고, 후손도 번성했다.

이함형, 본관은 전주全州, 자는 평숙平叔, 호는 산천재山天齋
이다. 서울에 거주하여 관직 생활을 하러 서울에 올라온 퇴계와
고봉 모두에게 배웠다.

이함형은 효령대군의 후손으로 서울 사람인데, 처가가 있는
순천에 내려가서 살다가 1569년에 퇴계의 문하에 들어갔으니,
스승을 모신 기간이 매우 짧았다.

그는 간재 이덕홍과 함께 《심경心經》과 《주자서절요朱子書節
要》에 관해 제자들이 묻고 李子가 답한 것을 모아 《심경석의心
經釋義》와 《주자서강록朱子書講錄》을 펴냈다. 실로 독실한 제자
였다.

李子는 벼슬을 사직하고 고향으로 돌아가는 기대승을 위로
한 다음, 道에 뜻을 두고 학업에 더욱 정진할 것을 당부한 다음,
아버지 묘갈명 중에 자신을 선생으로 칭도稱道한 곳을 포함해
서 몇 곳을 별지에 적어서 다시 고쳐줄 것을 요청하였다.

그리고 이 답장을 이함형에게 부치는 '答李平叔'을 보내는 편
에 함께 부쳤다. 그러나 답서는 서울로 보내주시기를 바라는 이
유는 만약 답서를 함형에게 부칠 경우, 이 사람의 성품이 고집
스러워 남을 위하는데 너무 지나친 곳이 있으므로, 혹 특별히
사람을 시켜서 멀리 보내올 염려가 있기 때문입니다.

이평숙에게는 학문에 더욱 힘쓰라고 당부하고 부모의 상중
이나 친족의 복내에 부부생활에 관해 문의한 것 몇 조목에 대해
서 답변하였다.

〈이평숙의 문목에 답하다〔答李平叔問目〕〉

'仁·義·禮·智' 네 글자를 해석하면서 문자의 뜻만 본다면,
기송記誦하고 해석하는데 털끝만큼도 어긋나지 않았다 한들 필
경 무슨 보탬이 되겠습니까. 모름지기 네 글자의 뜻을 화두로
삼아 생각하고 논의하며, 고요히 앉아서 마음을 가다듬고 연
구하고 음미하며 체인體認하고 ─ 인認은 구분하여 아는 것입니
다. ─ 체험體驗해야 ─ 험驗은 상고하여 살피는 것입니다. ─ 합니
다. 곧 인仁은 내 마음에서 어떻게 마음의 덕德이 되며, 어떻게
애愛의 理가 되며, 어떻게 온화溫和하고 자애慈愛하는 도리道理
가 되는지, 의義는 내 마음에서 어떻게 마음의 제재制裁가 되고,
어떻게 일을 합당하게 하는 것이 되며, 어떻게 단제斷制하고 재
할裁割하는 도리가 되는지를 말입니다.

그리고 예禮와 지智에 대해서도 이와 같이 해야 합니다. 무릇
성性의 본체本體에는 다만 이 네 가지가 있어서, 혼연渾然히 하
나의 理 가운데 온갖 작용을 함유하여 마치 어떤 정상情狀과 의

사意思가 있는 것 같지만 실상은 형상도 방소方所도 있지 않으니, 만일 공부를 깊이 하여 참됨을 쌓고 오래도록 노력하여 홀로 밝고 넓은 근원을 보아 일상의 어느 곳에서나 분명하게 터득함이 있지 않으면 그것을 확충하여 무궁하게 응용하는 데 힘을 얻기가 자못 어려울 것입니다.

주자朱子가 말하기를, "첫 번째 항목에서 십분十分의 공부를 하고 나면 두 번째 항목에서는 팔구분八九分의 공부만 해도 된다."고 운운하였는데, 이는 비단 독서만 그러한 것이 아니라 의리義理를 연구하는 데도 마찬가지입니다.

하늘이 부여해 준 理는 나와 본래 하나였는데, 기질에 구애되고 욕심에 가리어져 마침내 겹겹으로 장막이 생긴 것입니다. 이 치를 궁구하여 공부를 하고 힘써 연마하고 정진하면 처음에 한 겹의 장막을 없애기는 극히 어렵지만 다음에 또 한 겹을 없애는 것은 전처럼 어렵지 않고, 다음에 또 한 겹을 없앨 때는 힘쓰는 것이 좀 더 수월해져서 의리의 마음이 장막을 없애는 분수分數에 따라 점차 드러나게 될 것입니다. 비유하자면, 본래 환한 거울에 두텁게 먼지가 앉고 때가 끼면 약으로 닦아내는데, 처음에는 힘을 한껏 들여 닦아내도 겨우 한 겹의 때가 벗겨지니, 어찌 몹시 힘들지 않겠습니까.

그러나 두 번 세 번 계속 닦을수록 힘은 점점 적게 들고 거울의 환함도 때가 벗겨진 분수에 따라 점점 드러나는 것과 같습니다. 그러나 지극히 어려운 난관을 지나 좀 더 쉬운 곳에 이르는 사람은 정말로 드뭅니다. 또 더러는 조금 쉬워진 곳에 가서 밝음이 완전히 드러나도록 더 노력하지 않고 마침내 공부를 중단하는 자도 있는데, 이 경우는 더욱 애석합니다.

※ 한국고전번역원 | 권오돈·권태익·김용국·김익현·남만성·성낙훈· 안병주·이동환·이식·이재호·이지형·하성재 (공역) | 1968

이함형은 삼가 선생의 궤연에 제사드립니다.

嗚呼哀哉	아 슬프오이다
泰山之頹	태산이 무너지고
樑木之摧	들보가 부러졌네.
歲未周兮	세성은 아니 돌아오고
天不悔尤	하늘은 재앙 후회 않아
古壟水兮湯湯	옛터엔 물만이 넘실대고
樂菴松兮蒼蒼	낙암엔 솔만이 푸르르네.
嗟卒業之疇依	누굴 의지해 학업 마칠꼬
哀我生之無歸	의지할 데 없는 나의 생애
悼南山之一訣	남산의 긴 헤어짐 애닲고

痛江寺之違別　　강사의 이별 가슴 아프네.

孰無痛於公私　　공사 간 슬픔 모두 같겠지만

懷莫我之傷悲　　나만큼 애통한 이 없으리.

奉一杯以薦誠　　한 잔 술 받들어 정성 올리니

淚如傾以縱橫　　쏟아지는 눈물 하염없어라.

不亡者存　　영령이여 계시거든

庶其鑑昭　　살피시길 바랍니다.

嗚呼哀哉　　아 슬프오이다

尙饗　　부디 흠향하소서.

오용길 作, 새날의 태양, 58×73cm, 화선지에 먹과 채색, 2018년작

아내의 성품이 혹 불미한 점이 많더라도 남편이 너그러이 용납하여 남의 이목에 드러나지 않게 할 것이다. 그렇지 않으면, 어진 자나 불초한 자나 그 잘못의 거리는 한 치(寸)도 되지 못하는 것이다.

퇴계 선생이 이평숙李平叔에게 보낸 글에, "내가 일찍이 재취한 것은 심히 불행한 일이다. 그 사이에 마음이 산란하여 답답함을 견딜 수 없는 때가 있었다." 하였는데, 내가 이 글을 읽을 때마다 의심이 없지 않았다.

근자에 이공李公 형제의 외손外孫에게서 선생의 친서親書를 얻어본즉 그 겉봉에, "길에서 비밀히 떼어보라[道次密啓看]."는 다섯 자가 있었는데, 《퇴계집》에는 어찌 이 글만 누락되었는지 알 수 없다. 아마 이공李公이 도산陶山에서 물러나올 때 좌석이 번거로워 자세히 말할 수 없으므로 글로써 비밀히 부탁하기를, 혼자만 보고 누설하지 말라고 한 것 같다.

제자가 스승 섬기기를 부모와 같이 하니 스승도 또한 제자를 아들과 같이 여기는 것이므로, 이는 李公이 인륜人倫의 변괴를 당한 것을 보고, 마침내 한마디 말도 하지 않을 수 없었던 것이다.

李公이 죽은 뒤에 그의 부친 참판參判 이식李栻이 퇴계 선생의 서찰書札을 일일이 수습하여 도산으로 보내 발간하여 후세에 전하게 되었으니, 이는 또 李公의 뜻은 아닐 것이다.

퇴계 선생의《어록語錄》중 한 구절에, "이공의 부인이 선생의 부음訃音을 듣고 3년 동안을 소식素食(고기반찬이 없는 밥)했다." 하였는데, 이는 반드시 李公이 선생의 그 비밀 서찰을 보고 깊이 깨달음이 있어 그 부인에 대해 위곡委曲(불만한 점이 있어도 마음을 굽혀 일의 성취를 바라는 뜻)히 잘 처리한 까닭일 것이다. 선생이 한번 말하고 침묵함이 이같이 사람의 윤리에 큰 관계가 되었던 것이다.

또《어록》에 선생이 그 큰아들 준寯에게 보낸 서신 몇 통을 실었는데, 그중에, "너에게는 이미 권속이 많고 또 불원간 취처娶妻할 아들 몽蒙이 있는데, 나는 성품이 번잡함을 싫어하고 조용함을 좋아하니, 할 수 없이 부父·자子·손孫 가운데 형편에 따라서 분가分家하여야 되겠다." 하였고, 또 한 서신에는, "부자간에 살림을 각기 차리는 것은, 원래 아름다운 일이 아니다. 그러나 다만 너의 자녀들이 모두 장성하여 혼인하게 되었는데 거처할 곳이 마땅치 않으니, 가정 형편이 그렇게 하지 않을 수 없게 되었다. 옛날에 동궁東宮·서궁西宮·남궁南宮·북궁北宮의 제도가 있었으니, 거처는 한 담장 안에서 하면서 살림은 각기 차리

는 것보다, 차라리 거처는 달리하고 살림을 함께 하는 것이 낫지 않겠느냐." 하였으며,

또 한 서신에는, "네가 의지할 곳이 없이 남의 곁방에 들어 군색함이 이를 데 없다고 하니, 너의 서신을 볼 적마다 수일 동안 마음이 괴롭다." 하였다.

위아래의 글을 참작해 보면, '마음이 산란하다'는 말은, 그만한 곡절이 있어 나온 것이다. 준雋은 바로 전부인前夫人의 소생이다. 아무리 번잡함을 싫어하고 조용함을 좋아하는 성격이라 하지만, 어찌 그만한 일을 처리할 방도가 없어 남의 곁방에 들어가 군색함을 겪게 하였겠는가? 다만 선생의 높은 덕행으로도 마침내 어찌할 도리가 없었으니, 차라리 재산을 나누어 가정을 안정시키는 것이 나은 것이었다. 선생이 어찌 잘못 생각하여 어긋난 처리를 하려 하였겠는가?

사람의 가정에는 변고가 적지 않아, 더러는 갑자기 불상사가 생길 수도 있으므로 소상히 기록해 두는 바이다.

※ 한국고전번역원 | 정지상 (역) | 1978

성호 이익이 권태중에게 주는 편지〔與權台仲 己巳〕

노선생老先生의 〈이평숙에게 보낸 편지〉를 본 적이 있는데, 저의 생각으로는 스승과 제자의 관계는 그 의리가 아버지와 아들의 관계와 같아서 깊이 면유勉諭를 할 때에는 마음속의 모든 것을 다 말할 정도여야 한다고 봅니다. 그러한 내용을 담은 편지를 있는 그대로 일반 사람들에게 퍼뜨린다는 것이 잘하는 일인지 모르겠습니다. (⋯)

그 편지의 봉투에는 "길에서 몰래 열어보라〔道次密啓看〕."라는 다섯 자의 문구가 있었습니다. 제 생각으로는, 당시에 사람들이 많은 자리에서 직접 말해줄 수 없는 상황인 데다 인륜과 관계된 중대한 일이어서 말하지 않을 수 없는 형편이었으므로 혼자만 보고서 몰래 간직하도록 한 것인데, 불행하게도 이공이 죽은 뒤 그 일이 새어 나가고 말았던 것 같습니다. 이렇게 되리라 선생이 어찌 생각이나 했겠습니까. 무슨 이유로《퇴계 유집》속에 이 다섯 자의 문구를 넣지 않았단 말입니까. 선생의 자상한 마음이 지금도 사람들을 감동시키거늘, 영남의 제현諸賢들 중에 혹 들어서 알고 있는 분이 있습니까?

※ 한국고전번역원 | 최채기 (역) | 2015

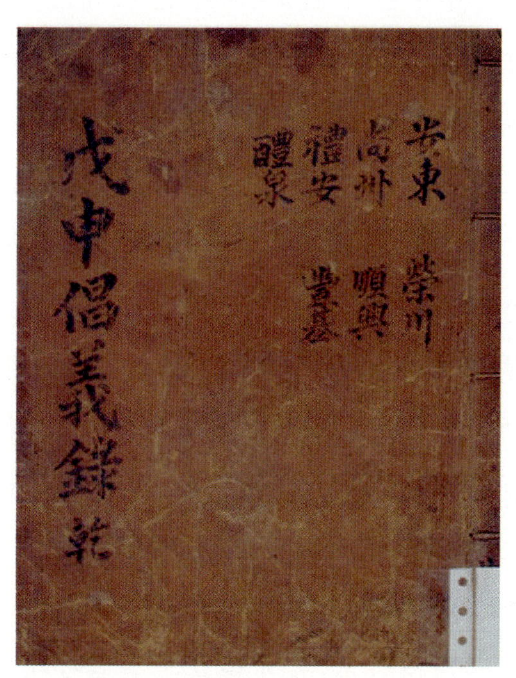
安東　榮川
尙州　順興
禮安　豊基
醴泉
戊申倡義錄 乾

4. 만인소
萬人疏

영동선 춘양역에서 역전 거리를 지나서 운곡천에 걸린 운곡교를 건너면 한수정寒水亭이다. 정자 앞뜰에 서서 바라본 한수정 현판과 나란히 걸린 단아한 해서체의 '月澄軒' 현판, 가을밤에 더욱 밝은 달빛을 바라보는(更是秋 宵得月光) 고절한 선비의 정취가 배인 현판과 헌함軒檻을 두른 정자 마루는 학당學堂의 소박한 분위기를 느낄 수 있어서 겉보다 속(정신)은 아직도 고색창연古色蒼然했다.

충재 권벌이 세운 거연헌居然軒이 쇄락해지자, 그의 손자 석천石泉 권래權來가 거연헌 옆에 한수정을 새로 지었다. 한수정寒水亭은 운곡천과 중조천이 만나는 모서리에 자리 잡고 있어서 정자 앞에는 항상 맑은 물이 흐른다. 한수정寒水은 '찬물과 같이 맑은 정신으로 공부하라'는 의미가 있다.

강좌 권만이 시 〈한수정〉을 지었다.

太白山高萬丈靑　태백산은 높고 만 길이나 푸른데
道心溪遠一條淸　도심천은 멀리 흘러 한 줄기 맑구나.
何人此地名寒水　어느 뉘가 이곳을 '한수'라 이름 짓고
留與先翁扁此亭　선조에게 주어 정자 현판을 남겼는가.

한수정은 북측의 맞배지붕과 남측의 팔작지붕이 만나 'ㄱ'자형 평면을 이루고 위·아래 양쪽에 2칸 통방, 가운데 4칸통 대청을 들여서 헌함을 둘렀다. 맞배지붕 건물은 바닥을 한 단 높이고 지붕을 높임으로써 한수정의 중심부임을 나타내고 있다. 남쪽 건물은 팔작지붕을 낮게 연결하여 정면성을 강조하고 두 지붕의 단차를 두어 조형미를 높였다.

온돌방의 천장에는 동양 우주관을 표현한 음양오행의 기하 문양을 그렸는데, 양(하늘)과 음(땅)이 서로 통하여 만물을 생성하고 무궁히 발전하는 것이 음양의 조화이며, 우주 만물의 원천인 木火土金水의 오행은 서로 상생하는 것과 상극하는데, 우주 만물과 인간의 존재 의미를 한 장의 그림으로 압축한 것이 음양오행도이다.

동쪽 마루의 두 기둥의 보아지에 와룡연의 용을 상징적으로 조각하였다. 한수정을 크게 휘감아 돌면서 석축을 쌓아 중조천의 맑은 물을 담은 와룡연臥龍淵이 정자의 그림자를 드리운 채 고요하고, 정자의 정면에는 큰 바위를 기반으로 석축을 1m 정도 쌓은 초연대가 한수정 안을 들여다보고 있다.

한수정은 본채의 남측과 서북 측에 두 개의 출입문이 있다. 남측의 출입문은 폭 2.1m 정도의 사주문四柱門으로, 이 문의 오른 쪽에는 수령 400년의 회나무가 담장 사이에 끼어있고, 서

북쪽의 사주문은 남쪽의 것보다 작은데, 이 문을 나가면 와룡
연을 건너갈 수 있는 폭 0.6m 정도의 돌다리 '초연대'가 걸쳐져
있다.

楠影婆娑覆小皐　작은 언덕에 낙엽이 파르르 날리어 쌓이네.
先翁於此石爲壕　선조가 돌을 쌓아 해자를 만들었구나.
閒中自有超然趣　달려가서 뛰어넘으려 하지만
不必凌虛萬丈高　만 길이나 높아서 함부로 범하지 못한다네.

한수정 안을 둘러보고 서북쪽 사주문을 나와서 와룡연 돌다리를 건널 때, 마침 와룡연의 물고를 조절하고 있는 權 아무개(某) 씨를 만났다. 일로당의 후손들이 한수정을 자치적으로 관리하고 있는데, 그는 한수정과 남다른 인연이 있었다.

6.25 때 피난가면서 한수정에 보관했던 그의 어머니 반남 박 씨가 낙한정樂閑亭 종가에서 혼수婚需로 가져온 오동장梧桐欌을 인민군이 불쏘시개로 태웠다면서,

"한수정이 불타지 않은 것이 천만다행이지요."

그는 공직에서 퇴직 후 한수정 보존회 부회장을 맡아 봉사하고 있다. 고향을 떠난 적이 없으니, 일로당 종중宗中에 관한한 어느 집에 숟가락이 몇 개인지도 꿰고 있을 정도이다.

"일로당 할뱀 후손이면 누구나 한수정을 지켜야지요."

충재 권벌로부터 3대에 걸쳐 다듬어 온 한수정에 대한 자부심은 일로당 종중宗中의 유전인자 속에서 대대로 전승되어 온 것 같다.

1608년에 충재의 손자 석천石泉 권래權來가 조부의 추모지소로 한수정을 세웠다. 이후 몇 차례의 중수를 거쳐서 지금의 한수정으로 거듭났다. 한수정 옆에 먼저 있던 거연헌이 1672년에 소실燒失되고, 1742년에 낡은 한수정을 새로 중건하였다고 한다.

한수정을 감싸고 돌아가는 와룡연의 거울처럼 맑은 물에 드리운 나뭇가지와 정자의 그림자가 물결에 일렁이었다. 무아無我의 경지에서 바라본 와룡연, 정자의 헌함 뒤로 정자관을 쓴 선비가 앉아서 거문고를 타는 모습이 물결에 비치었다.

나는 넋을 놓고 바라보다가 눈을 깜빡이는 사이에 선비는 시야에서 사라졌다. 이리저리 살펴보고 물속까지 들여다보았으나 빈 정자만 물결에 거꾸로 매달린 채 일렁이었다.

내가 본 것을 그 權씨에게 말했더니, 믿기지 않는 듯 도리어 나를 이상한 듯 바라보았다. 연못에 잠복해 있는 잠용潛龍은 덕德을 쌓다가 때가 되면 등용登龍하여 만천하에 덕을 펴게 된다.

"용이 누운 자태인 와룡연臥龍淵은 아직 때를 만나지 못한 큰 인물을 의미하는데…" 에둘러서 혼잣말로 중얼거렸더니,

선조들 중에서 권일보權一甫를 꼽았다. 일보一甫는 봉화 유곡 마을의 중마(제궁골)에서 권두굉權斗紘과 상주 오작당의 풍양 趙씨의 맏아들이며 석천石泉 공의 현손玄孫이다.

인물이 수려하고 택견과 씨름에서 그와 겨룰 자가 없었으며, 13세에 〈강상관어江上觀漁〉 詩를 짓고, 서체를 좋아하였으나 전서篆書를 숭상하였으며 거문고를 여사餘事로 다루었으나 속세의 소리를 싫어하였고 역관의 외국어도 관심이 있어서 중

국어와 만주어에 능통하였고, 상고시대의 정음正音까지 이해
하였다.

일보一甫는 독서하는 여가에 병서兵書를 즐겨 읽었고, 15, 6세
무렵에는 깃발을 만들고 동네 아이들을 지휘해 팔진도八陣圖를
펼쳤으며, 그가 태어나기도 전에 있었던 화장산 전투에서 산화
한 춘양 600의병과 왜란 전에 있었던 정여립을 비롯한 1,000여
명이 죽거나 유배당한 기축옥사를 늘 안타까워하면서, '군자의
소중한 바는 義일 뿐(惟君子所重者義兮), 만고천추에 이름이 남
는 것(名萬古與千秋).'이라 했다.

백부伯父 창설재蒼雪齋 권두경權斗經은 그를 일보一甫라 불렀
다. 일보一甫는 '으뜸'을 이르는 말로써 오늘날 속된 말로 '일짱
(우두머리)'과 같은 의미이다.

백부의 친구 밀암密菴 이재李栽의 문하에서 대산大山 이상정
李象靖과 동문수학하였다. 1725년 문과에 등과하여 장차 정승의
반열에 오를 청운의 꿈에 부풀었으나 현량책賢良策으로 사변주
서事變注書에 특진特進하게 되자,

"'명가名家의 자손'이라서 높이 선발되었다."는 소리를 듣고,

"손잡고 친하자더니, 머리도 채 돌리기 전에 다 돌아서네.(纔
握手而相誓, 未轉頭而皆非.)"

탄식하고 미련 없이 고향으로 돌아왔다.

무신년(1728) 이인좌李麟佐의 난이 일어나자, 일보一甫는 안동 의병장 유승현柳升鉉을 도와서 격문을 지어 군사를 모으고, 군량으로 곡물〔私穀〕 100여 곡斛을 내어 관군을 돕고자 창의倡義하였으나, 난이 평정됨으로써 의병을 해산하였다.

일보一甫는 권만의 字이며, 강좌江左는 호號이다.

강좌 권만은 죄인들의 초사招辭에서 오히려 난에 연루된 모함謀陷을 받게 되었다. 그는 당시 영의정에게 〈上領議政〉을 보내어 국청을 열어서 무고誣告를 밝힐 기회를 청하였으나 받아들여지지 않았다.

'해자[隍]의 사슴을 얻은들 무엇이 기쁘며, 새옹이 말을 잃은들 무엇이 슬프리.(得隍鹿而何喜, 失塞馬而奚悲.)'

고려 때 이자현李資玄이 청평산에 문수원文殊院을 짓고 살았던 것처럼, 일보一甫는 춘양에서 동쪽으로 산 넘고 물 건너 태백산 깊은 골짜기 석포에 문행당文杏堂을 짓고 안개 피어오르는 낙강洛江의 여울 속에서 한 마리 잠룡〔彭郎〕이 되었다.

窈窕開雲壑　구름이 걸친 깊은 구렁이 고요하고 그윽하다.
淸幽遠俗機　세상에서 멀리 떨어져 맑고 그윽하니
不憂生事乏　삶이 궁핍하나 근심이 없네.

강좌 권만의 〈석포石浦〉 中에서

1800년 6월 28일, 도산서원 훈도 이진동李鎭東은 아침에 세수하려고 마당에 내려서다가, 어제 서원에서 유생들로부터 들은 정조 임금의 연훈방烟熏方 처방이 생각나서 천기를 보더니 행장을 짊어지고 황급히 대문을 나섰다.

부인 안동 權씨와 아들 며느리들과 집안 권속들은 무슨 영문인지 모르고 대문 밖까지 따라나섰으나 그의 빠른 걸음을 따를 자가 없었다.

"아버님, 어디를 바삐 가십니까?"

그의 넷째 아들 여구汝龜가 따라나섰지만, 이진동은 이미 바우재를 넘어가고 있었다.

그의 걸음걸이는 바람처럼 도포자락이 바람에 흔들릴 뿐인데 순식간에 멀어져 간다. 마치 새털처럼 몸이 가벼웠다.

이진동은 젊은 시절에는 축지법을 쓴다고 할 만큼 걸음이 빨랐다. 그는 도학을 공부하면서 축지법에 매몰되어 매일 새벽 인시寅時에 일어나서 무戊자 발걸음으로 걸으면서 '새처럼 공간에 떠서 날아간다.'는 생각으로 걷는 경보를 익혔다.

젊은 시절, 이진동은 그가 살고 있던 풍산 신양에서 하회 마을에 자주 드나들었다. 하회 마을에는 서애 선생을 모신 존덕사 사당을 중심으로 뛰어난 유생들이 많았을 뿐 아니라 겸암 선생의 현손인 종손 류후창이 반초당 이명익의 사위로서 겸암 종가가 이진동의 고모댁이다.

어느 날 한밤중에 축지를 써서 겸암 종가에 당도한 후 다음 날 아침에 하인들을 불러 일렀다.

"어젯밤에 내가 오는 길에 화산 상당上堂에 무엇을 두고 왔으니, 장정들 몇을 데리고 가서 이곳으로 가져오너라."

이진동이 일러준 그곳에 하인들이 당도했을 때, 하인들은 모두들 혼비백산하였다. 큰 호랑이 한 마리가 숨이 끊어진 채 널브러져 있었기 때문이다.

이진동이 밤길을 갈 때는 호랑이가 늘 따라붙는다. 그날 밤도 끝이 뾰족한 지게작대기를 지팡이 삼아서 들고 소부골 입구에 들어서자, 소나무가 우거진 캄캄한 숲속에서 눈에 불을 켜고 호랑이 한 마리가 따라오기 시작했다.

詩를 읊어가면서 유유자적 걸어가는데 호랑이가 갑자기 그의 키를 훌쩍 뛰어넘었다. 재빨리 축지하여 호랑이를 앞질렀다. 뒤로 처진 호랑이가 다시 그의 몸을 훌쩍 뛰어넘었다.

서로 뛰고 넘기를 반복하다가 그는 호랑이의 흥분된 행동이 장난이 아님을 간파하고 상당 안으로 몸을 피했다.

호랑이는 '어흥, 어흥' 거리며 상당을 맴돌다가 급기야 상당 문 앞에 서서 앞발로 문짝을 할퀴기 시작했다. 성당 문짝이 금이 가고 깨어져서 덜컥거리며 부서지기 시작했다.

"네 이놈, 아무리 미련한 짐승이라도 서낭당 앞에서 이 무슨 해괴한 짓이냐?"

이진동의 고함소리에 호랑이는 주춤하더니, 잠시 후 갑자기 상당 문짝을 부수고 뛰어들어왔다. 그는 갖고 있던 지게작대기로 전광석화처럼 호랑이의 입 안으로 찔러 넣고 한쪽으로 피하자 그가 잡았던 지게작대기의 한쪽 끝이 벽에 부딪치면서 상당 벽이 오르르 무너짐과 동시에 호랑이는 그 자리에서 쓰러졌다.

다음 날 하인들이 발견한 것은 벽이 무너지고 문짝이 박살 난 상당 안에 지게작대기가 꼬지처럼 꿰어져 있는 호랑이의 처참한 모습이었다. 호랑이 입에 비녀가 꽂힌 것으로 보아 평소와 다른 행동을 한 것을 알게 되었다.

'그런 줄 알았으면 구해 줄 것을 말 못 하는 짐승이 오죽했을까…'

상당은 하회마을 사람들의 길흉화복을 비는 서낭신을 모시는 성스러운 곳이다.

하회 별신굿 탈놀이는 이 상당에서 시작된다. 광대들이 서낭당에서 강신降神을 빌어서 신탁을 받은 서낭신을 즐겁게 하기 위한 놀이이다.

도산서원 유생들이 전하는 말에 의하면, 정조 임금이 이달 초열흘 전부터 등창이 나서 내의원에서 붙이는 고약을 계속 올렸으나 효험이 없다는 말을 듣고 종일 걱정을 떨칠 수가 없었다.

정조 임금의 환우가 여러 날이 지나도 차도가 없으므로 내의원 제조 서용보를 편전으로 불러 정조가 이르기를,

"밤이 되면 잠을 전혀 깊이 자지 못하는데, 일전에 약을 붙인 자리가 지금 이미 고름이 터졌다."

그러자 내의원에서는 심인이 조제한 연훈방烟熏方과 성전고聖傳膏를 처방하였다고 한다.

내의원이 임금의 등창에 연훈방과 성전고를 처방했다는 말을 전해 듣자, 이진동은 깜짝 놀랐다.

분명 연훈방은 경면주사鏡面朱砂를 사용하였을 것이고 성전고는 파두巴됴를 쓸 것인데, 경면주사는 수은이 들어 있어서 혈관을 타고 온 몸에 독성이 퍼져나가기 때문에 섣불리 써서는 안 되는 극약이다. 한낱 부스럼을 다스리려다 생명을 잃게 될 수도 있다.

'이 처방은 필시 서인 벽파들이 꾸민 흉계일지도 모른다.'

이진동은 서원에서 강독이 파하자 정신없이 바쁜 걸음으로 한티를 넘고 온혜 마을 앞을 지날 때는 소나무 사이로 노송정 종택이 저녁연기를 뿜으며 어둠에 잠기고 있었다.

운곡 골짜기를 지나 갈골에 들어서니 용수사 저녁 예불 목탁 소리가 골짜기로 여운을 남기며 사라져 갔다. 이미 하늘에는 별

들이 하나 둘 반짝이기 시작하는데, 달무리가 화성火星을 둘렀고 남쪽 하늘의 은하수가 머리 위에서부터 빛의 고리같이 연속적으로 흐르면서 점점 짙어지더니 천갈궁天蠍宮(전갈자리)이 지평선 아래로 떨어지자 서쪽 삿갓봉 위로 삼태성이 떨어졌다. 삼태성이 천갈궁天蠍宮을 하늘에서 끌어내린 것이다.

'아, 변이 났구나.'

그는 불길한 예감이 머리를 스치면서 12년 전 영남 유생들의 무신년戊申年 만인소萬人疏 때 그가 직접 만났던 정조 임금의 용안이 떠올랐다.

"인물이 걸출하고 문장도 뛰어나지만 생각이 바르고 의지가 곧아서 장차 짐을 도울 재상감이구나."

그때, 자신을 바라보시던 임금의 눈길에서 무한한 신뢰와 인간적인 정情을 느꼈으며, 그윽히 내려다보는 얼굴에서 외로움의 그늘을 읽을 수 있었다.

'차라리 사가私家에서 태어나셨더라면…'

정조 임금을 만난 이후, 그에게 정조는 더 이상 임금이 아니라 한 인간으로서의 애증으로 다가왔다.

도산서원에서 돌아온 다음날, 이진동은 기침하자 어제의 일이 걱정이 되어서 마당에 나와 서서 하늘을 올려다보다가 두 손을 펴서 손가락을 꼽아 일진日辰을 짚어 천기를 보던 그는 눈앞

이 캄캄하고 팔다리가 떨렸다.

'틀림없이 규괘睽卦로구나…!'

그는 주역에서 일진日辰이 규괘인 것을 알고서, 자신도 모르게 비명을 질렀다. 차마 말로 표현할 수 없는 불길한 천기에 말을 제대로 잇지 못하고 탄식하였다.

이진동은 정조 임금을 구해야 된다는 일념으로 단초라도 지체할 수 없었다.

6월의 이른 아침의 들녘은 이미 부지런한 농부들이 여기저기서 논을 매고 있었다. 싱그런 벼 그루터기 사이로 농부들이 학처럼 하얗게 움직인다. 마을에는 집집마다 아침 연기가 모락모락 피어오르고 있었다.

이진동은 이미 구천 야옹정을 지나 두월에서 내성천을 건넌 뒤 오시午時에 순흥에 닿았다. 봉서루鳳捿樓를 지나 소수서원 대문에 들어섰다. 그때 마침 김한동도 서원으로 들어서려다가 두 사람이 서로 마주쳤다.

'상의 위급함을 알고 왔구나.'

진동과 한동은 서로의 눈빛에서 상대방의 심중을 간파하고 두 사람은 침통한 표정으로 인사를 나누었다.

"와은도?"

"네…"

와은臥隱 김한동金翰東은 봉화 해저海底(바래미)의 고향집에 다녀러 왔다가 정조의 환우 소식을 듣고 걱정하던 차에 일진日辰을 짚어보고 난 후 임금의 명이 경각에 달했음을 간파하고 급히 한양으로 가던 중이었다.

이진동과 김한동은 경인년 성시省試에 두 사람이 함께 과거에 실패한 후, 김한동은 다음 해에 대륜차大輪次(과거의 불합격자에게 다시 보이는 시험)에서 부賦에 수석하여 직부전시直赴殿試의 특전을 받았으나, 이진동은 그 이후 한 번도 과거에 응시하지 않았다.

이진동은 퇴계의 숙부이신 송재 이우 선생의 5대손으로 충청도 관찰사 반초당返招堂 이명익李溟翼의 현손으로 1732년(영조 8년) 안동 녹전 원당리에서 태어났으며, 어려서부터 총명하여 할아버지 이의겸은 그가 장차 큰 인물이 될 것을 기대하였다. 그는 도산서원의 훈감에 추대되어 고장 선비들에게 성리학과 도학을 강론하고 있었다.

이진동은 이상정, 이광정, 조진도, 류일춘, 정약용 등 당대의 석학들과 교유交遊하였으며, 경학, 음양, 불학, 예학과 청나라 사신들이 들고 온 서구의 서적도 접하게 된다.

와은臥隱 김한동은 과거에 급제한 후 헌납이 되어 수해를 당한 영남 지방 재해민의 기곤을 들어 환곡의 환수를 연기할 것을 진언하였다.

1796년 李子의 9대 봉사손 이지순李志淳이 평안도 평원군 영유永柔 현령縣令에 부임하면서 李子의 사판祠版을 도산에서 영유현으로 모시고 갈 때 정조는 예안의 가묘家廟에 김한동金翰東을 보내어 그 당일에 치제하였으며, 사판을 반촌에 모실 때 김한동金翰東이 도집례를 맡았었다.

그 후 대사간이 되었으나 파직하고 도학과 주역에 심취하였는데, 그날 순흥 소수서원에서 두 사람이 만날 수 있었던 것은 각자 천기를 보고서 임금의 독살을 막으려는 충심이 이심전심으로 서로가 통했던 것이다.

이진동과 김한동은 퇴계 이황의 학통을 이어받은 도산서원 유생으로서 서로의 학문과 인품을 존중하고 '만인소'를 올릴 때 두 사람이 의기투합하였다.

1720년에 장희빈의 아들 경종이 왕위에 오른 뒤 경종에게 후사가 없어, 숙종의 서세자 연잉군이 1721년(경종 1년) 음력 8월에 왕세제로 책봉되었다.

연잉군의 어머니인 숙빈 최씨는 물을 긷는 무수리 출신이었다. 당시 무수리는 궁중 하인 중에서도 그 직급이 가장 낮아서 흔히 '궁녀의 하인'으로 불렸다. 어머니의 천한 신분 때문에 어린 연잉군은 같은 왕자이면서도 이복형이었던 왕세자와는 전혀 다르게 주위의 멸시를 받으며 자랐다.

갑술환국으로 남인을 제치고 정권을 독식하던 서인도 노론과 소론으로 갈려서 연잉군과 경종의 택군에 휘말렸다.

소론이 지지한 경종이 즉위 후 4년 만에 죽고 영조가 즉위하게 되었다. 찬란한 문화의 꽃을 피운 영조 시대가 열렸으나 숙종 임금이 뿌려 놓은 씨앗은 영조 시대의 개막에 맞춰서 조선 정가는 환란의 소용돌이에 휘말렸다.

영조 임금이 즉위하자, 위협을 느낀 박필현, 정희량, 정세윤 등 소론 과격파들은 영조와 노론을 제거하고 인조의 장자인 소현세자의 증손자 밀풍군 탄을 왕으로 추대하고자 하였다.

"경종은 연잉군이 보내준 개장을 먹고 독살되었으며, 연잉군은 노론 김춘택의 아들이다."

흉서·괘서가 한양에서부터 방방곡곡으로 퍼져나갔다.

이인좌, 조성좌曺聖佐 등이 경종의 위패를 모시고 조석으로 곡을 하면서 '경종 독살설'을 시중에 확산시켰다.

청주성에서 일어난 반란군은 즉시 경상도와 전라도로 확산되었고, 관찰사와 병마절도사가 전사하기도 했다.

　　이때 연암 박지원의 조부뻘 되는 박필현, 박필몽 형제도 처형되었으며, 후일 연암의 '허생전'은 무신난을 배경으로 소설화한 것이다.

　　이인좌 등이 난을 일으키자, 안동, 대구 등의 영남 유생들이 자발적으로 창의군을 조직하였는데, 난군 세력 중에 문경 사람 이인좌, 순흥 사람 정희량이 주동하였기에 영남에서 가장 발호했다는 이유로 남인들의 협조설까지 확산되면서 영남을 반역향으로 지목했다.

　　"깊은 밤 궁궐에 누워 생각이 영남嶺南의 일에 이르면, 나도 모르게 탄식이 나와 잠을 이룰 수가 없다."

　　영조는 영남 사람 보기를 마치 요시遼豕처럼 여겼다. 영조는 영남을 반역의 고장으로 지목해 향후 일체의 과거 응시를 중지시키는 강경 조치를 취했다.

　　노론들은 무신난의 사상적 연원을 남명, 정인홍의 학통으로 소급해서 경상우도 사족을 철저히 탄압했던 것이다.

　　영남의 유생들이 만인소를 올리게 된 발단은 영조의 즉위를 반대한 서인 일파가 무신년(1728)에 일으킨 무신난의 60주년인 무신년(1788)을 맞이하여 영남의 선비들이 그동안 지역적 차별을 당한 억울한 무고의 진실과 당파의 고질적인 폐단을 알리는 것이었다.

도산서원을 출입하는 유생들이 중심이 되어 영남의 각 지역의 유생들에게 통문을 돌려서 학가산 봉정사에 모였다.

무신창의의 상소를 의논하는 과정에서 매사에 적극적이고 일처리가 명료한 이진동을 영남 유생을 대표하는 소수疏首로 추대하였다.

이진동을 비롯한 영남 유생들은 상소문과 《무신창의록戊申倡義錄》을 작성하였다. 상소문은 이인좌의 난 때 영남 유생들 모두가 이인좌에게 동조한 것이 아니라, 오히려 반군에 맞서 창의한 사실을 기록한 창의록을 바친다고 하였다.

「이인좌의 난 당시 영남 선비들이 자발적으로 일어나 반란군과 맞서서 투쟁하였으며, 반란군은 소론과 남인 과격파이고 영남과는 무관한 충청도 출신이었다는 점을 전제한 뒤, 영남의 사림들이 임오의리壬午義理 문제의 진실을 알고 있으나 노론의 탄압으로 비밀리에 간직하던 중 그로부터 30여 년이 지나도록 감히 입을 열지 못하고 있었습니다.

"정조가 안동 도산서원을 방문하여 여악과 향락을 즐기러 갔다."는 유성한의 흉소凶疏가 있었고, 윤구종이 "우리 노론은 경종에게는 신하의 의리가 없다."는 망언을 전해 듣고, 영남 유생들은 이를 바로잡기 위하여 상경했습니다.

사도세자의 평소 현명한 언행과 학식으로 보아 정신이상자일 리가 없고 세자와 영조와의 원만한 관계를 언급하면서 벽파僻派의 사악한 무리들에 의해 이간질 당하고 끝내 원통히 죽었으니 마땅히 사도세자에게 누명을 씌운 역도들을 찾아내 처벌하여야 할 것이며, 임오의리는 차마 듣지 못하는 사안이지만 영조가 금등金縢 문서를 남긴 것처럼 그것은 충역을 가리고 시비곡직을 가리는 것은 당연한 일이고, 그 일은 더 차원 높은 효와 의리를 찾을 수 있습니다.

전하께서 영남을 특별히 잊지 않고 권념해 주시고 파격적인 예우를 해주시니, 영남의 사림들은 모두 전하를 위해 몸 바쳐 보답할 각오가 되어있으므로 선 세자(사도세자)를 위해 왕에게 변무하고 죽음을 무릅쓰고 직간하는 것이며, 유성한과 윤구종의 경종에 대한 불충은 선 세자에 대한 불충과 다를 바 없으니 여러 신하의 주청대로 마땅히 그들을 역률로 다스려야 합니다.」

영조의 임오의리는 사도세자가 질병으로 인해 반역의 죄인이 되기 전에 부득이 사사로운 인정을 끊고 종사宗社를 위해 결단한 것이라면서 "의리는 의리이고 애통은 애통이니, 사적 애통으로 공적 의리를 가릴 수 없다."고 하였다.

《무신창의록》은 무신년(1728, 영조 4년) 이인좌의 난이 일

어났을 때, 경상도에서 기병한 의병들에 대한 기록을 모은 책
이다. 난이 일어난 지 60년 후인 무신년(1788, 정조 12년)에 정
조가 이인좌의 난 때 창의한 안동의 의병장 유승현과 권만에게
관작을 내리고 그때의 사적을 조사해 보고하라는 명령을 내렸
다.

경상 감사 등이 별다른 움직임을 보이지 않자, 정조는《무신
창의록》을 경상도에서 간행하게 하였으나 이루어지지 않다가
19세기 말에 이르러 간행되었다.

《무신창의록》의 내용은 경상도 창의사적, 호소사 조덕린사
적, 소모사 황익재사적 및 별록으로 구성되어 있다. 주가 되는
내용은 경상도 무신창의사적으로 안동, 상주, 예천, 순흥, 영천
永川, 의성, 예안, 풍기, 영천榮川, 진보, 영양, 봉화, 용궁 등 13개
지역의 창의사적이 수록되어 있다.

각 지방의 창의사적의 내용은 의병의 조직과 활동을 규정한
절목, 의병의 조직 과정과 난의 경과를 기록한 일기, 의병조직
에 참여를 호소하는 통문, 격문 등으로 되어 있다. 그밖에도 군
령, 전령, 방榜과 의병의 군량 지원을 위해 각 지역의 원院, 서
당, 역원 등에서 보내온 쌀, 사환 등의 구체적 내용이 자세하게
기록 되어 있다.

이 책에서 특히 중요한 부분이 되는 것은 절목과 일기로서,

절목은 장정의 의병 참가를 의무화하고 있으며, 의병 기피자는 엄한 군율로 다스리고 있다.

일기의 내용은 3월 15일부터 난이 평정되어 의병을 파하는 4월 7일까지의 난의 발생과 의병조직, 통문의 수발, 난의 진행 동태를 수록하고 있다.

순흥, 영천榮川 등의 일기에는 관찬 자료에서 언급되지 않은 구체적인 난의 진행 과정이 기록되어 있으며, 또한 안음, 거창을 근거로 난을 일으킨 정희량 등에 대한 보고 기록이 있다.

호소사 조덕린사적, 소모사 황익재사적은 경상도 각 지역의 의병호소와 의병조직을 중앙에 보고한 내용이며, 별록은 감란록 및 읍지 등에서 관련기사를 옮겨 적은 것으로 안동, 상주, 선산, 예안, 영천, 예천, 영해, 하동 등지 사인士人들의 활약상에 대한 것이다.

이 책에 의하면, 의병을 조직한 자는 전前 관직자 또는 지방의 유생들이 대거 참여하고 있으며, 향교, 서원, 서당 등에서 물량과 인력을 동원하였음을 알 수 있다.

이진동과 김한동은 〈무신창의 만인소〉와 《무신창의록》을 직접 들고 상경하여 8월부터 대궐 문 앞에 꿇어 엎드려 상소를 올렸으나 노론이 장악한 승정원은 상소를 받아들이지 않았다. 그러나 젊은 시절 호랑이를 때려눕힌 그의 용맹과 고래 힘줄처럼 질긴 인내를 익히 알고 있는 서인들은 감히 그를 막을 수 없었다.

이진동은 상소를 올리기 위하여 8월부터 승정원 앞에 엎드려 소를 올렸으나 거두어지질 않았다. 여름철에는 모기에 뜯겨도 참을 수 있었으나 가을로 접어들면서 깔아놓은 가마니 틈새로 찬기가 솟아오르기 시작하더니 무서리가 내리고 삭풍이 몰아쳐 살을 칼로 에는듯하였다.

풍우에 여기저기 찢기고 찌그러진 갓 아래 상투가 풀려서 산발한 머리가 여윈 얼굴을 덮은 데다가 여름철에 입고 온 구겨지고 때묻은 삼베옷이 심봉사 두루마기보다 못한 몰골이었다.

11월에야 경희궁으로 거동하던 정조가 시전 상공인들의 질고를 묻기 위해 어가御駕를 세운 틈을 타서 상소문과 무신창의록을 올리는데 성공했다.

그달 여드렛날, 이진동은 대궐에 나가 좌상, 우상 및 예조판서 이재간이 동석한 자리에서 정조에게 아뢰었다.

영남 사림의 60년 한을 알리는 순간이었다.

"지난 무신년에 역적 정희량이 영남에서 반란을 일으켰을 때, 영남 인사들은 죽고 싶도록 부끄러워하고 분해하면서 편지로 서로 깨우치고 격문으로 고하여 집집마다 창의하였습니다. 그

런데 금년 봄 그런 사람들을 찾던 때에 반란 진압에 참전한 영
남 인사들의 명단이 전부가 누락되었으니 억울하기 그지없습
니다. 그래서 책자로 안동 등 13고을의 창의한 사적을 하나하
나 서술해서 아룁니다.”

이진동은 창의한 이유와 억울함을 아뢰면서,

“역적 정희량의 조카인 정의련의 초사招辭에 의하면,

‘3월 10일 뒤에 이능좌가 예천에 왔다가 크게 분노하여 돌아
가면서, 안동 부사 이정소를 목 베고 안동을 통괄하려고 했으나
안동 놈들 때문에 나의 일을 이룰 수 없다.’ 하자,

‘어찌하여 이런 말을 하는가?’ 안동 사람들이 꾸짖자,

‘이능좌가 이 때문에 분개하면서 가버렸다.’고 합니다.

이처럼 안동 사람들이 역적을 꾸짖어 물리침으로써 역적이
분노하여 가도록 만들었습니다.”

정조가 우의정 채제공에게 이르기를,

“영남은 바로 사부士夫의 고장이다. 그때 영남 사람 중에 속
임과 유혹을 받아 역적이 된 자가 간혹 있었으나, 어찌 이 때문
에 전체 영남 사람의 앞길을 막아서야 되겠는가. 내가 영남 유
생이 올린 책자를 보건대, 여러 사람들의 충의가 참으로 거룩한
데 도신의 장계에 누락된 것은 자못 괴이하다.

임금의 정사에는 인재를 수습하는 것보다 앞서는 것이 없고,

대신의 사업은 인재를 천거해서 임금을 섬기는 데 있으니, 영남 사람 중에서 명성을 들어 알고 있는 사람 한둘을 우선 천거하는 것이 좋겠다."

우의정 채제공이 아뢰기를,

"인재를 천거하여 임금을 섬기는 일을 신이 어찌 감히 감당하겠습니까. 영남 유생의 이번 상언은 조정에서 영남에도 충의의 선비가 있다는 것을 알아주기를 바란 것일 뿐입니다."

채제공이 아뢰자 정조가 다시 이르기를,

"조덕린과 황익재가 아직까지 죄적罪籍에 있다. 이들은 악역惡逆에 관계된 자들이 아니니, 이렇게까지 할 필요가 없을 듯하다." 우의정 채제공이 아뢰기를,

"덕린은 무죄가 밝혀졌으나, 그 뒤에 대계臺啓로 인하여 귀양 가서 죽었습니다. 황익재도 그때 함께 무죄가 밝혀졌으나, 대계로 인하여 귀양갔다가 얼마 뒤에 방면되어 죽었습니다. 그런데도 세초歲抄 속에 들어 아직까지 방면자 명단에 끼는 은택을 입지 못했습니다."

영의정 김치인金致仁은 아뢰기를,

"김성탁, 조덕린, 황익재가 다 죄적에 있는데, 성탁은 명의名義에 죄를 얻어 장형을 받고 귀양가기까지 했으며, 덕린은 감히 말의 뜻이 음흉하고 참혹한 흉소를 올렸대도 억울함을 호소

하는 여러 사람 가운데 함부로 끼워 넣어 조정의 생각을 떠보려는 꾀를 부렸으니 장두狀頭 이진동李鎭東을 엄히 감죄勘罪해서 앞으로 그런 일이 생기지 않도록 징계하지 않을 수 없습니다.”

‘시배時輩’라는 말은 옳고 그름을 엄격하게 따지기보다는 시류에 적당히 편승하는 무리라는 부정적인 의미로 쓰였다.

노론의 시파時派는 ‘시배時輩’와 같은 뜻의 용어이다. 정조의 탕평책에 적극 호응한 벽파僻派 세력을 배척한다는 뜻을 담고 있는 용어이다.

노론 시파時派 김치인의 말을 받아서 채제공이 아뢰기를,

“영남 유생들이 반드시 무신년에 창의한 것으로써 성상께서 한번 보시도록 하고자 한 것은 그 뜻이 무엇을 바라는 데서 나온 것이 아니라, 대개 적변을 당하여 충의가 발휘된 사적을 드러내 밝히고자 한 것일 것입니다. 그들이 올린 책자를 앞으로 인쇄해서 널리 배포하게 한다면 그 충의를 포장褒獎하는 것이 어찌 상례에 따라 추증하고 자손을 돌봐주는 것과 비교가 되겠습니까.”

정조가 전교하기를,

“책자를 열람해 보고서 대신들에게 헌의하라고 명한 뜻이 어찌 공연한 것이었겠는가. 문교가 홍성했던 지방의 충현의 후예

들로 하여금 60년 동안 쌓인 원한과 두터운 무고를 씻을 수 있게 하고자 해서였다.

대체로 변란의 와중에서 유능하고 뛰어난 사람을 추대하여 앞을 다투어 창의하는 일이 있기까지 하였으니, 그 기절氣節과 충성이 다른 도와는 다르다 하겠다.

무신창의 60주년을 맞아 당시의 유공자를 모두 기록하는 이때에 이런 책을 보았으니, 어찌 특례로 포장하여 가상히 여기는 은전이 없어서야 되겠는가. 본도로 하여금 중요한 것만을 뽑아서 인쇄해 배포하는 것을 모두 영상과 좌상의 헌의에 따라 시행하게 하라."

정조가 엄하게 말을 이어갔다.

"조덕린과 황익재는 그때 호소號召하고 안무按撫한 공이 진실로 있었다. 고 승지 경상도 호소사號召使 조덕린과 고 목사 소모사召募使 황익재의 죄명을 세초歲抄 속에서 씻어내라. 이것이 바로 어느 쪽에도 치우치지 않고 공평하게 하신 선왕의 뜻을 잇는 것이니, 영남 사람들은 내가 오늘 간곡하게 이르는 뜻을 알아서 학문에 더욱 힘쓰고 집에서 효도하며 나라에 충성하여 자손 만대토록 우리 선대왕의 천지처럼 감싸주신 성대하신 은덕에 보답하라."

정조가 이진동에게 이르기를,

"무신창의 60주년을 맞아 충절을 포장하고 공적을 기록하는 날을 당하여, 책자 가운데 실려 있는 여러 사람들은 모두 명현의 후예들로 창의하는 일을 주도하였으니, 내 진실로 찬탄하는 바이다. 그러나 당목黨目이 한번 생겨난 뒤로 취미가 각기 달라져서 근래에는 조정에서 영남을 거의 다른 나라처럼 보니 진실로 개탄스럽다.

인재가 부족한 이때 영남의 허다한 인사 중에는 반드시 등용할 만한 사람이 많을 것이니, 만약 수용해서 함께 조정에 늘어서게 한다면 어느 쪽에도 치우치지 않고 공평하게 하는 도에 부합할 것이다."

정조가 이진동을 한참동안 바라보더니,

"공은 인물이 걸출하고 문장도 뛰어나지만, 생각이 바르고 의지가 곧아서 장차 짐을 도울 재상감이구나."

"성은이 망극하여이다." 이진동은 진실로 감읍하였다.

"그동안 남인들 중에는 학식이 출중해도 과거를 볼 기회가 주어지지 않았는데, 너도 과거를 보지 않았느냐?"

상이 하문하자, 이진동은 이미 오래 전에 성시省試에 장원급제하였으나 답안이 격식에 어긋난다는 이유로 무효가 된 것을 정조 임금에게 차마 말할 수가 없었다.

'그 후 과거를 포기하고 학문에만 전념하고 있는 지금, 그때

서인들의 농간을 밝힌들 지금 무슨 소용이 있겠는가.'

이진동이 자신의 호를 욕과제欲寡齊라 한 것은 세상 명리의 욕심을 버리겠다는 그의 좌우명을 의미한다. 세상 욕심에 초연하고 학문에 몰두한 지 수십 년, 그의 학문은 경서에서 천문, 도학 그리고 외국의 새로운 문물을 섭렵하고 있었다.

예조에서는 정조에게 《무신창의록》을 읽지 말라고 권유했으나, 정조는 이미 밤새워 다 읽은 다음 채제공에게 말했다.

"그때 영남 사람 중에 속임과 유혹을 받아 역적이 된 자가 간혹 있었으나 어찌 이 때문에 전체 영남 사람의 앞길을 막아서야 되겠는가."

정조는 채제공에게 《무신창의록》 간행과 무신난 당시 창의倡義한 자나 그 자손들을 찾아서 포상할 것을 명했다.

정조는 무신란과 대다수 영남 남인이 무관하다는 점을 천명함으로써 영남 남인이 역적으로 지목되었던 문제를 해결하였다.

1788년(정조 12) 4월 5일, 우의정 채제공이 무신년에 창의한 유승현·권만·우하형의 포상과 녹공을 청하였다.

"신이 판부사 이재협의 말을 듣건대, '고 참의 유승현柳升鉉과 고 정자 권만權萬은 함께 안동安東 사람으로 무신년 적변賊變을 당하여 의병을 일으켜 승현이 대장이 되고 권만이 부장副將

이 되었는데, 안무사按撫使 박사수朴師洙가 그 군대를 살펴보고는 그 기율紀律이 엄명嚴明한 데에 감탄하였다고 합니다. 그러나 오래지 않아 적이 격파되었기 때문에 포록褒錄이 미치지 않았으니 애석하다.'고 하였습니다."

"이번의 포록은 바로 이런 사람들을 위한 거조인데, 하물며 그들이 사는 고장이 또 사부士夫의 고장임에랴."

정조는 화직華職에 추증하라고 명하였다.

이진동의 상소는 수십 년간 묻혀있던 정치적인 문제들을 언급한 내용으로 1689년의 기사환국 이후 100년간의 영남 남인의 형편과 무신난 당시 영남 사림에 대한 무고를 바로잡게 된다.

이진동과 김한동은 이미 고희를 바라보는 노인이다. 축지를 하듯 다니던 젊은 시절과 다르게 지금의 그들에게 한양 길은 멀고 힘에 부치는 원로遠路이다. 그러나 두 사람은 이진동이 무신년 상소 때 소수疏首로 뽑히어서 상소를 추진했던 일들을 이야기하면서 걷는 길은 만감이 교차하였다.

"만여 명의 유생이 참여하는 만인소란 쉬운 일이 아니었지. 우선 그만큼 명분이 분명해야 했고, 그리고 자발적인 지원이 없었다면 성사가 불가능했지."

이진동은 그때의 일들이 어제 일처럼 생생하게 기억하였다.

"욕과제께서는 그때, 소수疏首(疏頭)의 직임을 맡아서 각 지역의 소임疏任들과 상경봉소上京捧疏와 복합伏閣에 참여하는 배소유陪疏儒들을 잘 다스려서 소유들 모두가 참으로 열심이었지요."

"와은의 덕이었지요. 그리고 배소유가 아닌 단순히 이름만을 제출한 자들도 연락하여 격려해 주었지요…"

유소를 실행하기 위해서는 한양까지의 왕복 노자에서부터 엄청난 자금이 필요하였다. 한양에서의 수십 일간의 숙식비는 당연하고, 만약 소수와 소임들이 귀양 가게 될 경우의 문제 등에서 엄청난 자금을 필요로 하였다.

이러한 자금은 이를 지지하는 재경인사들의 기부금으로도 일부 충당되었지만, 대부분은 각 지방의 향교나 서원, 문중 단위로 일정액을 갹출했었다.

무엇보다 중요한 것은 만인소가 발의되어 최종적으로 국왕의 비답批答을 받는 것인데, 비답을 받기까지의 과정은 복잡하고 험난하다.

유림의 대표들이 논의하여 상소를 발의하게 되면, 이를 논의하기 위한 회의 개최를 알리는 통문이 각지의 서원이나 향교, 문중 등으로 발송하고, 도회는 주로 주관 지역인 안동이나 서울

출입이 쉬운 문경, 상주향교 등에서 개최되었다.

통문을 받은 기관에서는 향중의 의견을 수렴하여 도회에 참석할 유생들을 선발하는 한편, 적극적인 지지를 표명하는 통답答通을 발송하였다.

도회에서 상소가 결정되면 그것을 본격적으로 준비하는데, 우선 상소를 위한 대표인 소두疏頭(疏首라고도 한다)를 선정하고, 공사원公事員, 장의掌議, 사소寫疏, 배소陪疏, 일기유사日記有司 등의 다양한 소임疏任과 배소유陪疏儒를 각 군현별 혹은 문중단위나 성씨별로 배정하고, 상소 전반을 관장하는 소청疏廳을 설치하는데, 소청은 주로 향교나 서원이 이용되었다.

소청에서는 상소문을 마련하고 참여 유생들의 명단을 확보한다. 상소문은 학식과 문장력을 갖춘 명사가 작성하거나, 여러 사람들이 제출한 글들 중에서 선택하였다. 그러나 최종적으로는 소유들뿐만 아니라 중앙의 관련 인사들의 검토 과정을 거치면서 수정되게 마련이었다.

상소문이 완성되면 각 향교와 서원, 혹은 가문별로 파악된 참여 유생의 명단을 연명으로 기록하여 상소문을 완성한다.

완성된 상소문은 소궤疏櫃에 보관하여 배소유들이 서울로 운반하게 된다.

서울에 도착한 소유들은 우선 숙소를 마련하고 재경 세력들과 다양한 정보를 교환하면서 봉소捧疏할 때를 정한다.

그런데 유소 혹은 만인소는 승정원에서 접수하여 어전에 올린다. 복합할 날짜가 정해지면 소두가 소임 및 배소유와 함께 소궤를 들고 대궐 앞에 복합하여 승정원에 상소의 대강 내용을 기록한 '대개大概'를 전달한다.

입직 승지들은 이 대개를 검토하여 정소呈疏 여부를 결정해 소본疏本을 들이도록 하면 명첩名帖이 첨부된 상소문을 제출한다. 승정원에서는 봉입된 상소를 고의로 거부할 수 없지만, 왕명을 빙자하여 반대당파의 상소를 원천적으로 봉쇄하기도 하였다.

상소가 정소되어 이를 검토한 임금은 즉시 비답을 내리기도 하였지만 며칠 지체시키기도 하였다. 물론 비답을 받을 때까지 소수를 비롯한 배소유들이 복합하는 것이 통례이다.

임금의 비답은 우호적일 경우도 있지만,

"소疏를 보니 그런 사정이 있었는지 알겠구나."

"알았으니 돌아가서 생업에 충실하여라."

아주 통상적인 답을 내리기도 한다. 그러나 바라는 바의 비답을 받지 못한 경우에는 2, 3차에 걸쳐 복합을 계속하기도 하지만, 만약 국왕이나 집권층의 의사와 크게 어긋날 경우에는 소두를 비롯한 간부들이 형조에서 조사를 당하거나 무고죄로 유배되기도 한다.

이진동의 무신년 상소가 성공적이었음은 그 후 임자년에 도산서원에서 별시를 본 것이었다.

정조는 임자년(1792) 3월, 각신(규장각 신하) 이만수를 영남으로 보내어 도산서원에서 별시別試를 치르게 하였다.

별시장에 입장한 유생이 7,200여 명, 시권이 5,000여 장, 구경꾼까지 합쳐 1만여 명이 모여 '영남에 사대부가 만인'이라는 말이 나오는 계기가 되었다.

각신이 과장을 열자, 1만 명 가까운 유생들이 시사단으로 들어왔고 시권을 합당하게 지은 자가 근 5천 명이나 되었다.

"그때, 별시를 보러 구름처럼 모여들었던 유생들의 선비다운 행동은 참으로 자랑스럽지요."

유생들의 질서정연한 행동을 떠올리며 김한동이 감격해 하자,

"그렇지요. 우리 남인의 과거가 무신난 이후 무려 65년 만이지요. 각신 이만수가 가져온 시권을 정조 임금이 직접 채점하셨지요."

이진동은 임자년 도산서원 별시別試를 상기하며, 자신도 모르게 흐뭇해하면서 두 사람은 산을 넘고 강을 건너서 하염없이 걷고 또 걸었다. 죽령을 넘어서 단양에 당도하고 금수산을 돌아

넘어서 제천에 당도한 후 천둥산 박달재를 넘었다. 여주 이천을 지나서 장호원에서부터는 발바닥이 부르트고 몸살이 났다.

이진동과 김한동은 7월 5일에야 한양에 당도하였다. 그러나 정조는 이미 6월 28일 창경궁의 영춘헌에서 운명하였으며, 그날은 이진동과 김한동이 각자 자신의 고향집에서 천기를 보고 정조 임금의 독살을 막기 위해 진동한동 상경한 바로 그날이었다.

정조가 운명하던 날, 햇빛이 어른거리고 삼각산이 울었다고 한다. 정조가 운명하던 며칠 전 양주와 장단 등 고을에서 한창 잘 자라던 벼포기가 어느 날 갑자기 하얗게 죽어 노인들이 그것을 보고 슬퍼하며 말하기를, 벼가 임금의 상을 당한 이른바 거상도居喪稻이다.

이진동이 정조의 환우가 위독하다는 소식을 듣고서 안동에서 한양까지 500리 길을 진동한동 왔지만, 늙은이들의 걸음이 젊은 시절과는 달라서 이레 만에 한양에 당도했다.

그날 6월 28일 아침, 이진동이 그의 집 마당에서 짚어본 주역의 64괘 중에 38번째 규괘暌卦는 단절과 이별, 죽음을 뜻하며, 그 전날 밤에 삼태성이 천갈궁天蝎宮을 하늘에서 끌어내림은 임금을 왕좌에서 끌어내리는 것이다.

그는 상경하면서도 차마 말을 못하였지만, 주역의 규괘睽卦와 천갈궁天蠍宮의 천기를 죽음의 사자처럼 머릿속에서 떨칠 수가 없었다.

'설마 했더니, 결국…'

그러나 이미 임금은 그가 출발하던 날 승하하셨으니 하늘이 무너지고 땅이 꺼지는 듯 슬픔을 가눌 길이 없었다.

'선조 병술년에 주상의 병환이 혼미한 지경에 이르렀으나 하루 밤낮을 넘기고 다시 회생하였으며, 갑오년에 또 그와 같은 증세가 있었으나 회복하였는데…'

이진동은 희망의 끈을 놓지 않고, 혹시나 독살을 면하고 다시 건강을 회복할 수 있기를 바랐는데 모두가 허사였다. 정조가 아직 49세의 젊고 왕성하므로 세상을 바로잡아야 할 수많은 일들이 물거품처럼 사라졌다.

'아, 원통하도다. 국운이 다한 것인가, 이 일을 어쩌랴…'

이진동은 68세의 고령이다. 500리 길을 쉬지 않고 달려왔지만, 이제는 명의 화타인들 생명을 되돌릴 수 없다는 것을 한탄하며 그 자리에서 실신하고 말았다. 여섯 살 아래이지만 김한동도 환갑의 노인이 아닌가.

두 노인이 대궐문 앞에 쓰러진 것을 발견한 정약용 일행이 그들을 집으로 모셨다. 이들은 12년 전 무신년 만인소 때 한양의 유생들과 함께 파당을 넘어서 물심양면으로 이진동을 지원해 준 당시대의 최고 지식인들이었으며 그 후 일생을 믿음으로 교유하였다.

이진동은 정조의 죽음에 대한 의문을 떨칠 수가 없었다.

연훈방에 쓰이는 경면주사鏡面朱砂는 붉은 빛을 띠는 수은 성분의 천연 광물질로서 온천 근처에서 생성 되는 화산암이다. 이 경면주사는 가루로 만들어서 진정제, 해독, 해열에 효과가 있으며 다른 약제와 섞어서 써야 한다.

종기 치료에는 경면주사를 다른 약제와 섞어서 한지에 싸서 불에 태워서 훈방하는데, 고름이 잘 생기고 잘 빠져 나오게 하는 성질이 있다. 그런데 황화수은을 태우면 수은이 나올 수 있다. 명나라 '본초강목'에 의하면, 불에 닿으면 황과 수은이 분리 되는데 0.2g이상이면 치명적인 물질이 나와서 환부에 수은이 유입된다. 급성 수은중독은 구토, 기침, 피설사, 복통, 불면 증상이 생긴다.

종기 치료는 일반적으로 3~5일 경과 후 농을 째고 고름을 빼고 살이 돋아나게 해야 하는데 정조는 치료시기를 놓쳤다.

특히 연훈방 치료를 하면서 경옥고로 보신하는 치료를 동시에 처방한 것은 약이 아니라 독이 되는 처방이었다. 경옥고는 기력 회복 보약이므로 종기에는 해가 되기 때문이다.

정조의 병세가 6월 26일부터 혼수상태이면서 가미팔물탕, 독삼탕, 인삼차, 성향정기산 등을 처방하여 종기를 도리어 악화시킨 결과가 되었다.

또 한 가지 독살의 의문을 떨칠 수 없는 것은 정순왕후의 행동을 의심하지 않을 수 없다.

정순왕후는 사도세자의 죽음에 관여했을 뿐 아니라, 정조 즉위년 7월 28일 경희궁에 호위군관 강용휘, 천민 출신 장사 전흥민이 홍상범(홍계희의 손자)의 사주를 받고 정조를 살해하려고 지붕에 올라갔다가 정조에게 발각되었으며, 홍계희의 조카 홍술해의 아내는 소문난 무당의 주술을 이용해 정조를 살해하려 하였다.

그들은 정조를 살해 후 은전군을 추대하기 위해 환관과 궁녀가 역모를 꾸몄는데 고수애, 김귀주(정순왕후 오빠)가 주동자였으며, 김한구(정순왕후 아버지)는 사도세자의 비행을 영조에게 고해바친 장본인이었다.

특히, 정조의 가족 중에 정조의 효의왕후 金씨의 의문사, 임신 중이었던 의빈 성씨 사망, 문효세자 사망, 수빈 박씨의 사망 등 정조 가족의 의문사 사건은 정조의 심증에 정순왕후가 관련이 있음이 분명하였다. 그러나 정조는 삼권을 잡고 있는 정순왕후 일파의 손아귀에서 벗어날 수 없었다. 정조가 수원에 화성을 쌓고 능행차를 한 것도 자신의 왕권 강화와 서인들에 대한 일종의 압력이었지만, 끝내 뜻을 이루지 못하고 쓰러졌다.

그날 정조가 혼수상태일 때 정순왕후가 정조의 침실에 들어갔다가 나오자, 정조가 승하한 것은 정조의 급사에 정순왕후의 개연성을 부인할 수 없다.

정순왕후가 정조가 앓아누워 있는 침실 앞에 나타나서,

"내가 직접 받들어 올려드리고 싶으니 경들은 잠시 물러가시오."

환지 등이 명을 받고 잠시 문 밖으로 물러나왔다. 조금 뒤에 방안에서 곡하는 소리가 들리자, 환지와 시수 등이 문 앞으로 바싹 다가가 큰소리로 번갈아 아뢰기를,

"신들이 이와 같은 망극한 변을 만나 지금 4백 년의 종묘 사직의 안전이 극도로 위태롭게 되었는데, 신들이 우러러 믿는 곳이라고는 오직 우리 왕대비 전하와 자궁저하慈宮邸下일 뿐입니다. 동궁저하께서 나이가 아직 어리므로 감싸고 보호하는 책임이 우리 자전전하와 자궁저하에게 달려 있을 뿐인데, 어찌 그 점을 생각지 않고 이처럼 감정대로 행동하십니까. 게다가 국가의 예법도 지극히 엄중하니 즉시 대내로 돌아가소서."

한참 뒤에 정순왕후는 비로소 대내로 돌아갔다고 한다.

정순왕후는 15세의 어린 나이로 51세 연상인 66세의 영조의 왕비로 정식 책봉되었으며, 영조는 정조를 사도세자의 이복형으로 9세에 요절한 영조의 장남 효장세자의 양자로서 대를 잇게 했다.

정조가 승하하자 정조의 아들인 순조가 11세의 어린 나이에 즉위하였으며 정순왕후는 대왕대비가 되어 수렴청정하였다. 순조의 왕비 안동 김씨 김조순의 딸 순원왕후는 세자였던 순조의 빈으로 간택되었으나 국혼 도중 정조가 사망하고 그 후 순조 2년 왕비로 책봉되었다.

채제공은 영조가 사도세자의 폐위廢位를 지시했을 때, 영조의 발목을 잡고 세자위 폐위 지시를 철회해달라고 매달렸다.

정조대왕이 붕어崩御하자, 영의정 채제공의 아들 채홍원의 혈소血疏 내용을 널리 전파하고, 채홍원은 장시경에게 정조의 죽음이 노론에 의해 독살된 것이라고 전했다.

'참으로 독살을 의심하지 않을 수 없는 부분을 떨칠 수가 없구나. 틀림없이 정순왕후가 혼수상태의 정조의 숨통을 틀어막아 질식시켰을 것이다.'

장시경, 장현경 형제는 무기를 탈취하여 한양으로 진격할 계획으로 인동 관아에 진입했으나 관원에게 제지당하고 천생산으로 도주하여 자결하였다.

장시경은 노론에 의해 억울하게 죽은 사도세자의 명예를 회
복시키고, 정조의 왕권을 강화하여 백성들을 위한 개혁 정책을
더욱 강력하게 추진하기를 바랬다.

다산 정약용은 6월 28일에 정조의 사망 소식을 접하고 급하
게 상경하였다. 정조의 독살설 등 많은 유언비어가 나돌며 어수
선해지자, 정조의 뒤를 이은 어린 순조의 섭정을 맡은 정순왕후
가 남인에 대한 숙청작업을 시작했다.

1801년 셋째 형 정약종은 참수형을 당하고, 둘째 형 정약전
은 신지도로 다산은 경상도 장기현으로 유배에 처해졌다.

다산은 장기에 유배되었을 때 정조가 독살되었다는 의혹을
'솔피의 노래'를 지어 탄식하였다.

'솔피의 노래(海狼行)'는 물고기의 왕 고래가 솔피 무리의 공
격에 비참한 죽음을 당하는 장면을 정조의 죽음을 우회적으로
시사한 것이다. 해랑海狼을 방언으로는 솔피率皮라고 함.

솔피란 놈 이리 몸통에 수달의 가죽으로
간 곳마다 열 놈 백 놈 떼지어 다니면서
물속 동작 날쌔기가 나는 듯 빠르기에
갑자기 덮쳐오면 고기들도 모른다네.
고래란 놈 한 입에다 고기 천 석 삼키기에

고래 한 번 지나가면 고기가 종자 없어
고기 차지 못한 솔피 고래를 원망하고
고래를 죽이려고 온갖 꾀를 다 짜내어
한 떼는 고래 머리 들이받고
한 떼는 고래 뒤를 에워싸고
한 떼는 고래 왼쪽을 맡고
한 떼는 고래 바른편 맡고
한 떼는 물에 잠겨 고래 배를 올려치고
한 떼는 뛰어올라 고래 등에 올라타서
상하사방 일제히 고함을 지르고는
살갗 째고 속살 씹고 어찌나 잔인했던지
우레 같은 소리치며 입으로는 물을 뿜어
바다가 들끓고 청천에 무지개러니
무지개도 사라지고 파도 점점 잔잔하니
아아! 불쌍한 고래가 죽고 만 게로구나.
혼자서는 뭇 힘을 당해낼 수 없는 것
약빠른 조무래기들 큰 짐을 해치웠네.
너희들아 그렇게까지 혈전을 왜 했느냐
원래는 기껏해야 먹이 싸움 아니더냐.
가도 없고 끝도 없는 그 넓은 바다에서

너희들 지느러미 흔들고 꼬리 치면서

서로 편히들 살지 못하느냐.

※ 한국고전번역원 | 양홍렬 (역) | 1994

와은 김한동은 정약용 형제들의 영향을 받아서 천주교를 신봉함으로써 본인이 승정원의 승지이면서 각종 제례에 참석하지 않았다. 당시의 선비들은 천주교를 과학과 더불어 서양학문의 한 부류로서 학문적 입장에서 받아들인 경향이었다.

그러나 김한동은 이로 인하여 1802년 10월 1일 지평 정언인의 탄핵을 받고 명천, 흡곡 등으로 이배되었다가 1805년 3월 22일 방면된 후 종적을 감추었다.

이진동과 김한동이 정조의 독살을 막기 위해 한양으로 급히 떠난 것을 두고 후세 사람들은 급하게 일을 처리하는 것을 '진동한동'이라면서, 후세 사람들에게 회자膾炙되고 있다.

욕과제 이진동은 명리와 재물에는 초연하였으나 슬하에 여간汝幹, 여호汝虎, 여봉汝鳳, 여구汝龜, 여홍汝鴻 등 다섯 형제와 세 딸 등 8남매를 두었으니, 불천위 가문인 반초당返招堂 종가의 대를 잇는 것은 중요한 일이며 자식이 여럿인 것은 결코 과욕이 아니라 가문을 유지하는데 충실하였다.

무신란武申亂 때 창의倡義하였으나 죄인들의 초사招辭에서 오히려 난적에 연루된 모함謀陷을 받았던 강좌 권만權萬이 이진동의 처조부이다.

욕과제 이진동은 만인소의 소수가 된 이후 서인들의 핍박이 심했으나 불의에 굴하지 않는 선비의 기개氣槪로 퇴계의 성리학 계승·발전에 괄목할 만한 성과를 이루었으며, 과거에 장원 급제하고도 무효가 된 이후 벼슬에 연연하지 않고 도산서원의 훈도로서 영남 사림을 선도하고 다양한 분야의 학자들과 교유하였다. 이진동은 사사로운 세상의 욕심을 버렸지만, 영남 사림의 100년 한을 풀어준 의로운 선비였다.

이진동은 1815년 4월 27일 향년 84세에 세상을 떠나자, 유언을 받들어서 공이 젊은 시절에 공부하던 장인봉丈人峰 아래 청량산이 바라보이는 뒤실 마을 무명성無名城 유좌酉坐에 안장하고 갈문碣文은 윤휘재尹彙載, 행장行狀은 이중균李中均이 지었으며, 도산서원 유생을 비롯한 영남 사림의 선비들이 진사립에 하얀 도포 차림으로 李子의 청량산 녀든길로 학처럼 날아들어 애도했다. 의로운 선비 이진동은 그가 젊은 시절에 공부하였던 청량산 장인봉 북쪽 언덕에 안장되어, 죽어서도 청량산을 지키는 산신령이 되었다.

욕과제欲寡齊 이진동李鎭東의 〈묘지명墓碣銘〉

하늘이 사람에게 재덕才德은 줄 수 있지만

그 몸에 수록壽祿을 주지 못하며

땅이 그 체백體魄은 감추지만 그 정신을 없앨 수는 없네.

선생이 비록 죽었지만 죽지 않은 것이 있으니

광릉廣陵의 터전과 도척都尺의 마을에

이상한 빛이 떠 있으니 곧 선생의 언덕이로세.

욕과제欲寡齊 이진동李鎭東의 〈묘지명墓碣銘〉　　287

사마천司馬遷의《史記》의 〈백이열전伯夷列傳〉에서,

백이와 숙제는 서백西伯 창昌이 노인을 잘 봉양한다는 소문을 듣고 그를 찾아갔으나 서백西伯 창昌은 이미 죽고, 그의 아들 무왕武王이 시호諡號를 문왕文王이라 추존한 서백 창昌의 나무 위패를 수레에 싣고 폭군인 은殷나라 주왕紂王을 정벌하러 가고 있었다.

무왕武王이 전쟁터에 나가면서 아버지 문왕文王의 나무 위패를 수레에 싣고 출정하였다.

李子의 종손이 평안도 영유현의 현령으로 부임하면서, 李子의 사판祠版을 모시고 영유현까지 천 리 길을 모셔가게 되었다.

5. 서정천리
西程千里

1570년(선조 3) 12월 1일, 숭정대부崇政大夫 판중추부사判中樞府事 李子가 졸卒하였다.

제자들이 만사를 지어 올렸다. 이덕홍은 상엿줄 잡고 눈물 흘렸다고 읊었다.

伊洛心傳海外身　해외 동방에 이락의 심법을 전하신 당신
丘林獨樂太平春　산속에서 홀로 태평세월을 즐기셨네.
躬行敬義光前哲　경과 의를 몸소 실천해 선현보다 빛나고
首揭明誠啓後人　명과 성을 천명하여 후인을 계발하였네.
時雨化中羣物苗　단비의 화육으로 만물이 싹을 틔웠고
仁風及處萬生新　어진 바람 미친 곳에 모든 생명 새로워졌네.
那知一夕山齋冷　하루 저녁에 산재 썰렁할 줄 어찌 알았으랴
執紼今朝淚滿巾　상여줄 잡는 오늘 아침 눈물이 수건 가득하네.

1570년(선조 3) 12월 19일, 상이 특별히 李子에게 영의정을 추증追贈하였는데, 거유명현鉅儒名賢을 추모하여 포장褒獎하는 뜻에서였다. 광보국숭록대부·의정부영의정 겸 영경연·홍문관·예문관·춘추관·관상감사를 추증하였다.

이날 예조에서 올린 계목에 따라 내년 신미년(1571) 1월 16일에 제수와 제문을 갖추어 치제하게 하였다.

1571년 1월 5일, 선조는 치제하는 봉명사신으로 승정원 우승지 유홍兪泓, 예조 좌랑 조인후趙仁後를 보내어 치제하였다.

유명遺命에 따라 맏아들 준이 상소하여 예장(국장)을 사양하였으나 허락하지 않았고, 다시 상소하여 예장을 사양하였으나 허락하지 않아, 두 번째 상소의 비답을 받을 때는 이미 장례 일자가 임박해 있었고, 또 명관命官들(왕명을 받은 관리)도 이미 서울을 떠난 뒤라서 올리지 못하고 말았다.

3월 21일, 예안현 건지산築芝山 남쪽 줄기 자좌子坐 향오午向 언덕(도산면 토계리 하계)에 장사 지냈다. 장례에는 원근의 사대부와 유생들이 수백 명 참석하였다. 그리고 예장은 감역관으로는 귀후서 별좌 김호수가, 그리고 가정관으로 빙고 별좌 김취려와 예빈사 별좌 최덕수가 선조의 명령을 받고 내려와서 장례의 제반사를 맡아서 처리하였다.

1577년 2월, 묘갈을 세웠다. 작은 돌에다가 '유계遺戒'에 따라 앞면에는 직함 대신 '퇴도만은진성이공지묘'라고 쓰고, 뒷면에는 퇴계 자신이 미리 지어 놓은 '자명自銘'을 앞에 놓고 뒤에 기대승이 찬한 후서를 붙인 묘갈명 '墓碣銘(先生自銘高峯奇大升叙其後)'을 새겼다.

글씨는 당시 이숙량李叔樑·오수영吳守盈과 더불어 예안 삼필
三筆로 일컬어지던 금보琴輔가 썼다.

1596년(서거 26년) 윤 8월 14일, 지석誌石을 묻었다. 원래 지
석을 장례 때 묻을 계획으로 그 당시 홍문관 대제학이던 박순朴
淳에게 부탁하여 묘지명墓誌銘 '퇴계 선생 묘지명'을 받았으나,
제자들 사이에서 그 글은 표현이 부적합해서 쓸 수 없다는 의견
이 지배적이어서 결국에는 쓰지 못하고 기대승奇大升에게 의뢰
해서 다시 받게 되었다.

墓誌銘 '墓識(奇大升)〈有名朝鮮國故崇政大夫判中樞府事兼
知經筵春秋館事贈大匡輔國崇祿大夫議政府領議政兼知經筵弘
文館藝文館春秋館觀象監事退溪李滉先生墓誌〉/ '退翁壙銘'

제자들이 서원에 모여 선생의 문집을 정리하였으나, 선생이
떠나고 난 도산은 가을 풀이 거친 언덕을 덮었다.

이덕홍이 〈도산에서 옛날을 생각하다[陶山懷古]〉 詩를 지었다.

大道今寥落　　대도는 이제 쓸쓸하기만 하고
眞源日益昏　　진원은 날로 더욱 혼미해지네.
忽看絃誦廢　　문득 글 읽는 소리 그친 걸 보니
無復典刑存　　다시는 전형이 남아 있지 않네.
急雨墜前路　　소낙비 앞길에 떨어지고
凄風入暮軒　　찬바람 저녁 처마에 들어오네.
平生杖屨地　　평생 선생님 따르며 모시던 곳에
秋草掩荒原　　가을 풀이 거친 언덕을 덮었네.

1610년 9월 5일, 광해군은 김굉필金宏弼·정여창鄭汝昌·조광조趙光祖·이언적李彦迪·이황李滉 등 5현賢을 문묘文廟에 종사從祀하는 사실을 교서敎書〈五賢從祀頒敎文〉 중외中外에 알렸다.

「하늘이 대현大賢을 낸 것은 우연치 않은 일로서 이는 실로 소장消長의 기틀에 관계되는 것이다. 德이 있는 자에게 상사常祀를 베풀어야 함은 의심할 나위가 없는 일이니 존숭하여 보답하는 전례典禮를 거행하는 것이 마땅하다. 이에 반포하여 귀의할 바가 있게 한다.」

무신(1728) 3월 14일, 봉조하 최규서가 장흠·안박의 역모와 관련된 급변을 알렸다.

"안박이 말한 바를 들으면, 13일부터 14일경 까지 군사를 모아 소사에서 군사들에게 음식을 나누어주고, 15일 거사한다고 하였습니다."

봉조하 최규서의 고변告變대로 이인좌, 이유익 등은 소론 내 강경파인 준소파 및 실각한 남인 내의 강경파를 포섭하고 근기지방의 남인이 반란에 호응하고 소론 강경파인 이인좌 형제 등은 충청도 청주성을 거점으로 난을 일으켰다.

반란군이 청주성을 쳐서 함락시키고, 절도사 이봉상과 토포사 남연년이 죽었다. 이인좌가 자칭 대원수大元帥라 위서僞署하여 적당賊黨 권서봉을 목사牧使로, 신천영을 병사兵使로, 박종원을 영장營將으로 삼고, 열읍列邑에 흉격凶檄을 전해 병마를 불러모았다.

경기도와 호서의 반군이 청주성을 중심으로 세력을 확대하면서 영남과 호남세력이 동조하기를 기대하였으나, 영남과 호남에서의 동조는 쉽게 이루어지지 않았으며, 봉조하 최규서의 고변告變으로 중앙과 지방의 반군이 연결되는 것을 사전에 차단하였다.

3월 24일, 병조판서 오명항이 이끄는 관군이 안성·죽산의 반군을 소탕하여, 주동자 이인좌·권서봉·목함경 등을 생포하고, 4월 9일, 박필충·박필호 등을 효시함으로써 난은 평정되었다.

이인좌의 난은 영남이 등을 돌리면서 6일 천하로 끝났으나, 영조는 영남 사람 보기를 마치 요시遼豕처럼 여겼으며, 영남을 반역의 고장으로 지목해 향후 일체의 과거 응시를 중지시키는 강경 조치를 취했다.

노론은 무신난의 사상적 연원을 남명, 정인홍의 학통으로 소급해 특히 경상우도 사족을 철저히 탄압했다.

무신년(1728)에 이인좌가 일으킨 무신난의 60주년인 무신년(1788)을 맞이하여 영남의 선비들이 지역적 차별을 당한 억울한 무고의 진실과 당파의 고질적인 폐단을 알리기 위하여, 《무신창의록戊申倡義錄》을 작성하고 영남 유생 만 명이 연명으로 상소문上疏文을 작성하여 소두疏頭 이진동 일행이 대궐에 입대하여 정조에게 《만인소萬人疏》를 올렸다.

무신창의록은 이인좌의 난이 일어났을 때, 경상도에서 기병한 의병들에 대한 기록을 모은 책이다. 난이 일어난 지 60년 후인 무신년(1788, 정조 12년)에 정조가 안동의 의병장 유승현과 권만에게 관작을 내리고 그때의 사적을 조사해 보고하라는 명령을 내렸다.

"무신창의 60주년을 맞아 당시의 유공자를 모두 기록하는 이 때에 이런 책을 보았으니, 어찌 특례로 포장하여 가상히 여기는 은전이 없어서야 되겠는가. 본도로 하여금 중요한 것만을 뽑아서 인쇄해 배포하는 것을 모두 영상과 좌상의 헌의에 따라 시행하게 하라." 상이 준엄하게 말을 이어갔다.

"조덕린과 황익재는 그때 호소號召하고 안무按撫한 공이 진실로 있었다. 고 승지 경상도 호소사號召使 조덕린과 고 목사 소모사召募使 황익재의 죄명을 세초歲抄 속에서 씻어내라. 이것이 바로 어느 쪽에도 치우치지 않고 공평하게 하신 선왕의 뜻을 잇는 것이니, 모든 나의 영남 사람들은 내가 오늘 간곡하게 이르는 뜻을 알아서 학문에 더욱 힘쓰고 집에서 효도하며 나라에 충성하여 자손 만대토록 막히지 않게 하여 우리 선대왕의 천지처럼 감싸주신 성대하신 은덕에 보답하라."

예조에서는 정조에게 《무신창의록》을 읽지 말라고 권유했으나 정조는 밤새워 다 읽은 다음 채제공에게,

"그때 영남 사람 중에 속임과 유혹을 받아 역적이 된 자가 간혹 있었으나 어찌 이 때문에 전체 영남 사람의 앞길을 막아서야 되겠는가."

영남 유생이 올린 무신년 창의록倡義錄에 관하여 예조가 수의하여 아뢴 것에 대한 정조의 비답을 내렸다.

"《창의록》을 가져다 보고서 대신에게 수의를 하도록 명한 것은 그 뜻이 어찌 괜한 것이었겠는가. 문교文敎가 흥성했던 지방에 사는 충현忠賢의 후예로 하여금 60년이나 쌓여온 억울함과 호된 무함을 씻을 수 있도록 해주려는 것이었다.

대체로 변란의 와중에서도 능력 있고 뛰어난 자를 천거하여 앞다투어 창의倡義 한 것으로 말하면 그 기절氣節과 정성이 특이하다고 하겠다.

60주년이 거듭 돌아와 옛 공로자가 모두 녹훈錄勳되었는데, 이러한 때에 이 책을 보고서 어찌 파격적으로 포상하는 은전이 없을 수 있겠는가. 여러 의견이 비록 차이가 있기는 하지만, 어찌 똑같기를 구할 필요가 있겠는가.

군사를 모집하고 안무按撫한 공로는 조덕린趙德鄰과 황익재黃翼再에게 진실로 있는데, 황익재가 어처구니없게 죄에 걸린 것은 본래부터 공증公證이 있었고, 조덕린의 사정은 비록 아직 철저하게 알려지지 않고 있으나, 선조先朝의 하교가 이미 '명망 있는 선비'라고 허여하고 직급을 승진시켜 발탁 등용해서 가까이 모시는 자리에 두었다.

그 10년 뒤에 대신臺臣이 을사년의 상소 내용을 뒤늦게 제기하여 찬배竄配하기를 청하였는데, 어느 고상故相이 상소하여 그를 잡아다가 자세히 캐물어 그의 원통함을 드러내도록 하기를 청하였다. 급기야 그 대질시켜 신문함에 이르러, 고상이 또 '하마터면 죄 없는 사람을 엉뚱하게 죽이는 것을 면하지 못할 뻔하였다.'고 말을 하였으므로, 마침내는 말을 지급하고 쌀을 하사하였으며 행차를 보호해 주는 은전까지 있었다.

그리고 을해년 이후 국시國是가 크게 정해지니, 즉시 직첩職牒을 주라는 어명을 내리셨다. 또 더구나 요즘에는 비록 이보다 지나친 일에 있어서도 진실로 제방隄防에 관계가 없으면 오히려 탕척蕩滌을 해주고 소통疏通을 시키는데, 하물며 이들 두 사람은 선조의 은권恩眷이 이와 같고 고상故相의 상주한 말이 또 이러하니, 이 해에 이 사람들이야말로 정말 기록紀錄을 해주기에 적격이다.

고故 승지 경상상도 호소사慶尙上道號召使 조덕린과 고 목사牧使 우도 소모사右道召募使 황익재의 죄명罪名을 세초歲抄 중에서 특별히 탕척을 해주도록 하라. 이야말로 널리 덕을 베푼 뜻을 우러러 계승하는 것이다.

우리 영남 땅의 모든 인사人士들은 내가 오늘 거듭 유시하는 뜻을 알고서 더욱 글 읽는 공부에 부지런히 함으로써, 가정에 효도하고 나라에 충성해서 만자손萬子孫에 이르도록 변함이 없게 하여 우리 선대왕께서 하늘과 땅처럼 감싸주신 성덕盛德과 대은大恩에 보답하도록 하라."

정조는 무신창의록 간행과 대상자들의 포상을 명했다.

"왕은 이르노라. 이 해 이달은 바로 우리 선대왕께서 무공武功을 드날려 난을 평정시킨 해와 달이다. 당시의 일을 생각하면 지금까지도 가슴이 섬뜩해진다. 음모가 영호남으로부터 일어나 다급한 칼날이 기전에까지 이르러, 안으로 뜻을 잃은 무리들과 결탁하고 밖으로 불량한 자들과 연계하였다.

번곤藩閫이 기맥을 통한 곳이 이미 많고 군읍郡邑도 간간이 소문을 듣고 쏠리니, 위태로운 형세는 한 가닥 머리카락과도 같았다. 만약 이때 신령스러운 위단威斷과 상대를 죽이지 않는 성무聖武로 연회宴會를 베푸는 자리에서 압승하는 일을 하늘이 돕고 사람이 귀순하지 않았다면, 어떻게 흉악한 무리를 포용하고 사나운 자들을 변화시켜 눈 깜짝할 순간에 국가를 태산 반석과 같은 경지에 올려놓을 수 있었겠는가.

구갑舊甲이 거듭 돌아옴에 산처럼 높고 물처럼 맑은 공덕을 볼 수 있을 뿐이니, 옛날을 회상하며 감회에 젖는 소자의 마음으로 볼 때, 어찌 충성과 공로에 보답함으로써 지난날 국가를 안정시킨 아름다운 공덕을 갚지 않을 수 있겠는가.

실낱같은 힘으로 국가를 부지한 자로는 고 봉조하 최규서崔奎瑞가 있고, 한마디 말로 절충折衝한 자로는 고 대사헌 홍경보洪景輔와 고 참판 오광운吳光運이 있으며, 동시에 순절한 자로는 충민공忠愍公 이봉상李鳳祥, 충장공忠壯公 남연년南延年, 증 참판 홍림洪霖이 있다.

이 밖에도 여러 훈신들이 모두 협력해서 계책을 세우고 분발하여 사악한 무리들을 소탕하였는 바, 그 공적을 영원히 보전할 것을 맹세한 글이 훈적勳籍에 실려있으니, 나는 그들의 크나큰 공을 잊을 수 없다.

고 봉조하 최규서崔奎瑞, 해은부원군海恩府院君 오명항吳命恒, 풍릉부원군豐陵府院君 조문명趙文命의 집에 관원을 보내어 치제하라.

충신을 포상하는 것에 대해서는 일찍이 말씀을 들은 바 있으니, 지난날을 기념하는 거조로 볼 때 어찌 남다른 은전을 아끼겠는가. 영성군靈城君 박문수朴文秀의 집에도 일체 치제하라. 고 대사헌 홍경보, 고 참판 오광운에 대해서는 유사攸司로 하여금 아름다운 시호를 내려 그 충성을 빛내게 하라.

청주淸州 표충사表忠祠는 바로 세 신하를 아울러 배향한 곳이니, 관원을 사당으로 보내어 치제하고, 그 자손들을 녹용錄用하라. 충장공의 손자인 전 참봉 취오聚五는 그 할아비가 해를 입던 때에 함께 적도의 칼날을 받아 상처 흔적이 아직도 남아 있다. 그런데 부부가 모두 70세의 나이로 다시 이해를 만났으니 매우 희귀한 일이다. 특별히 한 자급을 가자 하라.

풍원부원군豊原府院君 조현명趙顯命의 집에 불행하게도 제사를 주관하는 사람이 없다고 하니, 대대로 자손의 죄상을 용서해 주는 뜻에 크게 어긋난다. 병신년에 특별히 한 아들을 사면하도록 명하였으나 끝내 조정의 의논에 의해 저지되고 말았다. 그런데 올해를 만났으니 더욱이 어찌 망설이겠는가.

적장파嫡長派의 연좌를 면제하고 그 관직을 회복시키라. 언성군彦城君 김만중金萬重, 금릉군錦陵君 박필건朴弼健, 인평군仁平君 이보혁李普赫, 한원군韓原君 이만유李萬圍, 함은군咸恩君 이삼李森, 완춘군完春君 이수량李遂良, 전양군全陽君 이익필李益泌, 화천군花川君 김협金浹, 화원군花原君 권희학權喜學, 충원군忠原君 박동형朴東亨 등의 적장손 집에 음식물을 하사하라. 그리고 그 자손들을 불러서 만나보겠다.

고 영남 관찰사 황선黃璿은 밤낮으로 힘을 다해 마침내 온 영남 땅을 보전하였는 바, 그의 죽음을 나라 안 사람들이 지금까지도 슬퍼하고 있다. 그 후손이 장성하기를 기다려서 우선적으로 조용調用하라. 증 대사헌 이술원李述原은 거창居昌의 좌수座首로서 적을 꾸짖다가 죽음을 당했는데, 그 사당의 이름이 포충사褒忠祠이다. 그 아들 우방遇芳이 아비의 시신을 임시로 안치하고 종군從軍하여 손수 희량希亮 등 세 적을 베었으니, 그 아비에 그 아들이라고 할 만하다. 또한 그 사당에 사제賜祭하고 그 후손을 녹용하도록 하라.

증 승지 신명익愼溟翊은 적의 기밀을 영곤營閫에 통보하고는 끝내 적에게 죽음을 당했는데, 고을 사람들이 사당을 지어 제사 지낸다고 하니, 향축香祝을 내려주고 본관本官이 가서 제사를 지내도록 하라.

부리府吏 신극종愼克終도 이술원, 신명익과 더불어 시종 행동을 함께하다가 등창이 나서 죽었는데, 지금까지 포록褒錄을 지체하고 있으니, 이 어찌 궐전闕典이 아니겠는가. 특별히 낭서郎署를 증직하라.

진천鎭川의 파총把摠 김천장金天章, 청안淸安의 별장別將 장담張潭은 의병을 일으켰다가 적의 손에 죽었으니, 그 자손을 이조와 병조로 하여금 찾아서 보고한 후에 녹용하게 하라.

고 전주 판관全州判官 이석인李錫仁은 역적 정사효鄭思孝가 방백으로 있던 당시에 역적 박필현朴弼顯이 군사를 거느리고 전주성에 도착하자 굳게 지키며 받아들이지 않았다. 암행어사의 장계로 인하여 가자하라는 명이 있었는데도 죽은 뒤라 시행하지 못하였다 하니, 한 품계를 가증加贈하라.

고 창의사倡義使 박민웅朴敏雄, 고 군수 김정운金鼎運은 그 공이 뛰어나서 이제 막 증직의 은전을 시행하였다만, 진천의 선비 조중관趙重觀은 적의 장수를 포획하여 공이 두 사람보다 적지 않으며, 또 듣건대 그는 아직 살아 있어서 나이 90이 넘었다 하니, 특별히 가자를 시행하라. 출정하여 종군한 장사將士로서 지금까지 생존해 있는 자와 창의倡義하여 순절殉節한 자로서 그 공적이 민멸되어 포상 받지 못한 자에 대해서는, 각부와 각도에 서 찾아 아뢰도록 하라."

1791년(정조 15년) 11월 24일, 이황·이언적·이이의 후손들 을 발탁하도록 명하였다.

"요즈음 들으니, 영남과 해서 지방만은 유독 사학邪學에 물들 지 않았다 한다. 백세 뒤에도 오히려 선정先正의 유풍遺風에 힘 입고 있으니, 사모하는 마음이 더욱 절실하다. 그분들을 볼 수 는 없으나, 그 후손들에게서 모범을 찾아야 하겠다.

문순공文純公 이황李滉의 사손祀孫인 이지순李志淳을 희릉 참 봉禧陵參奉으로 임명하고, 문원공文元公 이언적李彦迪의 후손인 전 승지 이정규李鼎揆를 병조참판으로 발탁하고, 문성공文成公 이이李珥의 후손인 전 첨사 이항림李恒林을 전라우도 수군절도 사로 임명하라." 하였다. 항림은 문성공의 서손庶孫인데, 상이 선현의 후손이라 하여 특별히 임명한 것이었다.

1792년 3월 2일(정조 16년), 영남으로 내려가는 각신閣臣 이만수李晚秀에게 명하여 "예안禮安 고을에 있는 선정 문순공의 서원에 달려가 제사를 지내라. 제문은 지어 내려 보내겠다. 선정의 자손들과 이웃 고을 인사들로서 참여할 자는 미리 와서 기다리게 하라. 제사 지내는 날 각신은 전교당典敎堂에 앉아서 여러 생도들을 불러 진도문進道門 안뜰에 서게 하고 가지고 간 글 제목을 게시하여 각기 글을 짓도록 하고 시험지를 거두어 조정에 돌아오는 날 아뢰도록 하라."

4월 4일, 각신 이만수李晚秀가 영남으로부터 돌아와 영남 유생들이 응제應製한 시권을 올리니, 상이 직접 점수를 매기어 강세백姜世白과 김희락金熙洛 두 사람을 발탁해서 급제를 주었으며, 이어서 하교하였다.

"이번 제사 올릴 때 선비들에게 시험을 보인 일은 책으로 만들어 후세에 전해 보이는 것이 합당하니, 《경림문희록瓊林聞喜錄》의 예에 따라 본도에서 간행하여 바치고, 도산서원에서 합격한 유생과 도내의 여러 고을에도 각각 한 부씩 나누어준 뒤 판본板本은 도산서원에 보관하도록 하라."

1794년(서거 224년 후) 봄, 정조는 이만수가 지난 임자년(1792) 도산서원에 치제致祭하고 도산과를 보인 다음, 상경할 때 《사문수간師門手簡》을 가져와서 정조에게 올렸다.

《사문수간師門手簡》은 월천月川 조목趙穆이 그의 나이 27세인 1550년부터 李子가 세상을 떠나기 전인 1570년까지 스승의 편지를 모은 것으로, 월천의 나이 65세에 직접 8책으로 첩을 만들어 李子의 후손에게 전해 도산서원 광명실光明室에 보관하고 있었다.

정조正祖는 《사문수간師門手簡》을 읽은 후 편지첩 뒤에 독후감을 썼다. 「하늘의 뜻이 이 편지 첩을 가지고 한번 다스려지게 할 운수로 삼아 선정의 정신과 말씀이 1백여 년이란 오랜 세월이 지났어도 정도正道를 보위하고 부정을 없앨 수가 있는 것인가? 어진 이가 사람들에게 이로움을 끼치는 것이 또한 넓다고 하겠다. 그런데 내가 어떻게 이 편지 첩에 표장表章하여 우리의 선비들을 장려하고 우대해서 함께 지키도록 하지 않을 수 있겠는가. 그 뒤에 써서 돌려보내고, 새로 인행印行한 삼경三經과 사서四書를 아울러 나누어주어 많은 선비로 하여금 높이고 모범 삼을 바를 알게 한다. 성인이 하늘을 대신하여 말을 하고 현인賢人이 성인을 대신하여 풀이한다고 하지 않았던가. 여기에서 벗어나면 내가 말하는 도道가 아닌 것이다.」

정조의 《사문수간師門手簡》 발문跋文을 승지 이익운李益運을 통해 도산서원으로 보내 지금까지 전해져 오다가 지금은 옥진각玉振閣의 전시용 2권을 제외한 나머지는 한국국학진흥원 고문 서자료실에 위탁 보관되어 있다.

1796년 7월, 정조는 문순공文純公 이황李滉의 사손祀孫 이지순李志淳, 문장공文莊公 정경세鄭經世의 후손 정종로鄭宗魯, 달성부원군達城府院君 서종제徐宗齊의 사손 서일보徐日輔, 문정공文靖公 김인후金麟厚의 후손 김수조金壽祖를 특별히 등용하고, 정익공貞翼公 이완李浣의 사손 이득형李得馨의 자급을 올리고, 충무공 이순신, 의민공毅愍公 이억기李億祺 집안의 예에 따라 선전관청에 자급을 뛰어올려 천거하도록 명하였다.

7월 17일, 정조는 이조에 명하여 문장공文莊公 정경세鄭經世의 후손 정종로鄭宗魯를 발탁해 쓰도록 명하였다.

"처음 벼슬하러 서울에 올라왔을 때 그 사람을 알아보았다. 그 후에 듣건대 과연 수양한 바가 있었는데, 이 사람이 곧 문장공의 봉사손奉祀孫이라고 하였다. 그 집안에 행실에 힘쓰는 선비가 있으니 어찌 귀히 여길 만한 것이 아니겠는가. 또한 지금 대정大政을 하루 앞두고 있으니 양청揚清의 정사를 전관銓官에게 면대하여 신칙하도록 하라. 그 본보기를 보인다는 뜻에 있어서 이미 알려진 자부터 시험해 보는 것이 옳을 것이다."

　1796년 7월 19일, 돈령 판관 서일보徐日輔를 통정계通政階로 발탁하였다. 달성 부원군達城府院君 서종제徐宗齊의 봉사손이기 때문이었다. 서일보徐日輔를 불러 보았다. 전교하기를,

　"어제 특별히 자급을 올려준 것은 옛날을 생각하는 뜻에서 나온 것이다. 내가 그대 보기를 마치 선조先朝께서 김구연金九衍 등 여러 사람을 대했던 것처럼 하니, 이 또한 우러러 이해해야 할 곳이다. 평소 궁중의 전하는 말을 듣건대, 성모聖母께서 밤마다 하늘에 기도하며 먼저 나라에 경사가 있기를 소원하고 그 다음으로 본댁을 위하여 명인을 낳기를 원하시면서 일 년 삼백육십 일을 하루처럼 하셨다고 한다. 내가 태어난 해가 마침 성모의 회갑이 되는 해였으니 우연이 아닌 것 같다. 또 그 본댁에 서용보徐龍輔의 탄생이 정축년 2월 15일에 있었던 것도 기이한 일이라 하겠다."

　문정공文靖公 김인후金麟厚의 후손 김수조金壽祖, 문장공文莊公 정경세鄭經世의 후손 정종로鄭宗魯를 특별히 등용하여 수조와 종로를 지평으로 삼고, 전교하기를,

　"집안에서의 행실과 노력한 실적이 능히 향당과 주려州閭에 일컬어졌으니 내 매우 가상하게 여긴다. 더구나 문정공과 문장공의 집안 후손으로서 그 할아비의 교훈을 계승한 것이 어찌 더욱 기특하고 귀하지 않겠는가. 만약 장려하여 등용하고자 한다

면 어찌 예사롭게 할 수 있겠는가."

이완·이순신·이억기 자손에 대한 관직 의망을 논의하다.

"삼학사三學士의 사판祠版에 대하여 선조에서 부조不祧의 은전을 내리도록 명하여, 훈신이 아닌데도 이러한 거조가 있었으니, 곧 매우 드문 특이한 은전이었다. 그래서 그 관향官享을 위하여 고 군수 윤욱尹煜을 경기전 참봉慶基殿參奉으로서 나이 20도 되기 전에 곧바로 수령으로 제수하고 이어 세 집안 출신의 수령에 대하여 모두 연한이나 이력에 구애받지 않도록 하였다.

영희전 참봉永禧殿參奉 오경원吳慶元을 충렬의 봉사손으로서 외임에 제수하려고 하였으나 그럴 겨를이 없어 연일 현감延日縣監에 차임하여 보내려 하였다. 그런데 어버이의 나이를 이유로 멀리 부임하는 것을 어렵게 여겨 경기 고을의 자리와 서로 바꾸었다.

윤충정尹忠貞의 사판에 대해서는 병신년 이후로 아직까지도 관향官享하지 않고 있으니 궐전闕典이라고 할 만하다. 그 봉사손 윤응현尹應鉉이 이미 5품을 거쳤다 하니 수령의 현임에 의망해 넣되 고을에 폐단을 끼치는데 관계되니 경기 고을의 시종侍從 출신 수령 가운데에서 서로 바꾸도록 하라.

이제독李提督과 이충무공의 일에 대해 감회가 일어나 이를 정익貞翼에게까지 미루어서 특별히 배향하고자 하여 붓을 가져다 글을 짓기까지 하였다. 그런데 그 즈음에 들건대, 그의 봉사손이 궁마弓馬에 종사하다가 지방으로 떠돌아다닌다고 하니, 어쩌면 이리도 늦게 그러한 일을 전해 들었단 말인가.

대체로 정익의 충성스럽고 맑은 큰 절개는 충무공 이후 이 한 사람뿐인데, 영릉寧陵을 만나 매우 분명하게 뜻이 맞아 몸소 장상將相을 거느려 나라의 안위를 짊어졌으니 차마 기해년 여름 북영北營에 직숙했을 때의 일을 말할 수 있겠는가. 매번 유사遺事를 볼 때마다 나도 모르게 책을 덮으며 눈물을 닦았다.

더구나 스스로 하찮고 미미한 정성을 부쳐 삼가 배장陪葬하는 의리를 본받아, 마침내 그 몸을 능 앞의 상석 가까운 곳에 묻게 하였다. 이러한 은혜로운 대우와 이러한 정성은 지난 역사에 드문 일이니 어찌 사라져 없어지게 해서야 되겠는가. 그런데 정익이 죽은 후에 그 사판이 한 번도 관향官享을 받지 못하였으니, 다만 그 봉사손이 승적承嫡한 것이 시속에 구애되어 그렇게 된 것이나 승적한 것에 있어서는 마찬가지이다.

이문성李文成・김문경金文敬의 집안에는 곤수閫帥와 침랑寢郎이 되는데 구애되는 바가 없었는데, 유독 정익 집안에 있어서는 그렇지 못하였으니 어찌 성조聖祖의 성의를 몸 받았다고 할 수 있겠는가. 고 우의정 정익공 이완李浣의 봉사손 한량 이득형李得馨을 오늘 안으로 남행南行 선천宣薦에 자급을 뛰어올려보내고 오늘 정사에서 선전관 가설직에 의망해 넣으라. 이후로 이 계파의 사람들은 충무공 이순신, 의민공毅愍公 이억기李億祺 집안의 예에 따라 선전관청에 자급을 뛰어올려 천거하고 우선 권점을 더하라. 이 세 집안을 한결같이 보아 혹 취사선택하는 일이 없도록 하라. 이를 해당 관청의 수교受敎에 기록하라. 정익의 묘소에 승지를 보내어 길일을 잡아 치제하라.”

황일호의 후손 황면철黃勉喆을 불러서 이르기를,

“그대는 이번 전교 및 제문을 보았는가. 이곳의 이 사당에 어찌 그대의 선조가 없을 수 있겠는가. 이번에 뒤미처 배향하는 것은 선조께서 그 절개를 장려했던 성의를 몸받아 미처 거행하지 못했던 은전을 닦는 것일 뿐이다. 그대의 선조 장무공壯武公 황형黃衡은 소리가 몹시 커서 아현阿峴에 살고 있었는데도 그 기침 소리가 경복궁에까지 들렸으니 본디 예사로운 사람이 아니었다. 충렬공의 아비 황신黃愼은 임진왜란 때 위대한 공적을 세워내 항상 우리나라의 소하蕭何라고 여겼다. 충렬공의 아들 황진黃璡은 종신토록 스스로 몸을 닦아 더욱 그 누대에 걸친 충렬을 드러냈다. 이것이 내가 그대의 집안에 대하여 감회를 일으키게 되는 까닭인 것이다.”

1796년(서거 226년 후) 7월 19일, 李子의 9대 봉사손 이지순 李志淳이 평안도 평원군 영유永柔 현령縣令에 말의末擬로 낙점落點되었다.

다음 날 아침에 임금님께 하직 인사를 하자, 입시入侍하라고 하였다. 사은謝恩하는 수령 수십 명이 차례로 나아갔다.

"이번 영유현령의 수망首望이나 부망副望도 괜찮았지만, 이 사람은 선정의 자손이다. 선정의 자손을 어찌 임명하여 보내지 않아서야 되겠는가. 너는 부모를 모시고 있는가?"

"노모가 계십니다."

"금년에 연세가 얼마인가?"

"68세입니다."

"모시고 갈 것인가?"

"삼가 마땅히 모시고 갈 것입니다."

"알았다."

이지순은 궐에서 나와서, 곧 미동美洞으로 가서 좌의정 채제공을 뵈었는데, 먼저 모친을 모시고 멀리 부임해야 하는 난처한 상황을 말씀드렸다. 좌이정께서 갑자기 언성을 높이시며 꾸짖어 말씀하시기를, "주상께서 자네를 다른 음관蔭官들보다 달리 생각하여 특별히 말의로 임명하셨는데, 지금 일흔도 안 된 연로한 어머니에 대해 감히 사정을 말할 수 있었겠는가?"

입시했을 때 임금님께 아뢴 말을 물으시고는 곧 기뻐하시며,

"아주 잘했네. 하교하실 때 만약 '친로親老'라는 두 글자를 넣으면 아주 무례하고 자질구레한 것이다. 내가 지난해에 평안도 관찰사가 되어 영유永柔 고을을 봤는데 관아의 터가 좋고 산수가 아름다워 걱정할 것 없네. 특별히 은전을 순순히 받아들이는 것이 좋겠어.

또 들으니, 모부인의 기력이 강녕하시다는군. 부녀자로서 좋은 경치를 구경한다는 것은 세상에 드문 일이니, 그대가 가마로 모시고 지나가다가 연광정 위에서 잠시 쉬게 되면 그 영광스럽고 유쾌한 것이 어찌 가까운 고을에서 근무하면서 흔히 있는 좋은 음식 이바지하는 것과 견줄 수 있겠는가?"

영유현은 본래 고려 정수현定水縣인데, 뒤에 영청永淸으로 고쳐서 용강龍岡에 붙이고 뒤에 현령縣令을 두었다. 조선 태조 때 영원寧遠·유원柔遠 두 진鎭이 와서 합쳐서 영녕현永寧縣이라 일컬었다. 세종 5년에 영녕永寧이라는 이름을 피해서 영유永柔라 고쳤다. 영유현永柔縣은 정5품의 현령이 고을을 다스렸으며, 1895년 평양부 영유군이 되었다.

영유현(평원면)은 땅이 기름져서 벼와 기장이 잘 되고, 바다가 가까워 해산물이 풍부하며, 그곳 이화정梨花亭은 선조宣祖가 머무르던 곳이다. 영유에서 평양부平壤府 경계까지 35리, 서울

까지는 6백75리이다. 영주에서 서울까지 4백33리, 도산에서 영주까지 52리이다. 도산에서 영유현까지 서쪽으로 1,150리이니, 李子의 사판祠版을 모시고 영유현 가는 길은 서정천리西程千里이다.

사마천司馬遷의 《史記》의 〈백이열전伯夷列傳〉에, 백이와 숙제는 고죽국孤竹國의 왕자들로, 그 아버지는 장남인 백이보다 셋째인 숙제를 더 사랑하여 그를 후계자로 삼으려 하였다.

아버지가 돌아가시자, 동생 숙제는 형 백이에게 왕의 지위를 양보하려 하였지만 백이는 아버지의 명이었다며 아예 그 나라를 떠나버린다. 숙제 역시 왕의 자리에 앉기를 거부하고 고죽국을 떠나 백이와 함께 한다.

백이와 숙제는 서백西伯 창昌이 노인을 잘 봉양한다는 소문을 듣고 그를 찾아갔으나 서백西伯 창昌은 이미 죽고, 그의 아들 무왕武王이 시호諡號를 문왕文王이라 추존한 서백 창昌의 나무 위패를 수레에 싣고 폭군인 은殷나라 주왕紂王을 정벌하러 가고 있었다.

무왕武王이 전쟁터에 나가면서 아버지 문왕文王의 나무 위패를 수레에 싣고 출정하였다.

李子의 종손이 평안도 영유현의 현령으로 부임면서, 李子의 사판祠版을 모시고 영유현까지 천리길을 모서가게 되었다.

종손이 이미 임지에 도착하여 영유현의 하인과 말을 보내어 가묘家廟에 봉안했던 사판祠版을 영유현 관아로 모셔오도록 하였다.

西程千里餘　서쪽 영유현으로 가는 길은 천여 리
山川漭轕轐　산과 내가 아득하게 겹겹이 얽혀 있네.
踰分敢復辭　분수에 넘치지만 감히 다시 사양하리오
隨力且當竭　힘에 맞추어 장차 최선을 다해야 하리라.

9월 13일, 사판祠版이 처음 서울로 들어오게 되었는데, 정조는 이를 기념해서 성균관에 그의 사판을 모셔놓고 치제致祭하는 한편, 예안의 가묘家廟에도 김한동金翰東을 보내어 그 당일에 치제하였다.

종손이 부임하는 길을 따라 도성을 지날 때 임금님의 사제賜祭를 경건하게 받았다.

李子의 9대 종손 성류정 이지순은 그 해 7월 19일, 영유현령에 임명되어 정조 임금을 알현하고, 8월 6일 임지로 부임하였다.

9월 1일, 종손이 상계 종택에 영유현의 하인과 말을 보내어 신주를 모시고 오도록 하였다.

李子는 생전에 신주神主를 모시는 것에 대해서, "정침에 빈소를 차리는 것은 생존하던 곳에 편안히 있게 하려는 것이며, 산야에서 장사를 마치고 반혼返魂하는 것은 신혼神魂이 의지할 데가 없을까 염려되므로 평소에 거처하던 곳에 편안히 있게 하려는 것이니, 이것이 효자의 마음이다." 하였다. 종손이 신주神主를 영유현으로 모시는 것도 이런 뜻이 있어서 일 것이다.

종손은 신주를 모시고 오는 행사 절차를 간편하게 하고 지나오면서 각 고을에 폐단을 끼치지 말도록 여덟 가지의 준수사항을 제시하여, 조용히 모시고 오도록 단속하였다.

첫째, 지나가는 각 고을에 먼저 알리지 마시오. 혹 여러 고을로부터 접대하는 일이 있더라도 일절 사양하시오.

둘째, 길에서 귀천을 막론하고 말을 타고 가는 사람이나 긴 담뱃대를 물고 있는 사람이라도 일체 책망하지 마시오.

셋째, 내행內行 인원이나 배행陪行 인원에게는 모두 행찬行饌을 마련하여 올리시오.

넷째, 조령에서 영여 메는 일꾼과 한강 나루에서 노를 젓는 사공이 혹 조심하지 않는 일이 있더라도 모두 차분하게 대하시오.

다섯째, 서울에 들어와서는 반주인泮主人의 집에 거처를 정하
시오.

여섯째, 노비 중에서 혹 소란을 피우는 자가 있으면 그 자리
에서 당장 돌려보내시오.

일곱째, 행차하는 도중 분담한 경우 혹 길에서 든 비용을 갚
지 않거나 주막에서 소란을 피운 자가 있으면 반드시 알아내어
지급하도록 하시오.

여덟째, 아전이나 군졸 가운데서 조심하지 않는 자는 형벌을
바로 가하지 말고 등급을 나누어 잘못을 적어 두시오.

길 떠나는 날짜는 초 4일 묘시卯時(5~7시)로 골라 정했소.

9월 3일, 선생의 후손들이 종택에 모여서 가묘에 고유告由를
올렸다. 고을 사람들도 몇 명 와서 모임에 참여하였다.

전교관 김시찬, 유학 이윤, 이정한, 이학배, 홍성, 이학시, 이
학정, 박광구가 참례하였다.

고유가 끝나자, 이어서 행사에 대해 상의한 결과, 모두가 한
목소리로 말하기를, "이번 행차는 떠벌리지 않는 것이 옳소. 또
종손이 제시한 단속할 사항이 이러하니, 모든 절차는 힘써 간편
함을 따르는 것이 합당할 것이오."

이에 다만 두 명의 나졸을 전배前配로 삼고, 신주를 모신 영

여靈輿 두 대는 각각 삯군 두 명이 마주 들고, 병풍과 장막, 돗자리, 마목馬木 등 여러 기구는 두 명의 하인이 메고, 도산서원의 수복首僕 한 명과 영유의 색리色吏 한 명이 배행하며 호위하여 가도록 하였다.

9월 4일, 날씨가 맑고 따뜻했다. 묘시卯時에 신주를 영여靈輿에 모시고 출발했다.

도산서원의 유생 유학 김시관, 본손 이귀홍, 이귀항, 이영순, 이종순, 이정순, 直日 이헌순이 길을 나섰다.

본손 수십 명과 고을 선비 약간 명이 전송하였다.

부내(汾川)을 지날 때 분강서원에 들어 있던 유생들이 길에서 경건하게 참배하였다. 점심 때 예안 읍내에서 쉬었다. 오후에 길을 떠났다. 따라오며 전송하던 여러 사람들은 모두 돌아가고 오직 이사관, 이시우만 따랐다.

예안의 신역新驛을 지날 때, 고을 사람 40여 명이 기리에 마중 나와 경건하게 전송하는 예를 행하였다.

가수내(佳水川)를 지날 때, 검계黔溪의 유생들 및 두루(周村) 경류정 집안사람들이 마중 나와 경건하게 전송하였다.

가수내를 지나서 안동부에 도착하였다. 안동부에서 거행하는 일은 이미 일찍이 당부를 해두었다. 신주를 강무당講武堂에 봉안하였다. 밤에 안동 유생이 와서 참배하는 사람들이 있었다. 생원 김희설, 진사 이종유, 이종휴, 이의수, 이인천, 이미연, 이정시, 이정지 등이 참배하였다.

9월 5일, 맑았다. 안동부사 이집두가 와서 알현하였다. 점심 때 풍산에서 쉬었다. 前 현감 이경유, 선비 이원유가 경건하게 알현하였다. 생원 김종수는 가수내에서 모시고 따라왔다가 하직하고 되돌아갔다.

풍산에서 신양을 지날 때, '무신창의戊申倡義 만인소'의 소두疏頭 이진동李鎭東의 다섯 아들 중 신양에 살던 다섯째 아들 진사 여홍汝鴻이 참배하였다.

고자평을 지날 때 이사관李師觀이 하직하고 돌아갔다.

저녁 때 예천에 도착하여 군수 권성權偼이 그의 자제와 고을 사람들을 데리고 와서 맞이하였다. 진사 권급權伋, 유학 권영석權永錫, 이상덕李象德, 이진팔李鎭八, 이진헌李鎭憲, 여광익呂光翼 등이 함께 왔다.

9월 6일, 예천을 출발하여 하인들을 세 무리로 나누어 나란히 5리 거리에 있는 경계를 나갔다. 영유 고을원 이지순의 고조부군 이고李杲(5대 종손)께서 일찍이 이 고을에 부임하셨기 때문에 거행이 각별하였다. 점심 때 용궁에서 쉬고 오후에 산양을 지나서 저물녘에 문경 유곡역幽谷驛에 들었다.

한편 좌승지 이익운이 입시하여 정조 임금께 아뢰었다.

"근래에 들으니 선정先正의 신주가 장차 도성都城을 지난다고 하니, 매우 희귀한 일입니다. 그래서 감히 아뢰나이다."

"선정先正의 신주가 어찌하여 도성에 들어온단 말이오?"

"영유현령 이지순李志淳은, 곧 선정의 종손宗孫이기 때문에 신주를 받들고 가게 된 것입니다."

"그렇다면 마땅히 치제致祭해야 할 것이니, 그때가 되면 다시 일깨워주면 좋겠소."

"아마 이달 12일 사이에 도성에 들어올 것 같습니다."

"그렇다면 성균관 학생들은 마땅히 맞이하여 절하는 의절儀節이 있어야 할 것이오. 이전의 사례를 성균관에 물어서 아뢰도록 하시오."

"듣자 하니, 선정先正께서 돌아가신 뒤로 신주가 처음으로 서울에 들어온다고 합니다. 아마도 마땅히 상고詳考할 만한 이전의 사례가 없을 듯합니다."

"그런가요? 참으로 희귀한 일이군요. 선정의 신주神主가 한강을 건널 때 성균관 학생들은 의례依例대로 두건과 복장을 갖추고서 동서東西로 나누어 서서 경건하게 맞이하도록 하시오. 이러한 뜻을 성균관이 알도록 하시오.”

“승정원에서 성균관의 수복首服을 불러서 여러 유생들에게 말하게 하고, 또 편지로써 성균관 대사성에게 통지해야 하겠지요?”

“이 일은 내가 마땅히 전교傳敎가 있어야 할 것이오. 도성에 들어온 뒤 어느 곳에 머무를 것인지?”

“마땅히 반촌泮村(성균관 근처 동네 이름)에 머무른다고 합니다.”

승지 김한동金翰東이 성균관에 와서 경연經筵에서 있었던 말씀을 모두 전하니, 성균관에 있던 영남 사람들이 머리를 맞대고 감동하여 울었다. 그날 당장 편지를 써서 행차하는 곳에 통지하였다. 한편으로는 사람을 영유에 보냈다. 이지순이 그때 고을 관아에 있었는데, 서울에서 거리가 6백 리나 되기에 형편상 그때에 와서 참가할 수 없다. 그래서 지금까지 없었던 은전恩典 사실을 편지를 보내 급히 알렸다.

9월 7일, 맑았다. 새벽에 출발하여 문경 마포원麻浦院에서 아침을 먹고 초곡에 이르러 영여靈輿꾼을 고용하여 고갯마루에 올랐다.

李子는 33세 때 대과 향시를 치러 성균관에서 귀향길에 올랐었다. 조령을 넘으면 고향이 가까워진다는 생각과 새재의 자연에 감흥이 일어 〈새재를 넘는 도중〔鳥嶺途中〕〉을 읊으면서 새재를 넘었는데, 지금은 그의 사판祠版이 새재를 넘는다.

雉鳴角角水潺潺	꿩은 꽉꽉 울고 물은 졸졸 흐르는데,
細雨春風匹馬還	가랑비에 봄바람 맞으며 필마로 돌아오네.
路上逢人猶喜色	길에서 사람 만나니 얼굴에 기쁜 빛 돌고,
語音知是自鄕關	말소리 들으니 고향에서 왔음을 알겠네.

새재로 오르는 길은 토끼길처럼 좁다. 고려 태조 왕건이 이곳에 이르렀을 때 길이 없었는데, 토끼가 벼랑을 따라 달아나면서 길을 열어주어 갈 수가 있었다고 하여 토천兎遷이라 불렀다. 세상에서는 새재[鳥嶺]를 풀(억새)이 우거진 고개라는 뜻으로 새재[草岾]라 하였다.

영남에서 서울로 가기 위해서는 추풍령·조령·죽령을 넘어야 하는데, 영남의 선비들이 과거보러 갈 때는 주로 조령을 넘었다. 추풍령은 추풍낙엽처럼 떨어지고, 죽령은 죽 쑤는 고개요, 조령은 예부터 장원급제의 길이었다.

조령을 넘을 때는 도둑을 피해서 떼를 지어 넘어야 했는데, 임진왜란 이후부터 성을 쌓아 관문을 설치하고, 여행자에게 음식을 팔거나 잠을 재워주는 점막店幕이 많이 생겼으며, 여행자의 안전과 편의를 돕는 원우院宇를 세웠다.

9월 8일, 맑았다. 첫 새벽에 서울 심부름꾼을 보내어 12일에 도성에 들어갈 것이라는 뜻을 편지로 반촌에 알렸다. 이는 선생의 본손 응교, 이귀운, 생원 이가순이 마침 성균관에 머물고 있어서 장차 한강을 건널 때 맞이하도록 하기 위해서였다.

일찍 출발하여 점심 때 문경새재를 넘어서 수월리水月里에서 쉬었다. 양재역良才驛 벽서를 빌미로 권벌·이언적·김난상·노수신 등 20여 명의 사림士林이 파직되거나 귀양갔다.

1567년 6월 22일, 李子가 충주에서 배를 타고 서울로 올라갈 때, 괴산에 정배定配되어 있던 노수신盧守愼이 詩를 보내와서 이를 차운한 詩 '유신차로모회현기惟新次盧慕悔見寄'를 지어서 부치자, 노수신이 다시 '復寄答退溪' 詩를 보내왔다.

노수신은 서울에서 이웃에 살았으며, 그가 부친상을 당했다는 말을 듣고, 급히 그의 집으로 가서 분상奔喪하는 제반사를 준비해 주고, 떠나는 노수신을 성문까지 따라가서 보내고 돌아왔다. 노수신에게 편지를 보내서 그의 〈숙흥야매잠해夙興夜寐箴解〉의 문제처를 다시 석명釋明하였었다.

이날 신주가 노수신盧守愼이 귀양 왔던 수월정水月亭에서 쉬었으니, 옛 친구를 만나서 어떤 詩를 창수唱酬했을까.

정조 임금이 문순공文純公 이황李滉의 사판祠版이 서울로 들어오는 날에 예관을 보내어 제생諸生을 거느리고 나아가 맞이하도록 하고 승지를 보내어 치제하라고 하교하였다.

"선정先正 李 문순공의 사판이 장차 사손祀孫이 있는 영유永柔 고을의 치소治所로 향해 가기 위하여 며칠 안으로 서울에 들어오게 될 것이라 한다. 이 선정의 사판이 서울로 들어오는 것은 선정의 사후死後 수백 년 만에 처음 있는 일이다. 만약 이 사람을 만나보게 된다면 아주 각별한 나의 감회를 불러일으킬 터인데, 어찌 제생으로 하여금 강교江郊에서 맞이하도록 하여 규례대로만 하고 말 수 있겠는가. 특별히 예관을 보내어 청금靑衿의 유생들을 거느리고 나아가 그 행차를 꾸며주고 바라보는 이들을 권면하도록 하라. 겸하여 내 뜻을 보이는 의미로 서울에 이르는 날 승지를 보내어 치제하라."

9월 9일, 점심 때 숭수원崇水院에서 쉬었다. 성균관 심부름꾼이 와서 응교 이귀운의 편지를 전했는데, 6일 밤에 경연經筵에서 한 말을 대략 언급했다. 답서를 보내고 석원石院에서 묵었다.

석원石院은 단월역 인근에 있다. 李子가 33세 때 성균관에서 향시를 보러 가던 길에 단월역에서 그곳 누각에 걸린 점필재 김종직의 시 '丹月驛樓佔畢齊韻'을 보고, '英雄過去鳥沒空(영웅과거조몰공) 영웅도 가고 물결 일으키던 새들도 사라졌으니,'에서, 김종직을 영웅으로 받들고 연산을 새들로 낮추어 조상弔喪했다.

〈단월역 점필재의 운으로 짓다〔丹月驛樓 佔畢齋韻〕〉

강 굽어보고 따로 높은 누대 하나 서있어,
청산을 마주하고 앉아 번뇌와 시름 씻는다네.
모래톱에 물결이 이니 물빛은 희고,
푸른빛 난간에 뚝뚝 들으니 옷깃 짙푸른 기운 딴다네.

臨江別起一高樓 坐對靑山滌煩昏
波生洲渚風色白 翠滴闌干衣帶碧

9월 10일, 맑았다. 우촌羽村에서 쉬었다가 직동直洞에서 묵었다. 직동은 용인 처인구 삼가동에 딸린 마을이다.

홍귀달洪貴達이 지은 기문에, "용인은 남북으로 몰려오는 요충 지대에 해당되므로, 경기 여러 고을 중에서 가장 다스리기 어렵다고 한다. 북쪽에서 흘러내리는 산골 샘물을 끌어서 동쪽으로 인도하고, 담을 뚫어서 마당 안 못에 흘러들게 하였다. 기미년 여름에 내가 영남에서 서울로 돌아오는 길에 더위에 시달려서 여정이 고달팠다. 고을에 이르니, 주인이 벌써 객헌에 자리를 베풀고 기다리는 것이었다. 곧 자리를 못가로 옮기도록 하여, 거닐며 읊조렸다.

'못 물이 맑구나, 나의 옷깃을 씻을까나. 못물이 깨끗하구나, 나의 마음을 씻을까나. 못 파고 정자 지으니, 그 취지가 심장深長하고, 물고기와 새들도 서로 관계하지 않고 제대로 떴다 잠겼다 한다. 나도 또한 잊으려 하나 생각 금하기 어려워라.' 했다."

한편 서울에서는 신주가 도착하면, 치제致祭할 장소를 성균관 인근 마을의 도가都家로 정했다. 도가都家는 시전市廛의 사무소이거나 공회소이기도 하다.

9월 11일, 점심 때 판교板橋에서 쉬었다. 용인의 선비 김후진 金厚鎭이 일부러 찾아와서 경건하게 참배하였다. 동화원에서 보낸 심부름꾼이 돌아와 응교 이귀운의 답서를 전해주었는데, 8일의 하교下敎를 베껴서 보여준 것이었다.

신주 행차가 이미 경기京畿 근교에 이르렀다. 배치하는 일과 접대하는 일 등의 절차를 이가순李家淳 및 주서 류이좌가 번암 채제공 상공에게 가서 아뢰었다. 상공께서 말하기를,

"노선생께서 평생 몸가짐을 겸손하고 검약하게 스스로 살아가셨으니, 그것을 체득하고 생각하는 도리에 있어 모든 것은 반드시 간편함을 따라야 한다."

정랑 김희주와 주서 김희락이 참의 채홍원에게 신주가 도성에 들어오는 날짜와 도감에서 차일을 수송할 것이라는 뜻을 통지하였다. 영남 출신의 인사들이 응교 이귀운의 집에 모여, 유사를 분정하여 치제하는 곳 서쪽 행랑채 벽에 써서 붙였다.

도집례 : 승지 김한동金翰東, 집례 유학 이중조

소유사, 수봉관, 포진, 접빈, 일기, 시도 등 담당을 정했다.

12일은 영조의 탄신일이어서 백관이 재齊를 비우고 도성 밖으로 나갈 수 없어 하루 뒤로 물려 도성에 들어오는 것이 편하겠다. 이귀홍이 상의하러 성균관으로 들어갔다. 이날 송파松坡에서 묵었다.

日行無滯閡	날마다 가서 지체하거나 막힘 없었고
八宿到松坡	여덟 밤 자고서 송파에 이르니
祥雲近一抹	한 줄기 상서로운 구름이 다가왔었네.
膽彼東湖水	저 동호 쪽의 강물이 바라보이자
先躅想彷彿	선조先祖의 독서당 자취 아련히 떠올랐다.

9월 12일, 송파에 그대로 유숙하였다. 이귀운과 이가순이 한강을 건너 마중 와서 배알하였다. 그대로 머물러 신주를 모시고 잤다. 성중 및 한강 가 교외에 사는 사람들이 행차 소식을 듣고 와서 참배한 사람이 있었다.

도집례都執禮 김한동金翰東이 승정원에서 성균관에 편지를 보내, "내일 예조의 관원이 임금님의 재가裁可를 받을 것이다." 라 하였다. 모든 유사有司들이 치제소致祭所에 모였는데, 태학의 입직관入直官 박길원朴吉源이 하인을 보내어, 고치고 청소하는 등의 절차를 매우 부지런하게 주간하였다. 호조판서 이시수李時秀가 돈 20꾸러미와 백목 세 필, 별장지 다섯 묶음을 가지고 왔고, 전 정언前 正言 홍시보와 유학 허원許源은 와서 뵈었다.

9월 13일, 맑았다. 아침에 신주神主에 고유하였다.

성상聖上께서 어진 이를 숭상하시어
백세에 드문 은전恩典 입었도다.
특별한 은전이라, 임금님으로부터 유지諭旨내리셨네.
이르시기를, 우리 선정先正의 신주가 도성에 들어오니
마치 그분을 본 듯, 그 행차 찬란하게 하리라.
이미 예조禮曹 관원을 보내시어,
우리의 선비들 가지런히 하였다네.
승지에게 간곡히 명하여
제사 정성스레 지내게 했다네.
보통의 격식을 뛰어넘어
크게 발돋움하고 우러러보리라.
성문 가까이에 머물렀으니
한강 옆 남산 아래라
선조宣朝 임금님께서 끼친 사랑에
동호東湖의 옛길이로다.
지금 장차 나누어 봉안하려고
경건하게 쓿하나이다.

이귀운이 지었다.

고유가 끝나고 나서 이어 각각의 독櫝(신주를 덮는 상자)을 받들어 별도의 영여에 봉안하였다.

사시巳時에 한강을 건너 자마정子馬亭에 이르니, 관원들이 경건하게 맞이할 반열班列은 이미 정해져 있었다.

파루罷漏(통금해제) 후에 예조정랑 김희주가 성균관 유생들을 통솔하는 일로 먼저 한강 가 교외에 와서 임시 장막을 설치하고 기다렸다. 영남 출신의 여러 사람들도 역시 차례로 함께 나아가니, 성균관의 하인들은 모시고 가라고 명령하지 않았는데도 모인 자가 수백 명이었다. 여러 유생들이 자리를 정한 후 접빈유사 이지용 등이 간단한 술상을 차려 술이 한 차례 돌았다. 성균관 직강 박길원이 장무관으로서 관복을 갖추고 와서 기다렸다. 서울의 사대부들도 차례대로 도착하였다.

예정대로 사시巳時에 신주 행차가 한강을 건넜다. 예조정랑이 반열을 통솔했고, 장무관이 그 다음 일을 처리했다.

반수班首 이하는 동서로 차례로 서서 몸을 굽히고 경건하게 맞이하였다. 배종陪從들은 다 배제시킨 채 출발하여 관교串橋로부터 동대문에 이르기까지 사대부와 유생들이 반열을 이루어 10리에 뻗쳤다. 경모궁을 지날 때 조금 멈추었는데, 신주는 마목馬木 위에 안치하였다. 이는 평소에 수레를 내려놓는 모습을 본뜬 것이다.

미시未時에 행차가 치제소致祭所에 도착하여 신주를 봉안하였다. 제상과 병풍이 잘 정리되어 있었다. 신주를 동쪽 방안에 봉안하였다. 예관 김한동 및 각각 동쪽 방안에 봉안하였다. 예관 김한동 및 각각의 집사들도 이미 와서 문 밖에서 기다리고 있었다.

규장각 하인이 와서 조지朝紙를 전하였는데, 하교下敎에 "문순공의 신주가 지금 마침 도성에 오니 시임時任 원임 각신과 초계문시抄啟文臣들은 모두 참배하라. 두 제학이 성문 밖에 나가 맞이하려 하면 미처 그 시간에 맞추지 못할 우려가 있을 것이니, 바로 성균관으로 갈 것이라 알아서 처리하기 바란다."

좌의정 채제공蔡濟恭과 우의정 윤시동尹蓍東이 백관을 거느리고서 와서 참가하였다. 유생들이 유건과 유복을 갖추어 입고 차례로 섰다. 제사를 의례儀禮대로 거행하였다.

승지 이익운과 채홍원은 신퇴 이전에 퇴청하여 왔으며 또한 교서를 받들었다. 주서 류원명은 당후에서 나왔다. 제사를 거행하는 일이 끝나자, 뜰에서 참석한 사람들에게 대접하였다. 예폐禮幣는 수화주水禾紬가 두 단이고 명장지明壯紙가 다섯 봉이었다.

주자께서 돌아가시니

우리 유학이 다시 어두워졌습니다.

왕양명과 진백사가 싹을 어지럽혀

여러 사람들이 시끄럽게 떠들었습니다.

유학의 道가 동쪽으로 와서 땅에 떨어지지 아니한 것은

아! 경卿이 있었기 때문이로다.

金玉 같은 정자程子의 바탕이요,

비단 옷 입고 그 위에 엷은 옷 덮어 입은

공자의 가르침이었습니다.

오직 곡진曲盡하게 정성을 다하고

오직 내면內面으로 마음을 썼습니다.

기미幾微를 연구하고 참됨을 쌓음에

다른 사람이 한번 하면 자신은 두 배로 하였습니다.

순수하게 빛이 나고, 시원하여 막힘이 없었습니다.

학문에 깊고 젖어들어 짙게 향기 나니

사람들이 존경하여 우러러보았는데 욕심 없었습니다.

안온한 바람과 상쾌한 햇살, 깊은 못과 높은 산 같은 학문을

한데 모아서 이루니,

사현四賢과 더불어 동방오현東方五賢이 되었습니다.

임금님의 초빙하는 사신이 왔기에

신야莘野의 쟁기를 놓았습니다.

백성과 선비가 노래하며, 삼대三代의 정치를 희망했습니다.

자신의 능력을 헤아려, 예禮를 차려 공손히 물러났습니다.

성학십도聖學十圖 그려 학문을 밝혔으며,

무진육조서戊辰六條疏는 말이 간절하였습니다.

자그마한 보답이라 하였지만,

그 공功은 실로 정승과 같았습니다.

말을 잘 손질하여 몽매蒙昧한 자를 깨우쳤으니

숨어 지내도 후회할 것 없었습니다.

주자서절요朱子書節要를 편찬하고,

황돈篁墩의 심경부주心經附註를 비판하였습니다.

여러 선비들이 크게 교화敎化되니,

그 광채光彩가 빛나고 성했습니다.

명성이 오랑캐 나라에까지 미쳐, 흘러넘쳐 적셨습니다.

도산陶山의 강물은 넘실대고, 도산의 숲은 무성합니다.

남긴 말씀과 남긴 서적은 한평생 아침저녁 보아왔습니다.

경卿의 고을에서 선비를 뽑았더니,

흘러 전해오는 기풍이 사라지지 않았습니다.

경의 후손을 잊을 수 없어,

경이 후세에 남긴 사랑을 확산시켰습니다.

사랑한다면 어떻게 할 것인가?

서쪽 영유永柔현령으로 임명한 것입니다.

신주가 도성都城을 지나감에

그 일은 드물어 두 번 뵙기 어렵습니다.

사람들이 예물禮物을 받들어 가지고

교외에서 길게 줄지어오고 있습니다.

예관禮官이 반열班列을 표시하여

선비들은 대열을 이루었습니다.

훌륭한 인물들 성대하게 많이 모였으니,

그 모습은 그림으로 그릴 만합니다.

아아! 지금 세상은 어찌하여 법도가 무너졌는지요?

이단異端의 소리가 크게 떠들썩하고

세속世俗이 한쪽으로 달려갑니다.

큰 선비가 나오지 않아

유교의 道가 장차 무너지려 합니다.

잘 다스리려 하나 신하가 없어 조정은 여러 번 한탄하였고

어디에서 얻을 수 있을까? 나는 병적으로 생각이 납니다.

관리를 시켜 제문祭文을 올리니

혼령魂靈께서는 모르지 않음이 있을지어다.

참석한 손님들의 대접을 끝내고 나서 신주神主를 반주인泮主
人 이쾌익李快益의 집으로 옮겨 봉안하였다. 제사를 거행할 때
주상께서 월근문月覲門에 납시어 "지영祗迎과 배제陪祭에 참여
한 거안擧案(참석자 명단)을 바치라."는 전교를 내리니, 시도유사
時到有司 이병렬李秉烈 등이 밤을 새워 정서淨書하여 올렸다.

좌의정, 우의정, 판부사, 판서 및 사대부…이만수, 정약용, …
이귀복, 이귀운, 이가순, 이귀홍, 이귀항, 이영순, 이종순, 이헌
순, 이정순 등 본손本孫 9명.
성균관 주변 사람들은 평소에 주정을 부릴 정도로 술을 많이
마시고 취해서 부르짖는 소리가 밤마다 없는 때가 없었는데, 이
날은 자진해서 서로 훈계하기를, "선생의 신주가 지금 반촌泮村
에 머물고 있으니, 전처럼 술에 취해 망동을 부려서는 안 된다."
고 하였다. 밤새도록 한 사람도 술을 마시는 사람이 없었다. 진
사 박시원이 이를 듣고 와서 말해주었다.

9월 14일, 맑았다. 사시巳時에 출발하여 남대문을 통해서 도
성 밖으로 나갔다.
좌의정 채제공이 여러 사대부들을 인솔하고 배행하여 도성
밖으로 나갔는데, 마치 맞이할 때 의례처럼 하였다.

성균관 유생들이 모화관慕華館 앞에서 반열을 이루었고, 채제공이 사대부들을 인솔·배행하여 전송하였으며, 도성을 나갈 때 시정市井의 남녀들이 경건하게 전송하였다.

조선 태종은 중국 사신을 맞이하기 위한 영빈관으로서, 서대문 바깥에 모화루慕華樓를 세웠고, 세종이 이를 개축하여 모화관慕華館이라 이름 지었다.

중국사신을 맞이하던 영은문, 사신이 묵었던 모화관을 헐고 그 자리에 조선의 독립을 상징하는 독립문을 세운 뒤 주변을 공원으로 개장하였다. 1996년 서대문형무소 자리에 독립공원을 조성하면서 독립문의 서북쪽에 복원되었다.

이날 창릉점에 이르러 묵었다.

9월 15일, 본손本孫 9명이 배생陪行하였는데 이에 이르러 이귀복, 이귀홍, 이가순, 이정순 등은 하직하고 돌아갔다.

점심 때 파주 신점에서 쉬었다가 동파역東坡驛에서 묵었다.

동파역은 사신들의 사행로使行路로 이용되었는데, 임진왜란 당시에는 선조가 의주로 피난하면서 이곳에 잠시 머물렀다.

선조가 대신 이산해와 류성룡을 불러 손으로 가슴을 두드리며 괴로운 모습으로 이르기를, "이모李某야 유모柳某야! 일이 이렇게까지 되었으니 내가 어디로 가야 하겠는가? 꺼리거나 숨기지 말고 속에 있는 생각을 털어놓고 말하라."

行登臨津城　행차가 임진성에 올랐는데

城在石厓截　성은 깎아지른 돌 절벽 위에 올라 있었네.

　9월 16일, 새벽에 비가 내렸다. 기다리다가 늦어졌는데, 조금 개이자 출발하였다. 점심 때 개성부에 다다랐다. 비가 점점 세게 내려서 머물러 묵었다. 개성유수 조진관趙鎭寬이 나와서 참배하였다.

偉哉竹橋石　위대하도다 선죽교의 돌이여

千古丹忠血　천고의 충신이 붉은 피 흘렸다네.

　9월 17일, 맑았다. 개성부 유수가 새벽에 나왔기에 숙소 앞에 병풍과 장막을 설치하고 신주를 펼쳤다. 개성부 유생들이 참배하고 5리 까지 배행하였다. 유수가 도산서원 수복守僕 정억장을 만나서 아쉬워하며 동전 5량을 주었다고 한다.

　점심 때 금천金川의 수문水門 통로 옆에서 쉬고 있을 때 급주急走 파발이 와서 "황주 병영에서 보내어 행차를 살피러 왔다."고 하였다.

入境烟報號　황주 경내에 들어서자 연기로 신호 알리고
侵晨幕已結　이른 새벽인데 장막을 이미 다 쳐놓았네.

　　평산군 마당馬堂에서 묵었다. 평산군은 평산 申씨의 본관이며, 황해도 중동부에 위치하여 서쪽은 벽성군과 재령군, 남쪽은 연백군, 북쪽은 봉산군과 서흥군에 접하고, 동쪽은 금천군과 신계군이 예성강이 심한 곡류로 흐르며 군계를 형성한다. 예성강은 언진산에서 발원하여 경기만으로 흐르는 강이다. 하류의 벽란도는 아라비아, 중국, 동남아시아에서 상선이 드나드는 관문 무역항이었으며, 이때 고려 'KOREA'가 대한민국의 국호가 되었다.

　　9월 18일, 맑았다 흐렸다 하더니, 오후에 서풍이 몹시 세게 불었다. 예성강을 건너서 점심 때 평산 총수참蔥秀站에서 쉬고, 서흥현瑞興縣에서 묵었다.

　　황해도 서흥瑞興 땅은 임꺽정林巨正과 이괄李适이 난을 일으켰던 곳이다. 임꺽정은 버드나무나 갈대로 생활도구를 만드는 장인匠人이었으나 소나 개, 돼지를 잡는 재인才人 취급을 받았다. 을묘왜변(1555)에 왜구가 쳐들어왔을 때 참전하여 열심히 싸웠으나 논공행상에서 무시당하자 도적의 길로 들어섰다.

조정에서 군사를 동원하여 서흥瑞興에 집결시켰는데, 생포한 임꺽정林巨正의 참모 서임徐霖을 시켜 적당 가운데 억센 혈당血黨(생사를 같이 하는 무리) 대여섯 명을 유인하여 죽이니, 임꺽정林巨正이 관군 차림을 하고 관군의 총중에 섞여 진중에서 빠져 나갔다. 서임이 이를 발견하고 외쳤다.

"저 놈이 바로 꺽정이다."

이괄李适은 광해군을 몰아내고 인조를 즉위시키는 데 공을 세웠으나, 2등 공신에 책록 되어 불만이 큰 데다 그의 아들 이전李栴 등이 역모를 꾸몄다는 무고誣告로 이전을 서울로 압송하려 했다. 이괄은 아들을 압송하러 온 사람들을 죽이고 1624년 3월 11일 항왜병 100명을 선봉장으로 하여 12,000명의 군사를 이끌고 반란을 일으켰다.

이괄은 황해도 수안·황주 등을 차례로 점령하고 평산으로 진격하였다. 서흥瑞興에서 곽산군수 민여검, 삭주부사 민인길, 평양판관 진성일이 대동한 군사를 이끌고 행군하여 밤에 총수참蔥秀站에 당도하였었다.

서흥 동쪽의 언진산맥이 동서로 감싼 수안遂安은 산세가 험하여 외적으로부터 안전한 고을이라 이름하였다.

정유재란 때 왕비가 난이 끝날 때까지 수안에 가궁궐假宮闕을 짓고 피난했으며, 이괄의 반란군이 범접하지 못했다.

고려 때 몽고군과 함께 일본 원정에 나섰던 안동 김씨 김방경 장군의 맏아들 김선金宣이 왜구를 물리치고 수안군遂安君에 봉해져 관향貫鄕이 수안 金씨가 되었다.

수안 金씨는 사천泗川, 서산瑞山, 해주海州, 배천白川, 염주塩州, 철산鐵山, 야성野城, 청양靑陽, 제주濟州, 용궁龍宮 金씨 등으로 분적 되었다. 이들은 본래 선先안동 金씨이다.

9월 20일, 맑았다. 동선령洞仙嶺을 넘었다. 동선령은 봉산군 정방산의 동남 방향에 있는 험준한 고개이다. 이 고개에 관문을 설치하여 동선관洞仙關이라 하였다. 이곳에서 홍건적을 격퇴하였으며 인근에 사인암舍人巖이 있어 사인암령이라고도 한다. 황주黃州의 경계 20리 거리의 사인점舍人店에 이르니, 나장羅將 4인이 나팔을 지참하고 기다렸다. 황주성까지 20리 거리이니 지나온 고을에 비하면 예외였다.

10여 리를 가다가 산기슭 위에서 연기로 신호하기 위하여 섶을 태우는 것을 보았다.

오리정五里亭에 이르니 병마절도사 김사목金思穆이 황주 병영의 무기, 의장儀仗과 군악을 성대하게 펼치고서 경건하게 맞이하는 의례를 행하였다. 신주를 한사청鄕射廳에 봉안하였다.

이곳 병사兵使는 도산 문인인 주은酒隱 김명원의 7대손으로 문책을 받아 이 병영에 보직을 받아 있었다. 저녁 무렵 출발하여 중화中和 경계에 이르니 영청永淸 현감이 맞이하였다. 황해도와 평안도의 경계였다.

遙望中和路　멀고 먼 중화 고을 가는 길에
皂蓋隨風颭　검은 일산 바람 따라 펄럭이네.

중화에서 묵었다. 평안도 중화군中和郡은 황해도 황주黃州 경계까지 12리, 평양부 경계까지 6리이고, 서울과의 거리는 5백 40리이다.

9월 21일, 맑았다. 일찍 출발하여 평양성 동쪽 10리 지점에 이르자, 평양 병영의 군졸들이 구름처럼 모여 마중하였으며, 관찰사가 여러 고을 원과 유생들을 인솔하여 대동문에 신주를 맞이하였다. 이날 백일장을 중단하고 신주를 맞이하였다. 신주를 평양 대동강변의 연광정練光亭에 봉안하였다.

지난 날 문순공이 41세 때 정6품 홍문관 수찬修撰에 임명되었고, 성절사聖節使 홍춘경洪春卿 행차行次의 자문점마관咨文點馬官(외교문서, 마필 점검)이 되어 의주에 갔다가 돌아오는 길에 평양에서 잠시 머물렀다. 이때 감사 상진尙震을 모시고 대동강 덕암에 있는 이 연광정練光亭에서 베풀어진 밤 연회에 참석하여 詩 '平壤 練光亭陪監司尙公(震)夜讌'을 지었다. 특히 이곳에서 감사 상진尙震은 아름답기로 이름난 기생을 치장시켜 수청을 들게 하였으나 끝내 돌아보지 않았다고 한다. 250여 년이 지나서 신주神主가 되어 왔다.

安興練光亭　잉여를 연광정에 모셔 두니
亭壓城頭兀　정자의 위치 우뚝 솟아 성을 압도하네.

9월 22일, 평양에서 영유까지 35리, 늦게 출발하여 미시未時에 영유永柔 관아에 도착하였다. 영유현은 조선시대 평안남도 평원군 영역에 있던 현으로, 이전의 영천현과 유원진에서 한 글자씩 따서 영유현이라 하였다. 지금은 평안남도 평원군平原郡으로 평양의 서북측에 인접한다.

유생들이 접경 지역에서 맞이하여 관아 문에 이르러 참배를 요청하므로 잠시 영여를 멈추었다. 유생들의 참배가 끝나자, 관아 동쪽 세 칸 집 정당政堂에 신주를 봉안하고 고유하였다.

"우러러 나라의 은혜를 생각하니 갚을 길이 없어 칭송한 나머지 다만 척념惕念(조심스럽게 생각)과 무첨無忝(노력하여 부모를 욕되게 하지 말라)이라는 문자를 경건하게 생각하여 서로 힘써야 할 따름이다."

미두산米豆山 현의 동쪽 4리에 있는 진산鎭山이다.

천보산天寶山 현의 남쪽 40리에 있으며, 자화산慈華山 현의 남쪽 15리에, 석련산石連山은 현의 서쪽 30리에 있다.

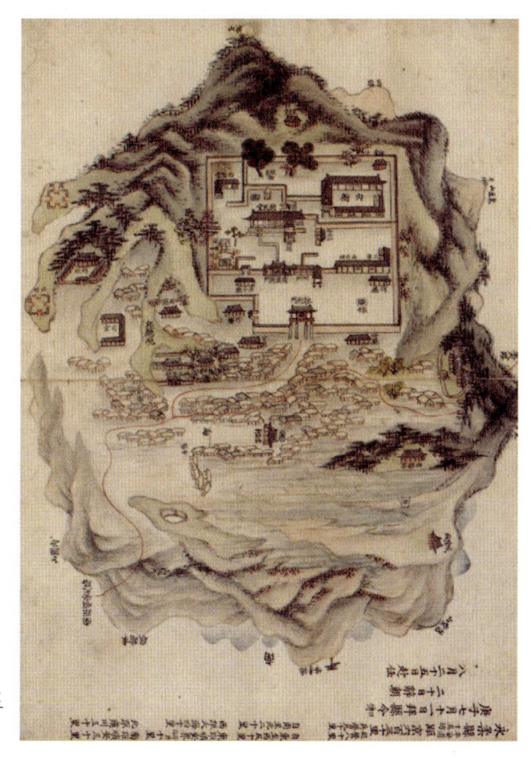

한필교(1840년 현령), 영유현 전도

성균관에 있는 여러 일가들이 종손에게 편지를 보내어,

"치제致祭하는 날의 손님 접대하는 의절儀節은 볼품없는 것을 면치 못하였소. 그때 반열에 참여한 고위 관원이 백여 명이오, 한 번 문안하지 않아서 안 될 것이오."

종손이 답서를 보냈다. "임금님의 윤음綸音이 내려서 공식적으로 같은 자리에 모인 것인데, 본손本孫이 사사롭게 감사의 인사를 한다는 것은 미안한 점이 있습니다. 또 유가儒家 출신의 신진 음관으로 현령 자리를 얻었는데, 이번 일로 많은 선물을 가지고 조정의 고위 관료들을 두루 문안한다는 것은 아마도 고아한 법도가 아닐 듯합니다."

종손 지순志淳이 음관蔭官으로 영유현령에 임명되어 선조先祖 문순공文純公의 신주가 종손이 부임한 길을 따라 도성을 지날 때, 임금의 사제賜祭를 경건하게 받았다.

도산에서 출발하여 19일을 지나 종손의 임지에 도착하였다. 헌순이 삼가 모시고 가는 행차의 뒤를 따라갔다.

종손이 나에게 직일直日의 일을 맡기며 말하길,

"행차가 있으면 본디 기록이 있어야 할 것이오. 지금 이렇게 우리 문순공 신주를 받들어 모시고 산을 넘고 물을 건저 천리 먼 길을 왔고, 또 백세토록 드문 임금님의 은전을 입었소. 영남에서부터 서울로, 서울에서 관서關西까지 광채光彩가 빛나고 여러 사람들이 존경하는 마음으로 우러러봄이 크게 우뚝 높았으니, 이 행차에 어찌 기록이 없을 수 있겠습니까?"

이에 내가 졸렬하다는 것으로 사양할 수 없어 드디어 종손이 임명될 때의 대략의 사정, 가묘家廟에서 출발한 날짜, 여정의 역에서의 출발과 유숙, 그날그날의 날씨의 맑음과 흐림, 경유한 여러 고을의 유림들 가운데서 환영과 전송의 반열에 참여한 사람들의 명단을 적었다. 그 중간에 치제致祭한 일의 전말은 주서主書 류이좌柳台佐와 김희락金熙洛 보甫가 기록을 취하여 옮겨 실었다. 산천, 풍물, 풍속風俗 등 대수롭잖은 이야기는 언급하지 않았다.

기록이 완성되자 제목을 《반촌치제시일기泮村致祭時日記》라 하였다. 대개 그 큰 것만 들어서 기록하였을 따름이다.

병진년(1796) 9월 그믐, 헌순獻淳 삼가 기록한다.

1796년 처음 간행한 《교남빈흥록嶠南賓興錄》에 《반촌치제시일기》와 《서정기행이백운》을 합편하여 1922년 도산서원에서 목판으로 다시 간행하였다. 그러나 《교남빈흥록》과는 내용상 특별한 관계가 있는 것은 아니고, 단순히 책의 분량상 둘 다 한 책을 이루기 어려워 합편했을 뿐이다. 책 제목을 《교남빈흥록》이라 붙이고서, 《반촌치제시일기》를 부록으로 넣었기 때문에 그동안 책의 존재가 거의 묻혀 왔고, 내용을 다 읽어 보지 않은 독자들은 '일기'도 《교남빈흥록》과 관계있는 글일 것으로 여겨 온 것이 사실이다.

1796년(정조 20)에 처음 간행한 《교남빈흥록嶠南賓興錄》에 〈반촌치제일기〉와 〈서정기행이백운西征紀行二百韻〉을 합편하여 1922년 도산서원에서 목판으로 간행하였다.

《척념무첨惕念無忝》은 《교남빈흥록》 중 〈반촌치제일기〉이며, 종손 성류정省流亭 이지순李志淳 관련 기록으로 이헌순李獻淳 撰, 허권수許捲洙·권갑현權甲鉉이 번역하였다.

문순공文純公 李子의 신주神主

顯九代祖考崇政大夫判中樞府事兼知經筵春秋館事贈大匡輔國崇祿大夫議政府領議政兼領經筵弘文館藝文館春秋館觀象監事諡文純公府君之位

1797년(정조 21) 윤 6월 21일, 상이 문순공文純公 이황李滉의 사판祠版이 그의 봉사손의 임소任所에서 예안禮安으로 돌아간다는 말을 듣고 예관을 보내어 한강 교외까지 호송하도록 하였다.

문순공 李子의 사판祠版이 예안에서 영유까지 모셔가는 1796년 9월 4일~9월 22일(14일간)의 일정을 기록한 《반촌치제일기泮村致祭日記》를 《척념무첨惕念無忝》이라 하였다.

《반촌치제시일기泮村致祭時日記》 해제解題

《반촌치제시일기》는 1796년(정조 20) 9월 1일부터 22일까지 퇴계 선생 종택 가묘에 봉안되어 계시던 선생의 신주를 모시고 갈 준비를 하여 종택을 출발하였다. 서울을 거쳐서 9대 종손 이지순의 임지인 평안도 평원군 영유현까지 가는 과정을 9대손 이헌순이 일기 형식으로 기록한 기록문학이다.

이 '일기'에는 신주 행차에 관한 것 위주로 기록하였고, 지나가는 지역의 산천경개, 풍속 등에 대한 언급은 없다. 그런데 작자는 이 내용을 압축해서 2백 韻 4백 句의 《西征紀行二百韻》이라는 오언고시로 지었는데, 거기서는 산천경개, 풍속 등을 상당히 묘사했다.

. 1958년 성균관대학교 대동문화연구원에서 《퇴계전서》라 하
여 퇴계의 문집과 여러 저서, 관련 서적을 묶어 영인 간행할 때,
이 책이 처음으로 일반 대중에게 공개가 되었다.

해제解題는 경상대학교 한문학과 허권수許捲洙 교수가 지음.

향산響山 이만도李晩燾의 〈구은이공의 행장〔衢隱李公行狀〕〉

공은 휘는 헌순獻淳, 자는 학선學先이며, 처음의 휘는 관순觀
淳이다. 우리 李씨는 고려 말에 진보眞寶에서 일어났는데, 시조
는 생원 휘 석碩으로, 아들 송안군松安君으로부터 밀직사에 추
증되었다.

송안군은 휘가 자수子修로, 글 쓰는 직책〔明書業〕에 종사하다
가 과거에 급제하고, 홍건적 토벌에 공을 세워 봉작을 받았다.
5세손 퇴도退陶 문순공文純公 휘 황滉은 우리나라 유학의 조종祖
宗이다.

퇴도의 손자 휘 영도詠道는 임진 선무공신壬辰宣武功臣 2등에
녹훈되고 이조참판에 추증되었으며, 호는 동암東巖이다. 영도
의 손자는 찰방을 지낸 휘 희철希哲이며, 이분의 둘째 아들 통덕
랑 휘 주柱가 공의 고조부이다.

증조부는 휘가 수경守經이다. 조부 휘 세태世泰는 문과에 급제하고 참의를 지냈으며, 조정에서 벼슬할 때는 청백리로 이름이 났다. 호는 동병東屛이다. 부친 휘 귀경龜敬은 통덕랑이며, 포의로서 영조英祖의 지우知遇를 입었으나 강직하게 지조를 지켰다. 호는 구은樓隱이다. 모친은 광주 金씨 김적金績의 따님과 선성 金씨 김몽일金夢馹의 따님이다.

공은 선성 金씨에서 났으며, 영조 갑술년(1754, 영조 30) 7월 28일에 노포蘆浦의 외가에서 태어났다. 어려서부터 늠름하고 준수하여 조부 동병공의 사랑이 매우 깊었다. 동병공이 마을에 출입할 때는 반드시 공이 지팡이와 신을 챙겨 모시고 다녔으며, 어른에게 인사를 잘하고 글씨 익히기도 잘하였다. 책을 볼 때는 말이 어눌하고 암송을 어려워하였으나, 문리文理에 있어서는 명료하여 막힘이 없었다. 8, 9세가 되었을 때 기삼백朞三百의 계산법을 풀어내자, 부친 구은공이 마음으로 몹시 기특하게 생각하면서도 "이것은 네가 급히 해야 할 일이 아니다."라고 하였다.

16세에 대산大山 이상정李象靖을 찾아뵈니, 선생이 "자네는 쇠미한 시대의 인물이 아닐세."라고 하고, 또 일찍이 공을 가르치기를, "지금 세상에서는 임금을 섬기는 방도가 오직 과거를 보는 길뿐이네. 그러나 바라건대, 자네는 이른 나이에 스스로 가학에 뜻을 두어 원대한 이치를 궁구하도록 하게."라고 하니, 공은 머뭇거리기를 마치 감당하지 못하는 사람처럼 하였다. 만곡晩谷 조술도趙述道가 일찍이 공이 지은 글을 보고 "훌륭하기는 하네만 다시 《맹자》를 천 번 읽도록 하게."라고 하자, 공은 그날로 월란암月瀾庵으로 올라가 맹자를 천 번 읽을 계획에 전념하였는데, 이 말을 듣지 않았으면 계획하지 않았을 것이다.

처음에 〈양혜왕편〉을 7일에 비로소 한번 읽었는데, 그 후로는 하루에 한두 번 읽기도 하고 대여섯 번 읽기도 하였으며, 보름이 못가서 마음이 다른 곳으로 치달리는 일이 없어졌다. 읽는 대로 횟수가 쌓여 일 년 만에 마침내 산을 내려왔는데, 500번을 읽자 이때부터는 글을 읽는 데 어려움이 없어지고 무릇 글을 지을 때 문장이 거침없이 나왔다.

병신년(1776, 영조 52)에 부친 구은공의 상喪을 당하여 애훼哀毁를 절도에 넘치게 하였고, 을사년(1785, 정조 9)에 모친의 병이 심해지자 손가락을 베어 피를 내서 입에 넣어 드렸으나 일어나지 못하고 세상을 떠나니, 애통을 지극히 하기를 부친상 때처럼 하였다.

무신년(1788)에 족숙 욕과재欲寡齋 이진동李鎭東이 소疏를 올려 영남 사람의 억울함을 호소하였고, 이듬해에 옥천玉川 조덕린趙德鄰 선생이 작록을 회복하였다.

서인西人이 이를 싫어하여 바로 영남의 오래된 문족門族들을 거론하여 배척하고 무함하였는데, 공의 가문도 그 안에 들어 있었으며 상에게 얼토당토않은 말을 올리기까지 하였다. 이에 공이 족숙 귀복龜福·귀성龜星과 집안사람 8, 9명과 더불어 번암樊巖 상공相公 채제공蔡濟恭과 해좌海左 상서尙書 정범조丁範祖를 찾아가서 만났다.

공이 이 일이 실제가 없음을 환하게 설명하는데 말뜻이 강개慷慨하니, 채 상공이 안색을 바꾸며 탄식하고 이를 상에게 아뢰어 분명하게 밝혔다.

계축년(1793)에 풍기의 고로촌古老村으로 이사하였다. 이는 시냇가 집의 터전이 좁아 전대前代부터 거처하기에 적합하지 않았으므로, 이때가 되어 풍속이 순박하고 땅이 비옥한 풍기를 택하여 자손에게 편안한 삶을 물려줄 계책으로 삼은 것이었다. 고로촌에 이르자 사람들이 많은 재물을 보내왔는데, 근처의 동네 사람들에게 나누어 주었다.

병진년(1796, 정조 20)에 종제宗弟 지순志淳이 특은特恩을 입어 영유 현령永柔縣令에 제수되자, 공이 문순공文純公 이황李滉

의 신주를 모시고 갔다. 신주의 행정行程이 서울을 지나게 되자, 상이 백관에게 명하여 한강 가에서 공손히 영접하여 명륜당明倫堂에 신주를 모시게 하고, 승지를 보내어 제사를 올리게 하였다.

공이 사람들을 맞이하는 예절과 제사를 지내는 절차에 있어서 대처와 행동이 저절로 법도에 맞으니, 백관들 중에 눈여겨보지 않은 이가 없었다. 공이 이 여행에서 〈서정기행西征紀行〉 200수를 읊었는데, 이 詩가 당시 사람들에게 널리 회자膾炙되었다.

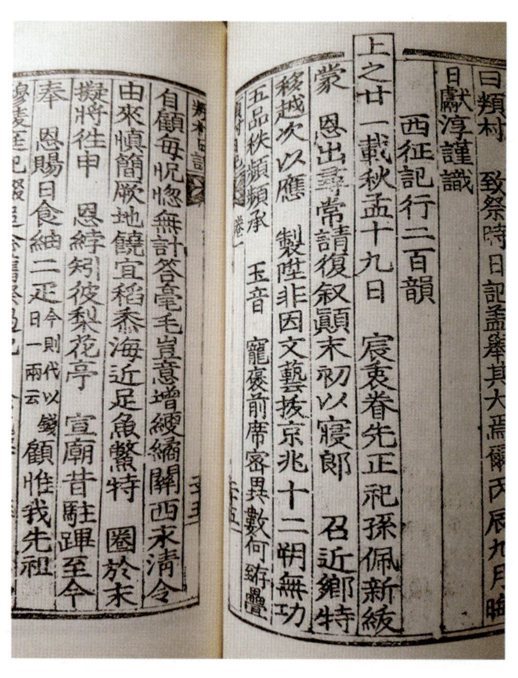

시 읊으며 거닐었네
⑧ 서정천리

초판 인쇄 2025년 4월 1일
초판 발행 2025년 4월 9일

지은이 | 박대우
발행자 | 김동구
편   집 | 이명숙
발행처 | 명문당(1923. 10. 1 창립)
주   소 | 서울시 종로구 윤보선길 61(안국동)
           국민은행 006-01-0483-171
전   화 | 02)733-3039, 734-4798, 733-4748(영)
팩   스 | 02)734-9209
Homepage | www.myungmundang.net
E-mail | mmdbook1@hanmail.net
등   록 | 1977. 11. 19. 제1~148호

ISBN 979-11-94314-21-9 (13810)

20,000원

* 낙장 및 파본은 교환해 드립니다.
* 불허복제

|퇴계의 관직 생활| ⑤ 오불의

박대우 글·오용길 그림 / 150×210판형 / 362쪽 / 값 20,000원

|퇴계의 학문 연구| ⑥ 홍도화 아래서

박대우 글·오용길 그림 / 150×210판형 / 344쪽 / 값 20,000원

읊으며 너던 길
설경산수화
쪽/값 18,000원
사 가는 길
걷기
청량산
노송정
문경새재
하회마을
성산별티
경주남산
인사
주남저수지